フィスト（狩野拳児）
かのうけんじ
性別 男
身長 174cm
外見年齢 20代半ば
装備 鉢金、革製胴鎧、ガントレット、革製のポーチ、革製ブーツ、フード付きマント、剣鉈、ダガー、ナイフ
クイン
性別 メス
身長 180cm前後（尻尾除く）
外見年齢 ???
装備 首輪、腕輪
JN254997
ゲート・オブ・アミティリシア・オンライン
2

グンビルト
性別 女
身長 160cm
外見年齢 20代前半
装備 ヴァイキングアクス、ロングソード、木製ラウンドシールド、ブレストプレート、チェインメイル、革製グローブ、革製ブーツ
レディン
性別 男
身長 176cm
外見年齢 20代後半
装備 プレートメイル、バスタードソード、ショートソード
アオリーン
性別 女
身長 159cm
外見年齢 20代前半
装備 金属製胴鎧、革製手袋、革製ブーツ、ロングソード、ショートソード、シールド
シーマ
性別 女
身長 156cm
外見年齢 18〜20歳
装備 ビキニアーマー、バスタードソード、ロングソード

Gate of Amitylicia Online 

ゲート・オブ・アミティリシア・オンライン

Gate of Amitylicia Online II

CONTENTS

前回までの
登場人物
シリア
ギルド【シルバーブレード】の
呪符魔術師。
ウェナ
ギルド【シルバーブレード】の
斥候。
ルーク
ギルド【シルバーブレード】の
剣士。ギルドマスター。
グンビルト
ジビエ店を営む
斧使いの料理人。
スウェイン
ギルド【シルバーブレード】の
魔術師。サブマスター。
ツキカゲ
忍者ロールプレイギルド
【伊賀忍軍】の忍者。
ミリアム
ギルド【シルバーブレード】の
精霊使い。
ジェリド
ギルド【シルバーブレード】の
壁役。

ゲート・オブ・アミティリシア・オンライン

設定用語集

ゲート・オブ・アミティリシア・オンライン（通称：GAO）

ゲーム会社“カウヴァン”が開発したフルダイブ型VRMMORPG。
五感全ての反映、NPCには人間と変わらぬ反応をする高性能AIが搭載されている等、
既存のVRゲームを凌駕する圧倒的な自由度とリアリティを誇る。
プレイヤーは『異邦人』としてファンタジー世界
“アミティリシア”に降り立ち、活動する。
メインストーリーが明らかにされていないため、謎めいた一面も。

異邦人

GAOの住人であるNPCが、ＰＣ（プレイヤーキャラクター）を呼ぶときの総称。

NPC（ノンプレイヤーキャラクター）

プレイヤーが操作しないキャラクターの総称。主に住人を指す。
GAOでは、住人NPCには人間と変わらぬ反応をする
高性能AIが搭載されており、個別の人格がある。
隠しパラメーターとして、プレイヤー個人、
プレイヤー全体に対する好感度が存在する。

βテスター

βテスト時から継続してGAOをプレイしているプレイヤー達。
特典としてβテスト時の成果の一部を引き継げるため、
それを活用するプレイヤーは多い。

スキル

ＳＰ（スキルポイント）を消費することで修得可能な技・能力の総称。
キャラクター作成時に10個選択する。
GAO内での行動によって、SPを消費せずに自然修得する場合もある。

SP

スキルを任意で修得するために必要なポイント。
通常はスキルレベルが10上がるごとに1ポイント入手できる。

アーツ

スキルを修得することにより使用できる技術・特殊能力の総称。
アーツの複合的な使用や特定の攻撃パターンがシステムに認定されて
アーツ化したものは“クリエイトアーツ”と呼ばれる。

ペディア

GAOで使用される通貨。日本円に換算すると1ペディア=約10円。

第二九話　参加申請

一旦店を出て、別の酒場を探し、中に入った。

空いている席に着いて食事と酒を注文して代金を払い、周囲の会話に耳を傾ける。

色街の中にある酒場なので、品のない会話も飛び込んでくるが、そういうのは聞き流して、目当ての話題を探した。欲しいのは闘技祭の情報だ。今のところ、それらしい話題はない。

少しすると注文した料理が出てきた。肉と根野菜の煮込みだ。それとエール。

見た目は雑だが問題は味だ。フォークに肉を刺し、口に運ぶ。よく煮込まれたイノシシの肉だ。塩胡椒と香草で下ごしらえされた肉は、噛むとほろりと崩れた。豚の角煮のような食感だ。現実では馴染みのない味だが悪くない。

根野菜もやわらかく、口の中で溶ける。野菜そのものの甘みがいい感じだ。たとえ色が紫とか真っ赤とかであっても。

エールで喉を潤して、再度意識を周囲へと向ける。

少しして、目当ての単語が耳に届いた。

「お姉さん、エールを二つ追加で」

店員に注文と代金を投げ、煮込みを胃へと落としていく。ほどなくやってきたエールを受け取り、俺は席を立って別のテーブルへと移動した。

「お兄さん方、ちょっといいかい？」

座っていたのは二〇代に見える若い男二人。空いた席に勝手に座ると、二人は怪訝な表情を向けてきた。

「何だ、あんた？」

「通りすがりの異邦人さ。ちょっと話に交ぜてほしいんだ」

言いつつ、二人の前にエールを置いた。

「お兄さん方、さっき闘技祭の話をしてたろ？　その件でさ」

「ああ。あんたも興味あるのか？」

「なにせ、初めてでな。規模とかルールとか、楽しみ方とかを教えてほしいんだ。いい話が聞けたら、お兄さん方の前に並ぶジョッキの数が増えるかもしれないな」

　酒場での情報収集はテーブルトーカーの基本。酒の力は偉大なのだ。


　アインファスト闘技祭。その名のとおり、アインファストで行われる祭りの一つだ。

　腕自慢が集まって、闘技場で己の力を示す大会。王都の武闘祭には劣るものの、ツヴァンドやドラードからも見物客がやって来るとか。

　で、どうして大々的に宣伝してないのかというと、毎年恒例で開催日も昔から変わっていないからららしい。つまり、住人達にとっては、告知されるまでもないほどに定着してるってことだ。

　ルールは予選を通過した参加者でのトーナメント形式。最後まで勝ち残った者が優勝となる。

　それから魔術、精霊魔法、呪符魔術の使用禁止と、毒物・薬物、魔具と呼ばれる魔法の道具の使用禁止。つまり、純粋な技量勝負ってことだ。魔法系の搦手（からめて）を気にしなくて済むのは有り難いことだと思う。

　賞金については優勝が五〇万ペディア、準優勝が三〇万、三位二人が一〇万、ベスト8までが二万となっている。

　副賞は様々なアイテムで、いくつかある中から、高順位順に一つ選び取れるようだ。三位決定戦はなく、準決勝敗退者、準々決勝敗退者の順にくじ引きで順番を決めるとか。

「で、これが今回の副賞だ」

　気をよくしたお兄さん其（そ）の一が、副賞の一覧を見せてくれた。これはさっきの酒場にも貼ってなかった。

　気になるアイテムは魔法の掛かった物が多いようだ。俗に言うエンチャントが施された武器や防具、魔具だ。他にもステータス増加の秘薬なんてのもある。

　その中で俺が欲しいと思った物は二つあった。

　一つはステータス増加の秘薬だ。プレイヤーのステータスを成長させるのは難しい。例えば、大剣を振り回したり全身鎧（よろい）を着ていたりする戦士系は筋力値の上昇が早いとか、能力値に関わる行動に応じて上昇するということだけは分かっているが、こうすればこの数値がこれだけ上がる、というものはない。秘薬で確実に数値が上昇するなら有り難いことなのだ。

　もう一つ欲しいと思ったのは《翻訳の首飾り》という魔具。その名のとおり、他言語を理解できるようになる魔具だ。とはいえ、どの言語がというのは決まっているらしく、複数の言語を翻訳できるものであればあるほど高価らしい。いずれにせよ俺は他の言語系スキルは持ってないので、あれば便利かもなと思うのだ。

　もし出場したとして、狙うとしたらこのくらいだろうな、と最後まで確認して、

「高級食材詰め合わせ？」

　数ある副賞の中で、言葉だけなら一番しょぼそうなものが目に留まった。

「ああ、それか。今年はどんな内容なんだろうなぁ」

　お兄さん其の二が楽しげに言ってエールを呷（あお）る。

「今年は、ってことは、毎年内容が違う？」

「ああ。牛、豚、鶏の肉が基本で、そこに毎回違う食材が加わる感じだな」

「牛や豚が高級食材なのか？」

「そりゃあ、イノシシだのバイソンだのと違って、人が育ててるからな。手間暇かけて育ててる分、うまいのさ。その中でも特にうまいっていわれてる物が厳選されてるって話だ」

　副賞の中では不人気だがな、とお兄さん其の一が笑う。

　そういえば、牛肉や豚肉、それらを使った料理は、他のものより高かったっけ。で、その中から厳選された肉ってことは、現実で言うところのブランド肉ってことだろうか。

　ＧＡＯ（ゲート・オブ・アミティリシア・オンライン）内のブランド肉……興味あります！

「ちなみに、その他の食材って具体的には？」

「んー、毎回、大会が始まってから公表されるからな。過去にはシーサーペントとか、ワイバーンの肉が含まれてたこともあったぞ。他にも稀少（きしょう）な果実やキノコと

かな」

シーサーペント⁉　ワイバーン⁉　動物の延長じゃない、明らかなファンタジー食材、キターっ！　しかも副賞の中では不人気⁉　なんという好都合っ！　今まで市場では見かけなかったし、相当なレアに違いない！

「嬉しそうなのがダダ漏れだけどよ、兄ちゃん。今回、それが含まれてるかは分からねぇよ？」

お兄さん其の一に言われて、我に返る。ああ、そうだった。まだ公表されてないんだった。でも、可能性があるなら最優先で狙いたいところだ。

「お姉さん、こちらのお兄さん方にエール追加で！」

この時点で、闘技祭に出場しないという選択肢は綺麗さっぱり消え失せた。


ログイン四三回目。

アインファストに旅人らしい姿は増えてきているが、プレイヤーの数が増えている様子はない。ただ、街はいつもより活気があるような気はする。

大々的に広報していれば、ツヴァンドやドラードへ活動拠点を移した連中が戻ってきてもっと賑わうだろうに。はっきり言えば宣伝不足だが、この街にとって恒例行事であるため、住人達は誰も困っていないのだろう。

開催の貼り紙に気付いたプレイヤーはどれだけいるんだろうか。昨晩、情報収集を終えてから掲示板を確認した時にはそれらしい話題はなかった。

あ、掲示板といえば。蜂蜜街スレは大賑わいだった。

そして何故か俺はそこで救性主と呼ばれていた。救世主ではない。あの時、一人が言い直したのはこのことか。発音だけならすごく聞こえるのに、字面で台無しだ。これじゃまるで俺がエロのトップランナーみたいじゃないか……。

それはともかくスレは大賑わいだったのだ。どんだけ病気持ちばっかりだったんだよと問い詰めたくなったが恐いのでやめた。というか、結局は聞かなきゃならんかったんだけど。

つまり、現時点で何人がどの病気のキャリアで、どれだけのポーションが必要なのかということだ。問いだけ投げて、後で集計しておくように書き込み、その場はログアウトした。これにばっかり関わってもいられない。

気乗りしないことは後回しにするとして。

闘技祭への参加を決めたわけだが、副賞に興味があるから、というだけでもない。対人戦ができるから、というのも理由だ。

俺は今まで三回、対人戦を経験した。一つはブルなんとかといった割り込み魔。次はポーション事件の時の剣士。最後がツキカゲと出会った時のＰＫ（プレイヤーキラー）だ。街中で捕まえた賞金首は戦闘ではなかったので除外している。

で、つまるところ、そろそろ対人戦のノウハウを手に入れておきたいと思ったのだ。特にＰＫと遭遇したことで、そういうのを相手にするのも慣れておかないといけないと強く感じるようになった。この間のＰＫはあっさり片付いたが、状況や幸運が重なった結果だと思っている。毎回そうそううまくいくとは思えない。

対人戦自体はそればっかりやっているプレイヤーがいるらしいので、そういう集まりに飛び込んでもいいし、闘技場にエントリーしてみるのもいいんだが、せっかく今回の闘技祭の話だ。何ともいいタイミングじゃないか。

あとは顔見知りを頼ってもいい。あ、でもルーク達相手じゃ俺は歯が立たないだろうし、グンヒルトもあれで恐ろしく強そうだ。もし彼らに頼むなら、手加減してもらう必要があるか。ツキカゲ相手ならいい勝負に持ち込めるかもしれないが、あいつはどっちかっていうと俺と同じでトリッキーなタイプだから、ちょっと想定相手の型から外れる。

それはともかく、大会ということなら他の熟練者の試合も近くで見られるだろうという期待もある。観客席で見るのとどっちがいいのかは試合の内容次第だけども。それにプレイヤーだけでなく、住人も参加するそうなので、そっちも楽しみだったり。

ともかくエントリーは今日中だ。闘技場へ向かわないと。

受付にはそこそこのプレイヤーらしき人達がいた。武装はピンキリだ。俺の目から見ても大丈夫かと不安になる奴から、強そうだなと素直に思える奴まで様々。これに住人も加わるんだから、参加者はどれだけの数になるんだろうか。

「次の方、どうぞ」

受付の列に並んでしばらくすると、俺の番になった。

「こちらの用紙に必要事項を書き込んでください」

受付のお兄さんが書類とペンを差し出してきたので受け取る。

名前（別名可）、性別、出身国（異邦人はその旨を記載）、使用主武器とある。結構あっさりしてるな。

そしてその下に注意事項が記載されている。酒場のお兄さん達に聞いたとおりだが、漏れているものもあった。降参した者への追撃の禁止、だ。相手を過剰に傷付けるのは禁止ってことかね。注意事項になってるってことは、そういうのが出ることもあるからだろう。

名前を別の名で登録できるってことは、本名を隠す意味合いか。俺達にはあまり意味ないな。使用武器は……どう書けばいいんだ俺の場合。

「格闘メインの場合、武器のところはどう書けば？」

「格闘と書いておいてください」

言われたとおりに記入する。

「『上記注意事項を遵守し、違反した場合はいかなる罰も受け入れることを誓います』、か」

最後の一文を読み、サインをした。これで手続きは終了だ。ちなみに文字は全て共通語である。ＧＡＯ驚異の技術力で、書こうと思った内容が共通語に変換されて浮かぶので、そのとおりに書けばいい。書き順までナビゲートしてくれる便利なものだ。

「はい、大丈夫です。それでは当日、時間までに闘技場へお越しください」

意外と簡単に手続きは終了してしまった。さて、これからどうしようか。今日は狩りに出る気分じゃないし、かといって薬を作る気分でもない。

『フィスト、今大丈夫ー？』

食堂を新規開拓でもしようかと考えたところにフレンドチャットが飛んできた。この声は【シルバーブレード】のウェナだ。足を止めて返事をする。

『ああ、どうしたウェナ？』

『実はフォレストリザードを狩ったらお肉を手に入れたんだけど、調理したことある？』

『フォレストリザード？　いや、まだ遭遇したことない。確かツヴァンド周辺でも狩れる獲物だったな？』

『うん、ツヴァンドの森の奥で見かけたことがあるから、そっちにも生息してると思う。それでね、ロックリザードとは違うけど、同じトカゲじゃない？　だったらまたフライとか作ってくれないかなー、なんて』

つまり料理製作の依頼か。と言われても、俺はまだアインファストなんだが。

『こっちに戻ってくる用があるのか？』

『ううん、そうじゃなくて。また会えた時でいいんだけど』

何とも気が長い話だ。今度会えるのなんていつになるか分からんのに。まぁ、フォレストリザードの肉には興味あるからいいけど。

『分かった、次に会った時には調理してやるよ。ところで【シルバーブレード】は闘技祭に出ないのか？』

『闘技祭？　何それ？』

ん、ひょっとして知らないのか？

『いや、リアル時間で明日のことなんだが、アインファストの闘技場で闘技祭っていう武道大会があるんだ。知らなかったか？』

問いにウェナは無言。多分、ルーク達に確認を取ってるんだろう。少しして返事が来た。

『うちは誰も知らないみたいだね。そんなのやるんだ』

『賞金とか副賞とか、今の俺にはおいしいんだけど、お前らにはそう魅力的な物じゃないか』

簡単に賞金額と副賞を説明すると、あー、とウェナは少し考えている様子だったが、

『うん、わざわざ今からアインファストに戻ってまで

参加するメリットはないね。その手の大会に出場するならルークだけど、ルークだけ行かせるわけにはいかないし。そうなったらドラードからアインファストまで、転移門使用料が六人で往復三六万ペディアだから。優勝しないと現金分の元は取れないし、副賞も微妙だねー』

交通費三六〇万円相当か……でもそれが出せない額じゃないあたり、さすがトッププレイヤーは格が違う。

『でも、フィストは出るの？　それなら見たかったなぁ』

と残念そうなウェナの声。別に俺の戦いなんて見たって面白くないだろうに。

『さては、俺の無様な負けっぷりを指差して笑う気だな？』

『……フィストがボクのことどう思ってるのか、今度じっくりと問い詰めなきゃいけない気がしてきたよ……笑ってほしいなら笑うけど』

冗談交じりに言うと、ドスの利いた声が返ってきた。

その後で、ぼそりと呟（つぶや）いてげへへと笑うウェナ。女の子がその笑い方はどうなのよ。

『まぁ冗談はさておいてさ。ボク、フィストが戦う場面を見たことないから。ポーション事件の時にルークが見た限りじゃ、イイ線いってるって話だったから、興味があったの。素手使いもほとんど見かけないしね』

あぁ、そういうことか。ルークは俺があの時、剣士と戦ってるのを少し見てたっけ。

確かに格闘系プレイヤーを見かけることはない。以前、訓練所で教官殿に話を聞いた時には、【手技】はともかく、【足技】使いはいたらしいのに。あくまでサブ技能的な扱いのプレイヤーだったんだろうか。今回の大会で同志が見つかればいいんだが。

『あ、そろそろ行かないと。直接応援には行けないけど頑張ってね。当日は応援メッセージを送ってあげよう。ギルド一同、フィストの健闘を祈ってるよ』

『ありがとう、それじゃあな』

チャットを終わらせ、その場を離れる。

しかしルーク達は出ないのか。それにさっきの感じだと、最前線にいるであろうトッププレイヤー達は闘技祭に気付いてなさそうだ。気付いてても、今回の賞金なんかじゃ気が乗らないって感じっぽい。

てことは、闘技祭に参加するプレイヤーはトップよりは劣る連中ばかりということになる可能性が高い。

下馬評はどんなものかと再度掲示板を検索してみると、闘技祭のスレこそあったが、それほど進んでおらず、俺でも知ってる有名人の名前もなければ優勝候補として挙げられる名前も一切ない。誰が参加するかも分かっていないようだ。運営が公式ＨＰで広報でもすればかなりの数が集まっただろうに。これ、盛り上がるんだろうか？

しかしこれはチャンスかもしれない。俺の技量でも、そこそこの順位になれる確率が上がるからだ。たとえ僅かだとしても。

でもまあ、望み薄ではあるんだよな。プレイヤーと住人の腕利きが集まることに変わりはないわけだし。過度な期待はせずに、ちょっとした訓練のつもりで参加するくらいがちょうどいいのかもしれない。でも高級食材セットは諦めるには惜しすぎる。

うーん、何をやるにも中途半端というか、今日は気持ちが動かない。大会に備えて今日はもう落ちようか。

「ツキカゲ？」

そんなことを考えていると、道の先からツキカゲが歩いてくるのが見えた。

「おお、フィスト殿では御座らぬか」

「どうしたんだお前？」

ツキカゲの格好を指摘する。街中では私服だと言っていたのに、今の彼は忍装束フル装備だったのだ。

「実は、広報役を仰せつかったで御座るよ。まずは興味を持ってもらおうというわけで、拙者自らが看板となって他のプレイヤーの目を引き付けることになったので御座る」

「……忍ばない忍者でいいのか？」

「主力は忍んでおる故、よいのではないかと」

俺の疑問に、ツキカゲはよく分からない理屈を返してくる。ギルドがそういう方針であり、ツキカゲが納得しているなら、俺が口を挟む問題でもないか。

「で、その歩く広告がどうして闘技場へ？」

「リアル時間で明日、闘技祭があると聞いたので、衆目を集める良い機会と思ったで御座るよ。これから参加申請で御座る」

そうか、ツキカゲも参加か。

はてさて、どんな大会になるのかね。

第三〇話　襲　撃

ログイン四四回目。

早くもアインファスト闘技祭開催日だ。急な残業が入った時はどうなるかと思ったが、間に合ってよかった。

装備に問題はなく、気力も充実してる。勝ち負けはともかくとして今日は楽しい日になりそうだ。いや、何とかベスト8までは進みたい。

闘技場へ向かう間に街の様子を見ていると、今日の闘技祭のことで賑わいが増している。街の住人達も楽しそうだ。

その一方で、今日は随分と衛兵の動く姿を目にする。普段から街の治安維持のために巡回とかはしてるんだが、ここまでよく見ることは珍しい。祭りだから人が集まる、故に騒ぎも起こる、ってことなんだろうか。

闘技場の前は大混雑だった。試合を観に来た客、参加しに来た選手、それらを見越した屋台とすさまじい人の数だ。

「よぉ、フィストじゃねぇか！」

そんな人混みの中で俺を呼ぶ声が聞こえた。聞き覚えはある。そして漂ってくる匂いにも覚えがあった。

声と匂いの元へと目をやると、そこには一つの屋台があった。俺が贔屓（ひいき）にしているティオクリ鶏の屋台だ。

「おやっさん、どうしたのこんな場所で。いつもと出店位置が違うじゃないか」

「この時期は屋台の需要が一気に増えるのさ。特に闘技場周辺とそれ以外だと、売り上げが一桁違うなんてのもざらなんだ」

いやー、今年は幸運だったぜ、とおやっさんが笑う。

なるほど、闘技祭での特需を見込んでここへ出店したのか。幸運だ、って言うからには、抽選とかがあるんだろうな。

「で、フィストは観戦か？」

「いや、ちょっと腕試しってことで、選手枠だよ」

そう言うと、そうかそうかとおやっさんは笑った。

「今年は例年と違って異邦人がいるからな。腕利きが多いって話だし、それだけ闘技祭も盛り上がるってもんだ。フィストも頑張れよ。ほれ」

激励の言葉と共に、おやっさんがティオクリ鶏を差し出してくる。

「景気付けだ。一本いっとけ。お代は結構だ」

「ありがとう、頑張るよ」

せっかくの厚意なので素直に受け取った。うーん、やっぱりおやっさんのティオクリ鶏は最高だ！


さて、会場で受付を済ませたまではいいんだが。何か雰囲気がおかしい。いや、参加者は別にどうってことない。これから始まる戦いに意気込んでる様子が見て取れる。

一方、スタッフの方が慌ただしい。何やら想定外のことでも起こったんだろうか。

「あら、フィスト？」

そんな様子を眺めていたところでグンヒルトの声が聞こえた。

「よ、グンヒルト。まさかそっちから出張ってくるとは思わなかったな」

声の先にはグンヒルトがいた。以前と変わらぬ、なんちゃってヴァイキングスタイルだ。ここにいるということは、彼女も今大会の参加者か。

「資金稼ぎにでもなればと思ってね。あ、そうそう。この間紹介してくれたお店、ありがとね」

礼を言ってくるグンヒルト。前回、コスプレ屋のことを教えてやったのだ。

「王女殿下の格好に変えるのか？」

「さすがに防御力が落ちるのはちょっとね。盾だけ改造してもらったわ」

こちらを見たまま、グンヒルトが背中に背負ったラウンドシールドを指した。よく見ると、以前と変わらない盾の縁に、斧(おの)の刃が取り付けられている。ああ、そんな装備もあったっけ。

「【解体】の方はどうだ？」

「お陰さまで。イノシシでもブラウンベアでもどんとこい、よ」

何とも頼もしい言葉を返してくる。うん、教えたスキルを活用してくれているようで何よりだ。

「ところで、賞金目当てってことは、店の目処は立ったのか？」

獲物を処理する作業場がある店にしたい、と言っていたが、いい物件を見つけることができたんだろうか。

「ええ、色々考えたんだけど、ツヴァンドからドラードへ移ることにしたわ。あっちは港もあるし、ジビエ以外にも魚も扱ってみたいしね」

「そっか。そっちの店にお邪魔するのも、ドラードに移ってからになるかもな」

しかしさらっと流しておいたが、資金稼ぎと言い切れるあたり、自信があるんだろうなぁ。羨ましい限りだ。ん、待てよ？

「ところで、副賞は何を狙ってる？」

「副賞？　そんな物があるのね。ツヴァンドで見かけた広告は、賞金額しか出てなかったのよ」

いかん。グンヒルトなら、高級食材詰め合わせを選ぶ可能性が極めて高い。ここは誤魔化して――

「ちなみに、どんな物があるの？」

はい、駄目でしたー……いや、時間の問題でしかなかったわけだが。

「エンチャントが施された武具や、魔具、ポーション類。それから高級食材の詰め合わせとかだな」

「へぇ……フィストも最後のが狙い？」

グンヒルトが微笑む。目が狩りの時のそれだ。

「他にも欲しいと思える物はあるけど、一番欲しいのはそれだな」

「そう。お互い、頑張りましょ」

うん、そうなるよなぁ。さようなら、高級食材……。

それから他愛もない世間話などをしているうちに、時間となる。

「お待たせしました！　参加者の方々は全員、闘技場へとお入りください！」

スタッフの大声が聞こえた。と同時に、戸惑いの声があちこちで上がる。

というのが、この大会、まずは予選がある。本当ならこの後、くじ引きでその組み合わせを決めるはずだったのだ。そういう事前説明だった。なのに、全員が闘技場内へ？　こりゃ、本当に何かが起きてるな……。

戸惑いつつも、参加者達は誘導に従って闘技場に入っていく。その流れに従って俺も進むしかない。

闘技場のフィールドへと足を踏み入れた。円形である闘技場の観客席には多くの人達が座っている。ただ、やはりいつもと手順が違うためか、こちらにも動揺が見えていた。

やがて、出場選手全員がフィールドに集まった。こうしてみると結構な数だ。一体何人いるんだろうか。

「アインファストの住人達よ！」

突然、大声が響き渡った。観客席の上の方、見るからに貴賓席のようになっている場所からの声だ。そこには一人の男が立っている。三〇代後半に見える精悍な顔つきの男。恐らくアインファストの代表者、すなわち領主だろう。だが腑に落ちない点がある。何故か男は鎧を着込んでいた。

「毎年恒例の闘技祭に、今回も多くの戦士達が集まってくれた！　諸君らがこの日を待っていたように、私もこの日を楽しみにしていた！　しかし、誠に遺憾ながら、今回の大会は中止せざるを得なくなった！」

闘技場が沈黙に支配された。闘技祭が、中止？

ゆっくりとざわめきが広がっていく。参加者だけじゃなく、観客席からもそれが生じ、それは一つとなって闘技場を覆った。

男、領主が右手を挙げる。闘技祭が開催直前に中止になるなんて想像の外だ。その理由を知りたいと思うのは当然で、ざわめきはすぐに鎮まった。領主様の言葉を待つ。領主様はやや俯き、溜息をついたように見えたが、顔を上げ、告げた。

「昨日のことだ！　西の森で魔族の姿が確認された！」

魔族……？　この世界、魔族もいたのか。でもそれが闘技祭中止の理由？　それだけで？

俺と同じ、戸惑いの反応はあちこちで見られた。しかし対照的な反応もある。例えば俺の隣にいる革鎧の戦士だ。その顔色は悪い。さっきまでの健康そうな顔色は消え、蒼白になっている。

そして観客席もだ。先ほどの戸惑いとは明らかに違う空気が生まれていた。一言で表現するなら恐怖だろうか。明らかに浮き足立っているのが分かる。俺達プレイヤーと住人とで温度差が激しい。

「今回の奴らの規模がどれほどのものかは分からん！　しかし奴らは確実に、この街を目指してくる！　二〇年前の惨事を覚えている者もいるだろう！　我々はそれに備えなければならん！」

二〇年前……その時にも魔族の襲撃があったっていう歴史か。奴ら、ってことは複数での襲撃。それが街を襲ってくる。ＭＭＯ系ゲームにあるっていう襲撃イベントってやつか？

「現在、兵達が防衛の準備を続けている！　しかし奴らは強力だ！　兵力はできるだけ欲しい！　故に、今大会の参加者達よ！　諸君らの力を貸してほしい！」

領主様の視線が俺達へと向けられた。

「強制はしない！　だが、この一戦に街の存続が懸かっているのは事実だ！　どうか力を貸してもらいたい！　そしてそれとは別に、義勇兵を募る！　アインファストを守るための一助となれる者があれば、ぜひ協力してもらいたい！　参戦してくれる者にも僅かではあるが報労金を出そう！　なお、魔族との戦いにもっとも貢献した者達へ、今大会の勝者への賞金や副賞を渡すこととする！」

気勢を含んだ声が上がったのはその直後だった。

「襲撃イベントキターっ！」

「腕が鳴るぜ！」

「いくらでも掛かってこいやーっ！」

魔族とやらの襲撃にテンションが上がっているのはプレイヤー達だろう。フィールドの参加者のみならず、観客席にも何名か、立ち上がって意気込んでいる奴がいる。大会に参加できなかったのに、その賞金等を得るチャンスができたからだろう。

「何だか、大変なことになったわね」

周囲の様子を見ながらグンヒルトが嘆息した。まったくだ、と俺もそれに倣う。

「こういう場合、俺達というかプレイヤーってどうやって動くもんなんだ？」

「私もＭＭＯはＧＡＯが初めてだから、何とも言えないわ。多分、その辺は領主から指示があると思うけどね」

　絶望に沈む住人達を見ると、果たしてイベントと言えるような内容になるのかが疑問だ。それほどの脅威と見るべきなんだが、プレイヤーは期待に湧いている。悪く言えば緊張感がない。こうやって住民視点でものを考えるあたり、俺もＧＡＯの世界に染まってるのかもしれないけど。

　でもまあ、やれることをやるしかないよな。


　魔族。人族及び亜人の、不倶戴天の敵、ということになっている。

　外見は狼ベース。そのまま二足歩行させて腕を人のものに変えたら大体のイメージになるそうだ。昔あった某格闘ゲームで使ってた狼男キャラみたいな感じだろうか。

　全身は漆黒で、目のみ煌々と輝く紅。鋭い鉤爪は岩にも突き立ち、金属鎧すら貫くこともあるという。それは牙も同様で、板金鎧が食い破られたという記録も残っているそうだ。

　あと、基本的には全く同じ姿形だが、特殊な個体がたまにいるらしい。基本タイプを大きくしたやつで中型と呼称される奴と、森の動物と同化した融合型タイプだ。後者は元の動物に準じた姿と大きさになるそうだ。過去に確認された例では、熊タイプと鹿タイプ。熊タイプはパワーが上がっていて、鹿タイプは敏捷性が増していたらしい。場合によっては蛇とかトカゲとかイノシシなんてのも出てくるんだろうな。

　それからこいつらは瘴気を纏っている。ならば魔獣なのかというと、魔獣とは違うらしい。何しろ魔核がないんだそうだ。それに死んでもしばらくしたら瘴気を残して溶けて消えてしまうという。暴れ回っている間は物理的な脅威となり、死んだら死んだで瘴気汚染を引き起こす。何ともはた迷惑な存在だ。

　そんな魔族の襲撃に対する防衛策は次のとおり。

四つある門のうち、東門は必要最低限を残し、西に最大戦力を集中。北と南にもある程度の兵を割く。

兵についてはほとんどを門の外に展開する。これを聞いた時、城壁の上からの迎撃をメインにするんじゃないかと疑問に思った。当然同じ疑問を抱くプレイヤーもいて、それを質問したんだが、今回の防衛戦の第一優先は『魔族を城壁に取り付かせない』ことなんだそうだ。理由は単純。奴らの侵攻に城壁は意味を成さないとのこと。何でも、軽々とよじ登ってしまうんだそうだ。地上を駆けるのと遜色ない速度で。

それから連中の行動パターンも、そうせざるを得ない理由だそうで。目の前の敵にひたすら食らい付いてくるタイプと、弱い者を嗅ぎ分けてそちらを優先的に狙うタイプの二種類がいるんだとか。後者は戦闘系をほとんど無視して、非戦闘員を優先して狙うらしい。外見ではその判断は付かず、城壁を越えられると住民の被害が甚大なものになるので、とにかく街の中へ入れないようにするのが重要なんだそうだ。過去にも襲撃があったというんだから、そこから学んだ部分もあるんだろう。

城壁外でひたすら数を減らし、前線を無視して城壁に取り付いた奴はとにかく叩き落とす、それが方針となる。城壁の上からの飛び道具による遠距離攻撃は、あまり効果がないそうだ。外見は狼なのに、その皮膚はかなり硬いらしい。一番有効な攻撃は打撃武器だというのだから弓兵は涙目である。その分、投石器が活躍するようだが。目をピンポイントで狙えるなら一撃必殺もあり得るそうだが、全力疾走する狼の目を狙えるスナイパーがどれだけいることやら。他には弱点らしい弱点もないそうだ。

そういうわけで俺の配置だが、城壁の上だ。つまり、蹴落とし係ってことになる。一応、石を落とす係でもあるが。

重装系のプレイヤーと、軽装でも自信があるプレイヤーは前線に出ている。グンヒルトは前線へ出た。ちょっと昔を思い出してくると言ってたが、どういう意味だろう。

【伊賀忍軍】は前線組と侵入した魔族の排除組に分か

れているそうだ。ツキカゲは前線組らしい。

レイアスは排除組。それから訓練所の教官達も排除組だ。俺が知ってる顔見知りの配置はそんなところだ。あと親しい住人達で動向が分からないのはコーネルさん達くらいだが、調薬師ギルドがポーション等の薬品で後方支援をするらしいからそっちにいるかもしれない。屋台のおやっさんは避難場所へ避難してるはずだ。

住人達からの義勇兵もそれなりに出てはいるようだが、ほとんどが城壁内側での排除組と、城壁での蹴落とし組に回されている。前線でまともに戦えるとは思えないので妥当な措置だろう。

城壁の上で俺は【遠視】を使って森を見やる。まだ魔族の姿は見えないが、時折、森の中から鳥が慌ただしく飛んでいくのが辛うじて見えるので、大体どの辺りにいるのかは見当が付く。当然、物見の兵は望遠鏡のような物を使ったりして状況を確認しているし、逐一伝令が走っているので領主様達も状況は把握しているだろう。

さて、ぼちぼち、かな、と思ったところで電子音。メールの着信だ。こんなタイミングで誰だと思ったら、ウェナだった。

『もう試合は始まってるかな？ 遠いドラードの空から、フィストの健闘を祈ってるよ。我ら、銀の剣を体現する者。汝(なんじ)にその加護のあらんことを』

あぁ、闘技祭の応援メッセージか。そういえば送ってくれるって言ってたっけ。

このGAOでも銀は破邪の効果があり、アンデッド系には特に効果を発揮する。そして銀の剣は困難を切り拓く象徴として扱われることも多いそうだ。こっちの世界の昔話の勇者が持っている聖剣なんかが、銀や魔銀(ミスリル)製だったりすることが多いのはそういうことらしい。

【シルバーブレード】の名の由来もここから採用したんだそうだ。その加護を俺に、ということは、強敵という困難に負けずに勝ち進め、ということだろう。何とも彼女らしい応援の言葉だ。

でも、状況は変わった。【シルバーブレード】がこの場にいれば頼もしい限りだったんだが、いない者は仕方ない。

『現在アインファストは魔族襲撃の報を受けて闘技祭は中止。兵と住人とプレイヤーが一丸となって迎撃準備中。カタが付いたらまた連絡するよ』

そこまで入力して送信したところで、

「来たぞーっ！」

物見の兵の声。意識を森へと向けると、森から黒い一団が湧き出していた。緑の地面を侵食していく黒の群れ。それは次第に広がっていく。今見えてるだけでもかなりの数だ。門の外に展開してる防衛隊に迫る──いや、この勢いのままだと、いずれ並び、上回るだろう。

俺はメールを再度立ち上げ、送信した。

『迎撃開始。生き残れたらまた連絡する』

さて、どこまでやれるか分からんが、街の人に被害を出すわけにはいかない。

全力でできる限りのことをする！

第三話　アインファスト防衛戦

戦端が開かれて二〇分くらいが経過しただろうか。

前線は今も踏ん張っている。アインファストの守備兵達の奮闘もかなりのものだ。負けたら後がないという重圧故だろう。

前線から城壁までは、横列の部隊が何重にもなっている。あくまで目の前の魔族への対処を優先し、突破した魔族は次の部隊が迎撃する布陣だ。幸い、現時点で城壁まで到達する魔族はいないようだ。

だが、確実に被害は増えている。魔族の数は最終的にこちらよりやや多い勢力になった。魔族の戦闘力はこちらの兵より上らしく、守備兵は数人がかりで相手をしているようだ。質と量の面で不利は否めない。それでも持ち堪えているのはプレイヤーの活躍が大きい。一対一なら互角以上に渡り合えているようだ。さすが前線志願するだけはある。相応の実力は持ち合わせてる。羨ましい限りだ。

さて、正面の戦場ばかりに注意を向けているわけにもいかない。一応は西門を中心にした陣を敷いてるわけだが、連中にしてみれば門があろうがなかろうが問題はないわけで。後方に控えていた魔族は左右に広がる動きを見せていた。こちらのいくらかが迎撃に向かったが、何層もの陣を構築できるだけの余裕はない。突破した魔族はそう遠くないうちに城壁へ到達するだろう。そもそも聞いている魔族の行動パターンから察するに、左右に展開してる奴らは弱者優先タイプだろうしな。

「待機中の迎撃担当は移動！　左右に展開した魔族が防衛線を突破した後に備える！」

伝令兵が告げた。あっちが抜かれること前提での変更か。仕方ないことだけど。

迎撃用に準備されていた、人の頭くらいの大きさの石を左右に抱えて指示された場所へと向かうが、そうしている間にも左右の陣を突破する魔族が出始めた。中央と違ってその後を遮るものはない。幸い、兵が配置されていない場所へ向かう様子はないので、城壁の俺達が迎撃さえできれば何とかなりそうだ。

　城壁の上からの攻撃はまず投石機とバリスタから。既に射程には入っているので次々に撃ち出されている。命中精度はよくないらしいが、魔族の数が多いので今のところはそこそこ命中している。それに併せて射撃も行われているが、弓とクロスボウはあまり効果がない様子。命中しても半分は弾かれている。聞いていたとおり、かなり硬い皮膚のようだ。

　そろそろ出番だ。魔族共の先頭が城壁へと辿り着いたので、石を頭上に構えた。周囲の兵士やプレイヤーもそれぞれの行動に移る。魔術の詠唱を開始する者もいれば煮えた油を掛ける準備をする者もいた。熱湯の方が手軽なんだが、過去の例では熱湯では怯みすらしなかったそうだ。油は一応効果があったらしい。ダメージよりも登攀の妨害の意味合いが強いらしいけど。

　魔族がこちらへ駆けてくる。射程に入ったので城壁から魔術が飛んだ。魔術を受けてバランスを崩して倒れる奴もいるが、いくらかは直撃したのに平然と向かってくる。倒れた奴にしても死んだわけではなく、負傷させたに留まっているようだ。どれだけ頑丈なんだあいつら。

　先頭が壁の至近までやって来た。

「放てーっ！」

　指揮官の指示が飛ぶ。俺は思い切り石を投げ落とした。【投擲】スキルの影響もあるのか、俺が投げた石は魔族の頭部に見事直撃。頭が割れて黒い何かが噴き出すのが見えるが、あれが魔族の血だろうか。短い悲鳴を上げてそいつは落ちていき、地面に叩き付けられたが、痙攣しつつも死んだ様子はない。

　追撃をするべきかと次の石を持ち上げた時だった。後続の魔族が跳んだ。地面から三分の一辺りの高さに取り付くと、そのまま壁を登ってくる。ここの城壁の高さは一五メートルくらいと結構高いんだが、何て跳躍力だ。鉄をも裂くといわれていた爪が易々と城壁に突き立っていて、地上と変わらぬ進行速度で登ってくる。

　追撃をかける余裕なんてない。俺は直下に迫った魔族に投石した。再び命中し、魔族が落ちる。先に落ち追い打ちで命中した。それで二匹とも動かなくなる。

うむ、結果オーライ。

しかし魔族の進撃は止まらない。投石が追いつかないと判断し、次々に城壁を登ってくる。怯む様子もなく、俺は【魔力撃】を使用した。そしてよじ登ってきた魔族が頭を見せた瞬間に思いっきり蹴り上げる。顎を突き上げる一撃を受けて魔族が宙を舞った。そのまま落下し、いくらかの魔族を巻き込む。これで少しは足止めにもなるか。

登ってくる魔族に同じような対応をする。とりあえずのところはこれで何とか凌げそうだった。気分はモグラ叩きだ。

が、俺が順調でも他がそうだとは限らない。右隣にいたプレイヤーが悲鳴を上げた。そいつの武器は片手剣だったが、突き立てようとした刃が逸れた隙に脚を摑まれたのだ。そしてそいつは、城壁の外へと放り投げられた。侵入を阻止するべく俺は魔族を蹴り落とす。

「うわあぁぁっ⁉」

た魔族の上へと落下し、更に投げた石がうまい具合に

プレイヤーはそのまま落下し、嫌な音を立てて頭から接地。数秒後、砕けて消えた。一五メートルをあんな落ち方をすれば即死は免れない。

しかしまずいな、俺の担当が増えた形だ。できれば誰かに穴を埋めてほしいんだが……。

「ぎゃあっ！」

次の悲鳴は左から来た。油を撒いていた義勇兵だ。魔族の爪が深々とその腹に突き刺さっていた。革鎧を着ていたのにまるで役に立っていない。

「野郎っ！」

義勇兵の向こうにいた守備兵が槍を突き出した。鋭い穂先が魔族の目へと吸い込まれる。浅かったのか魔族は健在。無事な方の目で守備兵を睨み付けるようにし、片腕を振り上げた。

「落ちろっ！」

「逃げろっ！」

守備兵が槍を更に押し込もうとしたのと、彼に割り当てられた場所から別の魔族が姿を見せたのは同時だった。

警告が聞こえたのかどうか。守備兵は反応した様子を見せず、横薙(な)ぎの一撃で脇腹を鎧ごと裂かれた。続けて、相手をしていた魔族の一撃で守備兵の首が胴から離れた。血を噴きながら倒れた身体が油の鍋へと倒れ込む。嫌な音が立ち、零(こぼ)れた油が倒れた守備兵と義勇兵を焼いた。

そして魔族はというと、俺を無視して城壁の下、街の中へと飛び下りた。片目を貫かれた魔族も槍を引き抜いて街へと飛び下りる。

「まっ、待ちやがれっ⁉」

追いかけようとするも次の魔族が上がってくる。追いかける余裕がない。自分の分担を押しとどめるだけで精一杯だ。

意識を侵入してくる魔族に戻す。

街の中から次々と悲鳴が上がったが、俺には目の前の魔族を相手取ることしかできなかった。

最後の魔族を蹴り落とす。落ちた魔族はそのまま動かなくなった。さすが最強武器、地面さん。一五メートルの落下ダメージはかなりのものだ。残念ながら俺の【魔力撃】は墜落死を狙う程度にしか効果がなかった。自分の力だけで仕留めることができた魔族はゼロだ。腰を据えて何発も打ち込めれば違うんだろうけど、そんな余裕はなかったわけで。

とりあえずの役目は果たしたわけだが、個人的な感想を言わせてもらえば最悪だ。空いた穴を狙うように魔族は城壁を越えてきた。俺や他の連中を歯牙にも掛けず、直接相対した奴以外は街へと下りていったのだ。

城壁を越えようとしていた魔族は全滅したが、西門正面の迎撃部隊は今も魔族の主力と戦闘中だ。

城壁の上には生き残った守備兵とプレイヤーが見える。残念ながら義勇兵らしき人は誰も立っていない。死んだＮＰＣ(ノンプレイヤーキャラクター)は消えることがないのか、そこに無惨な死体を晒(さら)している。

血と臓物と焼けた肉の臭いが鼻をつく。【解体】スキルの修得によって倫理コードが解除されていることにより、俺は他のプレイヤー以上に『人間の死』を感じ取ってしまう。

　歯を食いしばり、耐える。さすがに吐き気は起きない仕様みたいだが、何もかも忘れて叫びたくなるのを必死でこらえた。ここでただ叫んだら、何かが折れる。そんな気がした。

　だから俺は意識を城壁の内側へ向けた。こちらへ向かって来ていた魔族は既にない。西門の方へ迫っている魔族がこちらへ流れてくる様子もない。だったらここは、もういいだろう。街の中、遠くからは悲鳴や怒声が聞こえてくる。何も終わっちゃいないんだ。

「中に入った連中を追ってもいいですか？」

　そばにいた守備兵、この場の指揮官だった男に声を掛ける。槍で身体を支えた満身創痍（そうい）の彼は、ただ黙って頷くことで応えた。

　他のプレイヤー達へと意識を向ける。その顔色は悪い。流血等の描写がなくても、住人達の死体に思うところがあるんだろうか。追撃に移る余裕はなさそうだ。

　それらから目を逸らすように、俺は城壁から跳んだ。途中で精霊魔法を使って風の足場を作り、何度か勢いを殺して無事に着地する。【脚力強化】のお陰か、思ったより衝撃は小さかった。

　城壁の下にも死は散らばっていた。左肩を胸辺りまでごっそりと失って倒れている若い男。顔の半分を削ぎ落とされた、体型から恐らく女だと思われる者。中身がはみ出た状態で蹲（うずくま）ったまま絶命している老人。他にも様々な死体が転がっている。背中に傷がある死体が多いのは、逃げるところを後ろから襲われたからだろう。魔族の死体もあるが、人のそれに比べたら微々たる数だ。

　死体を踏まないように注意しながら街の中へと急ぐ。城壁の上より血の臭いが濃い……死体の数の差だろうか。

　こんなことがなければ、まだ生きていたであろう人達。データの塊でしかないはずの彼らの亡骸（なきがら）を見て、湧き上がってくるものがある。

　それは、こんな惨劇を引き起こした魔族に対する怒りだ。これが野の獣であり、生きるために人を食らう存在であるなら話は違ってくるが、こいつらは人を殺すだけで食わないらしいのだ。牙で噛み付いた結果としてちぎれた部位を飲み込むことすら滅多にしないとか。つまり、殺すために殺してるってことだ。

仮想現実の世界とはいえ、データだとはいえ、この世界で笑って泣いて生きている人達がいる。そんな人達を踏みにじる存在がいる。裏には俺が知り得ない、この世界での事情があるのかもしれない。人間と魔族の対立にも理由があるのかもしれない。それでも俺は、魔族という存在を、現時点では認められなかった。

おかしな話だと思う。普通のゲームならモンスターはプレイヤーを、そしてイベント等でNPCを襲う存在で、それに対して憎悪に近い怒りを覚えるなんてまずないのに。どうやら俺はかなりこの世界に馴染んでしまったというか、染められてしまったみたいだ。それがいいことなのか悪いことなのかは判断できないけど。

黒いものが映った。魔族だ。街の中に配置された兵達と交戦しているのが見える。ようやく追いついた。

それとは別に、近くの建物の中からいくつもの悲鳴が上がっている。入口のドアが壊れてるってことは、魔族に侵入されたんだろう。

そして、今、まさにドアを破壊しようとしている魔族も目に入った。

優先順位は決まった。拳と足に【魔力撃】を展開して、ドアを破ろうとしている魔族に襲いかかった。

「クリティカルヒットぉっ！」

気合いと期待を込めて叫びながら拳を繰り出す。ドアに意識が向いていた魔族がこちらを向いた時には拳がその顔面を捉えていた。手応えは十分だ。

が、その一撃じゃ決まらない。ダイスの神様は微笑んでくれなかった。

威嚇するように唸（うな）りながら、魔族が俺へと意識を向ける。こうしてまじまじと見るのは初めてだなと思いながら、魔族を観察した。

説明を受けていたとおり、頭の形はウルフのそれだ。目は紅。牙は二重に生えてるな。さっきまでは気付かなかったが、身体からは靄（もや）みたいな黒い何かが僅かに滲（にじ）み出している。これが瘴気ってやつか。ん、俺が殴った場所からも黒い煙みたいなのが漏れてる。投石で叩き落とした魔族もこんな感じだったが、こりゃ血じゃないな。何というか毒々しいガスのような――って、これも瘴気なのか？　身体から滲んでるのと同質っぽい。だとしたら、こいつらひょっとして瘴気の塊みたいなもんなのか？　こいつらの中身はどうなってんだ？　他の生物のように内臓とかの器官はあるんだろうか。

思考は魔族の攻撃によって中断させられた。左上段から大振りの一撃が迫ってくる。

右腕でそれを受け流す。軌道を逸らされた腕に振り回されるように、魔族の右脇腹が空いた。そこ目がけて膝蹴りを放つと硬い感触が伝わってくる。顔面よりも硬いなこれは。部位によって強度が違うんだろうか。

今の一撃がダメージになった様子はなかった。ならばと左拳を続けて叩き込み、更に爪先蹴りを同じ箇所へと繰り出した。びき、と何かがひび割れるような音がそこから生じる。魔族の爪を後ろに跳んで回避し、集中攻撃を掛けた箇所を見た。さっきの顔面と同じく、そこからも煙が漏れ始めている。ダメージは入ったみたいだ。

「って、硬すぎるわっ！」

連続攻撃のダメージは、初撃の顔面パンチよりも低いようだった。漏れ出る煙の量が明らかに違う。顔から漏れる方が多いのだ。あれが魔族にとって出血のようなものだとするならば、顔を狙った方がいいんだろうか。目を射貫いたら一撃で仕留めることができるって話もあったし、弱点は首から上ってことか？　いや、正確に言うならば、俺が狙って一番有効な部位がそこ、ってだけか。

「だったら、徹底的に狙ってやろうじゃねぇかっ！」

【魔力撃】の右拳を顔面へ、続けて左拳も顔面へ。少し下がって蹴りを顎へ。魔族の攻撃は避け、受け流し、ただひたすらに顔と頭に打撃を集中させる。一〇発ほど食らわせたところでようやく魔族の身体が崩れ落ちた。動かなくはなったが念のため、足に【魔力撃】を込めてその頭部へ振り下ろす。バキリと硬い石が割れるような音と共に、魔族の頭が目に見えて割れた。勢いを増して黒いガスが溢れ出る。直接浴びないように即座に距離を取った。

「これで、ようやくかよ……」

　呼吸を整えながら仕留めた魔族を見下ろす。顔面への集中攻撃でもこれだ。しかもその間に一撃でも食らったら詰みかねないという理不尽さ。一対一でやれたからいいものの、複数相手は厳しい。

　だが立ち止まってはいられない。今もまだ、魔族の脅威は住人達に迫ってる。戦ってる間に、近くの建物から上がっていた悲鳴も止まっていた。次の獲物を求めて出てくる奴もいるはずだ。

　そう思ったところで、壊れたドアの奥から一匹の魔族が姿を見せた。その口と両腕は血にまみれ、身体にもかなりの血が付着していて、中で何をしていたのかを物語っている。

　そいつはこちらを見たがすぐに襲ってこず、他の方へ意識を割いているようだ。そして、まだ破壊されていないドアの方へと歩いていく。こいつ、自分が襲われない限りはあくまで住人優先で襲うつもりか⁉

「させるかよっ！」

　背を向けたそいつに向かって俺は駆けた。

第三話　アインファスト防衛戦　二

「らあっ！」

俺の拳が魔族の顎を叩き割った。仰け反り、瘴気と思われるガスを撒きながら魔族が倒れる。

戦闘開始から、もうじき四〇分が経つ頃だが、街の中の魔族は駆逐できていない。

理由は、足止めができないからだ。奴らは非戦闘員を優先して襲う。そしてそれは、誰かに直接攻撃を受けない限りは優先されるようなのだ。だから連中を阻むためには、この手のゲームでヘイトっていうんだったか、それを戦闘要員に向けさせる必要がある。

ところが連中は、そういう戦える人間をスルーしていく。人垣を飛び越え、時には建物の壁を強引に登り、窓や壁をぶち抜いて中に隠れてる住人を襲う奴もいる。更に一箇所を集中して襲うのではなく、それぞれ別々の箇所を襲う。必ずしも近くから襲うわけではなく、最寄りの避難所を無視して更に街の奥へと進んでいったりもする。

一旦敵意を向けさせれば何とでもなるが、一度に相手ができる数にも限度がある。例えば投げナイフが得意な奴がとりあえずの攻撃を複数にぶち当てると、魔族はそいつ目がけて一斉に押し寄せるわけだ。そいつを守る形で他の人が迎撃をするにしても、引き寄せる数とタイミングを誤れば押し潰されてしまう。

これが連携をしっかり取れるパーティーなら何とかしてしまうのかもしれないが、街の中の防衛に回っているのはほとんどが義勇兵だ。いくらかは本職がいるといっても無理なものは無理ということになる。

そもそも、他のゲームにはあるという、ヘイトを向けさせるスキルがGAOにはない、らしい。あったところで、そういうのを使うのは壁職とかタンカーと呼ばれる人達で、一定範囲内に影響が出るせいで下手に使ったら蹂躙されるだろう、というのは途中で一度合流したプレイヤー達から得た情報だ。

不幸中の幸いは、外で暴れてる魔族に比べて、侵入してる魔族の数が明らかに少ないことだろう。とはいえ、分散して殺戮に興じている魔族を捕捉すること自体が結構面倒だったりする。特に一度建物の中に入った奴は、場合によっては壁を抜いて別の建物に移動したりするから厄介だ。戸締まりを厳重にしていることが災いし、そういう侵入をされると住人達は逃げ場を失い、助けに行く方も中に入れず、結局一網打尽にされてしまう。

【気配察知】を使っても、俺のレベルじゃ何が住人で何が魔族なのかの判断が付かない。複数の気配が次々に消えていく箇所を見つけては、残った気配がどこかへ移動しようとするのを見つけて追う。あるいは単独で動いてる奴を片っ端から確認するしか俺には選択肢がない。

「ったく、何やってるんだろうなっ！」

偶然建物から出てきた魔族を見つけ、俺はそいつへ木片をぶん投げた。ダメージになるようなものじゃないが、こちらに注意を引き付けることはできる。焦っても仕方ない。できることを積み重ねていくしかないんだ。

俺自身の対魔族のスタイルは確定した。技量的な意味では一対一なら攻撃を捌ける。攻撃も頭部に集中すれば一〇発前後で倒せる。だからそれを繰り返す。中型とか融合型には通じるか分からんけどな。

ほとんど作業といっていいパターンでまた仕留めた。街に下りてからはこれで七匹目。それなりに貢献はできていると信じたい。でも俺よりレベルが高いはずのプレイヤー達の方が苦戦してるように見えるのが変な話だ。いや、多分武器の相性の問題なんだろう。メイスやフレイル等の鈍器使いの攻撃は、事前情報のとおりで有効みたいだしな。剣や槍を使ってるプレイヤーは武器の耐久値の減りが速い上にダメージが通らないと嘆いてたっけ。

【気配察知】で周囲を探る。反応はなし。俺のスキルじゃ、そう広い範囲を把握できない。少し進んで周囲を探るの繰り返しだ。

ちなみに今の俺は単独行動中だ。壁になれる防御力もなければ他人との連携を取れるわけでもない。故に防衛隊でフォローできない、散った魔族の追撃に専念している。

「しっかし、こんなことになるとはなぁ……」

魔族を探して駆けながら、つい音にしてぼやく。

元々、副賞の高級食材目当てで、ついでに対人戦の経験を積めれば、なんて軽い気持ちで闘技祭に参加したはずが、今や血みどろの戦争だ。しかもタチが悪いことに、戦闘に関わらない人達の被害が大きい。

俺がこのゲームをやってる理由は味巡りなんだけどな……でも魔族を何とかしないとそれすら楽しめなくなる。アインファストには世話になった人達がいるんだ。

だからここできっちり魔族を潰す！　そしていつもの、狩りと食事のプレイスタイルに戻る！

「そのためにも……っ」

一瞬聞こえた悲鳴の方へと、俺は向かう。

開戦から一時間が経過した。未だに戦闘は継続中。

そして戦況は悪化している。弱者優先の魔族の第二陣が街の中に侵入してきたのだ。最初に侵攻してきたのがその全てではなかったのか、それともそういう指揮をする個体がいるのかは分からないが、それで街の被害が拡大している。前回より数が少ないとはいえ、防衛戦力が低下しているので迎撃もうまくいっていない。防衛戦開始からログインしてきたプレイヤーも加勢してくれているが、アインファストへログインしてくるプレイヤーは一線級とは言いがたい。攻略上位は既にドラードまで進出しているのが普通だからだ。大きな出費を覚悟で戻ってくるプレイヤーは、そういないだろう。

外の方も厳しいままだ。北門防衛部隊の一部がそちらに投入されている。恐らく南門の部隊も同様だろうな。

「おい、大丈夫か……？」

「結構厳しいな……」

途中で合流してしばらく一緒に行動していたプレイヤーの男に声を掛ける。たった今、魔族を仕留めたそいつは、家の壁に寄り掛かって荒れた呼吸を整えようとしながら何とか声を絞り出した。

「スタミナが限界だ……休憩入れなきゃまともに戦えねぇ……」

ステータスにあるスタミナ値は、プレイヤーの連続行動に関わるパラメータだ。行動すると減少し、休むと回復する。この値がゼロになると行動にマイナス補正が入るようになる。激しく活動すればそれだけ減りは速い。アーツを使っても同様だ。普通にフィールドで戦っている分には戦闘後に休憩を挟めば容易に回復できるため、そうそうスタミナ切れは起きないんだが、今回は事態が事態だけに、回復させる余裕もないプレイヤーも増えている。

というか、スタミナの回復が遅い気がするし、消耗もいつもより多い気がする。ひょっとしたら瘴気の影響なんてのがあるのかもしれない。

俺はスタミナポーションを持ってるが、この先のことを考えたら他に渡せるほどの在庫はなかった。この防衛戦が終わったら増産しておこうと決める。

「一旦、中央広場に戻った方がいいぞ。ここで休憩したらいつ魔族に襲われるか分からんし、あそこならスタミナポーションの補給も受けられるだろ」

「ああ……すまんが一度戻る。お前も気を付けろよ」

壁から離れ、男は去って行った。現在、中央広場は野戦病院のようになっている。治療や補給はそこで受けられるようになっていた。

あ、さっきのプレイヤー、名前を聞くのを忘れてた。そんな余裕すらなかった、ってことでもあるが。さて、こっちも落ち着いたし動くとするか。

この防衛戦の中で俺は【聴覚強化】を新たに修得した。【気配察知】だけで魔族の動きが摑めない以上、それを察知するためのどんな情報でも欲しかったからだ。となると現状では音や声くらいしかないわけで。

幸い、魔族の足音を把握したので、悲鳴や破壊音だけに頼らずに済むようになった。

「ん……？」

だから、この音には首を傾げた。魔族の足音ではない。人のものとも違う。例えるなら馬だろうか。でもこの辺に騎兵はいないはずだ。どっかから逃げた馬が迷い込んでるんだろうか。

聞こえてくる音は路地の先だ。正体を確かめるべくそちらへ向かい、路地から通りに出た。

「……おい……」

それは馬ではなかった。魔族だ。ただ、通常型ではなかった。

二足歩行は変わらないが、その頭部はウルフではなく鹿のそれ。背が通常型よりも高く、二メートルくらいある。両手は蹄のままだが本来の倍くらいに大きくなっていて、血に濡れている。これが融合型ってやつだろうか。素体は牝鹿のようだ。これが牡鹿だったら角とか大変なことになってたんだろうな。

鹿魔族が振り向いた。開いた口からはウルフのような牙が覗いている。さて、融合型との戦闘は初めてだが、こいつはどういう行動を——

「なっ⁉」

鹿魔族の姿が消えた、そう見えた。それほどの速度だった。鹿魔族は地を蹴り跳躍し、一瞬で俺の頭上から襲いかかってきた。

俺は後方へ飛び退く。鹿魔族の蹄がそのまま石の床へ叩き付けられ、それを砕いた。何てパワーだよ……通常型の爪が鋭い刃だとするなら、こいつの蹄は鈍器だ。あんなもので頭を殴られでもしたら、きっと落とした卵みたいになるぞ……。

今度はこちらから仕掛ける。【魔力撃】は発動済だ。右拳を繰り出す。鹿魔族は左の蹄で受け止めた。ガントレットと蹄がぶつかり、結構な音を立てた。何だこれ、通常魔族の身体だって相当だと思ったが、これはその比じゃないぞ⁉

す、と鹿魔族の目が細まった。ガチガチと牙を鳴らす。その程度か、と笑われているようで癪に障る。

今度は鹿魔族の攻撃が来た。左から来るそれを身を逸らしてやり過ごし、無防備になった背中に——背中？

「ごはっ⁉」

腹を衝撃が突き抜けた。何が起こったのか理解できない。ただ景色が前へと流れていく。いや、俺が後ろへ飛んでるのか。

見ると鹿魔族はこちらへ背を向けたまま。ただし、後ろ足の一本が、真っ直ぐこちらへと突き出されていた。つまり、右腕での攻撃の後、その勢いのままに身を翻し、俺を蹴ったんだ。

滞空時間が終わり、俺は敷石に叩き付けられた。昔、チャージラビットの突撃を受けたことがあったが、あれとは比べものにならない一撃だった。攻撃を受けた箇所には蹄の痕跡がうっすらと残っている。金属鎧だったら確実にへこんでただろう。しかしこれ、シザーの鎧がなかったら絶対死んでる……HP（ヒットポイント）バーの減少が八割を超えてるし。受けたダメージが尋常じゃない。

震える手でポーチからポーションを出し、それを飲む。全快にはほど遠いが、動かなきゃ殺られる。鹿魔族は牙を鳴らしながらこちらへと跳んだ。それを避けようと――身体が思うように動かない!? 駄目だ、間に合わない！　殺られる！

「其は風刃の符！　理（ことわり）に従い、彼の者を斬り裂け！」

死を覚悟した次の瞬間、聞き覚えのある声と共に何かが俺の頭上を通り抜けた。そしてそれは、俺に襲いかかってきた鹿魔族の身体にいくつもの斬撃を刻んだ。

バランスを崩し、鹿魔族は俺に届く前に落ちていく。それが落ちきる前に俺の横を通り過ぎる影。それは鹿魔族へと跳び、手にした二振りの武器を赤い目へと深々と突き立てて抉（えぐ）ると、素早く抜いて鹿魔族の身体を蹴って離脱し、俺の前へ着地する。重い音と共に落ちた鹿魔族はそのまま動かない。

「間に合った～」

心底ホッとした声を、俺の前で背を見せる少女が漏らした。鮮やかな短い赤毛。革製の胸甲とホットパンツの双剣使い。

「ウェナ……？」

「そうだよ。フィスト、無事？」

振り向いた少女は俺が知っているプレイヤー。【シルバーブレード】のウェナだった。てことは、さっきの呪符魔術の主は……。

「シリア、か……」

「何か、フィストと戦場で会う時って、いっつも酷い傷を負ってるね」

　後ろから俺の身体を起こしてくれながら、シリアが溜息をつくのが聞こえた。いつも、ってまだ二回目じゃないか……って、今まで同じ戦場に立ったのが今回で二回目だから、全部だな。はい、いつもでした。

「焦ったよ。見つけたと思ったら、さっきのに吹っ飛ばされてたからさ」

「八割以上持ってかれたよ……マジで死んでてもおかしくなかった……」

　身体が温かい光に包まれる。シリアの治癒だ。痛みがゆっくりと引いていき、ＨＰバーもそれに合わせて回復していく。

「それより、どうしてウェナ達がここに……？　ドラードにいたはずだろ……？」

「いたよ。でもフィストの返信でこっちが大変だってことが分かったから、急いでドラードの街まで戻って、準備して、こっちへ来たの。遅くなってごめんね」

　周囲を警戒しながらウェナが説明してくれた。いや、謝ることなんて何もないぞ。ウェナ達がここへ来る義務はないわけだし。

「……結構な赤字だろ？」

　ドラードからアインファストまでの転移門使用料は三万ペディアだ。恐らく全員で来ただろうから一八万の出費になる。防衛戦が終われば少しは返ってくるかもしれないが。

　そうなんだよねー、とウェナが苦笑いを浮かべた。

「ボク達の移動もそうだけどさ、戦力を集めるのに手間取っちゃって。近場で頼りになるのが【自由戦士団】だけだったってのもあるんだけどさ」

　ギルド【自由戦士団】は、ＧＡＯでは変わり種といわれているギルドだ。簡単に言えば彼らはＧＡＯで傭兵団をやっている。住人の護衛や、プレイヤーの助っ人等をメインに活動しているのだ。

　でも、その彼らの助けを借りたってことは、

「ウェナ達が雇ったのか？」

「うん。雇用費とそれに加えてアインファストまでの転移代片道分をこっち持ちで」

　……一体、どんだけの出費になるんだそれ？　【自

由戦士団】って三〇人以上の規模だろ確か。

「助かったけど、どうしてそこまでして？」

ようやく普通に喋れるようになってきた。シリアの治療に感謝だな。

「そりゃ……もう二度と、後悔したくないからさ」

後ろから決意に満ちたシリアの声が届いた。そっか、【シルバーブレード】のトラウマか……いつでも必ず何でもできるってわけじゃないけど、それでもできることがあるなら動かずにはいられないんだろう。

「だったら、そうならないために動かなきゃな」

シリアに礼を言ってゆっくりと立ち上がる。戦闘に支障はなさそうだ。ん、そういえば……。

「ところでルーク達も散ってるのか？」

「ん？　ああ、ルーク達なら西門に向かったよ。そろそろだと思うけど」

シリアが楽しそうに笑う。と同時に、爆音が聞こえた。かなり遠いけど、西門の外辺りか？　今まであんな派手な音ってしなかったはずだが……。

『アインファストで戦っている、全ての人達へ告ぐ！』

これは……ルークの声だ。でも何で？

「ミリアムの【ウインドボイス】だよ」

疑問にウェナが答えてくれた。あぁ、と納得する。確か某ＴＴＲＰＧにも同じ魔法がある。音を遠方に伝える、または遠方の音を聞く魔法だ。ただ、それとは規模が違うな。西門にいるとして、それを対象が見えない街の中にまで届かせるとか……どんだけの広範囲なんだ？

『これより【シルバーブレード】はアインファスト防衛戦に参戦する！　俺達だけじゃない！【自由戦士団】の精鋭も参戦してくれた！　加えて、ドラードやツヴァンドからも、異邦人の有志達が駆け付けてくれる！』

その声の後で、ざわめきが聞こえ始めた。それは周囲の建物からの、ほんの小さな声だ。息を潜めて身を隠していた住人達の声だ。

「ツヴァンドにも寄ってきたのか？」

「ううん、掲示板で防衛戦実況スレが立ってるんだ。

そこで参加を呼びかけただけ。どれだけ来るかは分からないけどねー」

　本当に戦力が集まるかは分からないのか。でも、先が見えずに戦ってる連中には心強く聞こえるだろうな。

『かなり厳しい戦いだというのは承知している！　だからっ！　この街をっ！　皆の街を守るためにっ！　俺達の力を使わせてくれっ！　出遅れた分の働きは約束する！』

　声に混じって戦闘の音が聞こえた。発言も途切れ途切れだし。まさかルーク、戦いながら喋ってるのか？

「全くあの子は無茶をして……どうせ前線に出てるんだろうねぇ」

「だねー。演出は多分スウェインだろうけど」

「効果があるのは分かるけどさ。後でスウェインに、あんまりルークに無茶させないように釘を刺しとかなきゃ」

　呆れながらも心配はしていないようで、ウェナとシリアが笑っている。まあ、信頼しているが故に、だろう。いや、シリアは少し心配してる感じか。

『我ら、銀の剣を体現する者！　苦難を切り拓く力は皆と共に在る！　後は任せろっ！』

　ど、っと音の爆発が起きた。そう感じた。【ウインドボイス】に乗った歓声が街中に広がったのだ。それに混じって周囲からも声が上がった。そういえば【シルバーブレード】の名前はこっちの住人達にも広がってるんだったな。その彼らが救援に来てくれたということで士気が上がったんだろう。いや、それにしても上がりすぎじゃないかと思うほどだ。まさか【士気高揚】とかそういうスキルでもあるんだろうか。

　あとは任せろなんてルークは言ったが、それを鵜呑みにする奴はいないだろう。プレイヤーはともかく、兵士達は一層励むに違いない。

『街の皆さんは今しばらくの辛抱を！　避難している方々は、魔族を退治するまで静かに隠れていてください！』

　今度はミリアムの声が響いた。周囲の声が一斉に引いていく。そりゃ、声なんて上げてたら、魔族を引き寄せかねないしな。しかしそれを忘れてしまうほどに、ルーク達の登場は街の人達の希望になったんだろう。まるで勇者だ。でも、あいつに任せておけば安心だ、と思える何かは確かにある。

　よし、こちらも負けてはいられない。俺達は俺達のできることをやろう。

「索敵はウェナに任せていいか？　俺の【気配察知】だと精度が今ひとつでな」

「おっけー、任された」

「あ、フィスト。ちょっと」

　動こうとするとシリアが呪符を持って近づいてきた。そのままそれを俺のガントレットと足の甲に貼り付ける。

「其は強撃の符。理に従い、彼の者に更なる力を与えよ」

　詠唱が終わると呪符が輝き出した。特に変わった感じはしないが、詠唱の内容からして攻撃力強化だろう。

「呪符が破れて消えるまで、威力が上がるよ。使っていくと段々と落ちていくから、なくなったら言って」

「サンキュ、助かる」

　これでさっきよりは簡単に倒せるようになるか。融合型はともかくとして、通常型は問題なく速やかに倒せるようになりそうだ。

「よし、それじゃ行こっか。まずはあっち！」

　ウェナの先導で、俺達は魔族へと向かった。

第三三話　アインファスト防衛戦　三

三人での行動は、俺の負担を一気に奪い去った。

ウェナの索敵と先制攻撃。シリアの呪符魔術による支援。それだけでカタが付く場面も多かったが、俺の方も魔族を割とあっさりと倒せていた。今まで一〇発くらい叩き込んでたのが四～六発で終わる。高レベル呪符魔術師の支援ってすごいな……。

ウェナの戦闘スタイルは小剣の二刀流だと聞いてたが、今回は変わった武器を使っている。刃の代わりに尖った鉄棒が付いているのだ。あの形状じゃ刺突にしか使えない。そんな武器でウェナは目を狙って突いて中身を掻き回すという、なかなかにえげつない攻撃で魔族を屠っている。きっと防護点無視の四倍ダメージが入ってるに違いない。

シリアは呪符魔術で俺とウェナの強化。時々、呪符で直接攻撃している。呪符魔術二発で通常型の魔族を確実に仕留めていた。

「うん、俺の出番はなくてもいいんじゃないかな、と思わないでもない」

「何を馬鹿なこと言ってるの？」

先導で走るウェナが振り向いた。うお、声に出してた。いや、何て言うか手際のよさがすごいな、とか……。

「こっちは結構フィストを頼りにしてるんだけどなー。フィストが魔族の攻撃を引き付けてくれると、部位狙いが楽なんだよね」

そりゃあ俺に意識が向いてる間に、あの速度で一撃入れたり背後から目玉グサッといくんだから、さぞ楽なんだろう。あくまで本人にとっては、な。普通は命中にマイナス補正入るだろうに、あそこまで正確に目玉への攻撃をヒットさせた上にそれで仕留めきるその技量がすさまじいんだぞ。

「いやー、でもフィストの戦いを初めて見たけど、そっちも大概だよねー」

「何がだ？」

ウェナの背に問いかける。前を向いたままウェナは肩をすくめてみせた。

「だって、一撃食らったらアウトだってのに、あの間合いを保ちつつ殴り続けるのがさー。ボクは怖くてそんな真似できないよ」

「そう言われてもな」

ヒット&アウェイでもいいのは事実だ。でもそれをやるといちいち仕切り直しで時間を食うんだよ。飛び込むタイミングとかも考えなきゃいけないし。その場で片付くならそれに越したことはない、んだが、

「言っとくが、シリアの補助がなかったらああもうまくいってないぞ」

その辺は状況に応じて判断してたんだ。離脱しなくても倒せる時は倒す、無理なら一度退く。攻撃力強化がなかった時は、仕留めきる前に離脱することの方が多かったんだから。

「いや、それにしても、ああも戦えるのはすごいと思うけどね。リアルで格闘技でもやってたのかい？」

隣を走るシリアからの問い。格闘技、ね……。

「柔道を中学の部活で三年、高校の選択授業で三年だけだな。あとは……爺さんとの取っ組み合い？」

「フィストのお爺ちゃん？　武道家なの？」

「いや、田舎で隠居してるただの爺さんだよ。多芸ではあったけどな」

「へぇ、どんなお爺ちゃんなの？」

興味深そうにウェナが聞いてくる。シリアも同様に期待する視線を向けてきた。うーん、そう言われても。

「畑で野菜とか育てってて、野山に詳しくて、猟銃や罠の免許を持ってて猟期に入ったらイノシシとか狩る人。俺が解体に抵抗がなかったのは間違いなくその影響だな。子供の頃は竹細工のおもちゃとかよく作ってくれた。あと、とにかく強い。勝てたことがない」

夏休みや冬休みに遊びに行って、一緒に野山を駆け巡ったのを思い出す。狩りにも連れて行ってくれたし、山菜とか薬草とか教えてくれたっけ。あの頃は本当に楽しかったな。

考えてみたら、俺がＧＡＯで目指す自給自足生活の大部分はあの時の生活の影響だなきっと。就職してからは行けてないけど元気にしてるだろうか。

「強さの方は、何か武道をやってたって話は聞いたことないから、ほとんど我流だと思う」

古流武術の達人、とかそういうオチはない、はずだ。空手とか柔道、中国拳法で見たことがあるような技とか、色々な武術の技をごちゃ混ぜにした感じで、あれが特定の流派とか、ないわ。

「フィストの戦闘センスってリアルスキルのお陰なのかね」

「どうなんだろうな。戦闘系スキルの高さだけが戦闘力の全てじゃない、ってのは今までの経験で分かる部分もあるけど」

俺より戦闘スキルのレベルが高い奴に勝ったことはある。が、一方で、圧倒されて危なかったこともある。一概に言えるもんじゃないと思う。そういうわけでシリアには曖昧に答えておいた。

「シリア！　生存者！」

不意にウェナが声を上げた。行く道の先、倒れている人がいる。プレートメイル装備、フルフェイスのヘルム。身体の下には血溜まりができている。アインファストの守備兵じゃないな、あれ。

駆け寄り、身体を起こすと、バイザーの下から苦痛の声が漏れた。生きてはいるがかなりの重傷だ。

「ドラードの騎士だね」

呪符の準備をしながらシリアが素性に当たりを付ける。見ると大きく裂かれたプレートメイルの左胸に紋章が刻まれていた。これがドラードの紋章なのか。

それに周囲には同じ装備の騎士の死体もいくつかある。そして魔族共の死体もだ。

「ドラードからの派兵ってあったのか？」

今更だが他の街からの援軍がいることが不思議だった。何せ一番近いツヴァンドだって徒歩で三日の距離だ。魔族の発見が昨日のいつ頃なのかは詳しく知らないが、伝令くらいなら即座に行えるとして、大規模な援軍は簡単に派遣できないと思ってた。少数を準備なしで送り出すならともかく、行軍となると容易ではないだろうし。できたとしても騎兵を中心に強行軍を行った兵だ。増援としてどれほどの戦力になるのかは、到着から戦闘開始までの時間次第だろう。

転移門という便利な施設があるものの、これは行ったことのある場所にしか行けない。しかも個人認証型で、転移先に行ったことがない者が混じったままだと、全員が転移できない。つまりアインファストに直接来たことのある兵士しか派遣できない。

中世ヨーロッパなんかじゃ同国の領主同士の小競り合いなんかがあったと聞いたこともあるし、全ての兵士を転移門で移動できるようにしてるとも思えない。使い方次第では他領の都市にいきなり主力を送り込めるってことだしな。

まぁ、ＧＡＯの領主間の関係がどういうものかは知らないし、転移門のシステムやセキュリティ的なものも知らないから、そんなことが起こりうるのか、そして実現可能なのかは分からんけど。

「ツヴァンドやドラードから、跳べる人達だけは送ってるみたいだよ。ただ、転移門も無制限に使えるってわけじゃないらしいから。一日に運べる量とか、次に使えるまでのタイムラグとか色々あるみたい。兵士全員が転移可能な人達でも、それだけ送るのは不可能だろうね」

俺の疑問に答えてくれたのはウェナだった。そういえばウェナ達はドラードから転移してきたんだった。

でもそれだと、これ以上の増援は期待できないのか……厳しいな。

「う……あ……」

その時、騎士が動いた。動いたといっても起き上がれたわけじゃない。ゆっくりと、震える手を持ち上げ、人差し指を通りの先へ向けた。自分の命すら危うい状況で、何故そのようなことをするのか。その意図はすぐに分かった。この人にとって、それ以上に大切なものがあるからだ。

「この人を頼む」

騎士をシリアに任せる。ウェナと頷き合い、騎士の指の向く先へと駆け出した。急がなきゃならない、そう思ったからだ。

どこに向かえばいいのかは大体分かった。というのが、ドラードの騎士や兵士らしい人達の死体があるからだ。それから魔族共の死体もだ。これが道標のように点々と続いている。

どういう状況なんだろうな、これ。ここまでの魔族の死体の数を考えると、纏まった数で魔族を迎撃してるんだろうけど。人間の死体が手にしてる武器はメイスばかりで、剣も提げているけど抜いてはいない。魔族対策で準備してきたんだろう。

被害は結構出てるが、それでも魔族の死体の方が倍近く多いから、かなりの奮闘を見せてるようだった。結構な精鋭が来ているのかもしれない。

この分なら問題なさそうだなと思ったところで、かすかな悲鳴が耳に届いた。

「ウェナ！」

「【気配察知】でも捉えた！　推定魔族は三！　人が七！　いや、六になった！」

ウェナの【気配察知】は対象が何であるのかを大雑把に識別可能なレベルに達している。俺も早くその領域に到達したいものだ。

「この先の四つ角を左！」

速度を緩めずに十字路へ飛び込み、ウェナの指示する先へ視線を向けた。

交戦中の一団がある。遠いので【遠視】を使うと、プレイヤーっぽいのが二人で通常型を相手にしているのが見えた。そしてそこから少し離れた手前側にドラード所属らしい人達が四人。それと対峙している魔族は姿こそ通常型だが、その大きさが違った。身長は三メートルくらい。多分、あれが中型って奴だ。

付近にはドラード兵と思われる死体がいくつも倒れて……じゃない。『散らばって』いた。元が何人いたのかすぐには分からないほどにバラバラだ。どんな膂力してるんだあの化け物⁉

中型魔族が腕を一振りした。狙われたドラード騎士が咄嗟に盾を掲げるが、それを受け止めることはできなかった。爪の部分でなかったのが幸いしたが、それでも盾がひしゃげ、騎士は吹き飛ばされて道路を転がっていく。その隙を衝いて残った騎士の二人がメイスを手に攻撃を仕掛けたが、ダメージが通った様子はない。怯むことなく中型魔族が爪を振るった。

騎士の一人は横振りの爪に裂かれて倒れ、もう一人は貫かれた。そのまま持ち上げられた騎士は無造作に放り投げられ、建物の壁にぶつかり、地面に落ちる。

残った騎士は一人。小さい。他の騎士に比べると子供といってもいい背丈だ。それでいて鎧は他の騎士に比べて装飾が多い。身分的に上位の人間だろうか。

小さな騎士はメイスと盾を構えた。まさかやり合うつもりか⁉　無茶だ！　勝てるわけがない！

「何やってる！　逃げろーっ！」

思い切り叫ぶ。声は届いたはずだ。一瞬だけ小さな騎士の頭がこちらへ動いたが、すぐに中型魔族へ向き直り、攻撃を仕掛けた。

俺もウェナも全力でそちらへ向かっている。でも距離がありすぎる。このままじゃ間に合わない！

『風よ！　背中を押せっ！』

走りながら精霊魔法で追い風を作った。僅かに速度が上がったがこれでも足りない。

一方の魔族は小さな騎士の攻撃を無視した。それどころかカウンター気味に蹴りを放った。盾で受け止めたものの、小さな騎士の身体が真っ直ぐに建物の壁へと叩き付けられる。殺られたかと思ったが、小さな騎士は膝をつきはしたものの倒れはしなかった。

だがそれは、魔族の攻撃が継続して向けられるということだ。中型魔族が一歩を踏み出した。

周囲に無事な騎士はいない。他のプレイヤーもまだ交戦中だ。今のままじゃ俺が辿り着く前にあの魔族は小さな騎士を片付ける。このままじゃ絶対に間に合わない。あの騎士は中型魔族に殺される。そして生き残っている騎士達にも、とどめを刺される人が出るだろう。

くそっ！　動けよ俺の足っ！　【脚力強化】のスキルは伊達かっ⁉　もっと力を出せ！　もっと速く動けっ！　もっと強く地面を踏めっ！　少しでも速く、少しでも前に進むためにっ！　力の限り蹴り付けろっ！

刹那、速度が上がった。何が起きたのか分からない。だが確かに、流れる景色に変化があった。

次の一歩を踏み込む。いつもと違う感触。いや、それ自体は知っている。見ると俺の足が魔力に包まれていた。何のことはない、いつもの【魔力撃】だ。これが理由、なのか？　地面を強く蹴ることを意識したから発動した？

今度は意識して踏み出し、敵にそうするように地を蹴る。今まで獲物に叩き込んでいた衝撃が、そのまま地へと伝わって前に出る力へと変わっていた。これならいけるかっ⁉

一歩一歩に間に合えと気持ちを込めながら【魔力撃】を乗せる。弱まり、効果が切れたら、すぐに再起動させて継続させる。敷石を踏み砕きながらそれでも威力を落とすことなく、速度を上げ続けて走った。

信じられない速さで左右の景色が背後へと流れていく。少し前を走っていたウェナの背中が近づいてきて、横に並び、背後へと消えていった。

咄嗟のこととはいえ加速を得ることに成功した。これなら間に合う！　希望の芽が出てきた！

なら次に考えることは、間に合った時にどうするかだ。あの小さな騎士を助けるのはいいが、どうやる？

魔族が攻撃する前に横からかっさらうか？　今の速度の俺がそれをした場合、あの騎士は無事で済むだろうか？　それより俺がぶつかること自体が攻撃になるなら、直接助けるんじゃなくて中型魔族を叩くことにするか？

よし、決めた。この勢いのまま突っ込んで、あの中型魔族に一撃を見舞ってやる！

右拳に魔力を込める。【魔力撃】と似ているが少し違う。それの上位版とでもいうべき【強化魔力撃】と呼ばれるアーツだ。名前は単純だし、効果も【魔力撃】よりも強いダメージを与えるというだけの単純なもの。しかもこれは【手技】でも継続性がない。他の武器アーツの【魔力撃】と同じく、一発使えば空振りでも効果は終わる。でも今の俺が繰り出せる最大威力の攻撃には違いない。

【魔力撃】以上の魔力が拳に宿った。これでいつもの数倍の威力が期待できる。でも待てよ。これはあいつに通用するのか？　通常型は【魔力撃】でもそう大きなダメージは与えられなかった。中型魔族の能力が、通常型よりも弱いとは思えない。だったらもっと威力が欲しい。攻撃を更に上乗せできないか？　例えば【強化魔力撃】の重ね掛けとか――

「って、いけるのかよっ⁉」

アーツは発動した。【強化魔力撃】の重ね掛け。さっき以上の力が拳に乗ったのが分かる。これで足りるか？　いや、分からない。それほどに、あの中型魔族の底が見えない。だったらっ！

「ありったけ！　くれてやるっ！」

移動に使う以外の魔力を全て【強化魔力撃】に注ぎ込んだ。拳の輝きが増し、ガントレットが見えないほどになっている。同時に拳や腕に妙な負荷が掛かり始めた。血圧を測る機械で締め付けられるような感覚を何倍にもしたような痛みが走り、それが今なお強くなっていく。何かやばい気がしてきたが今更止まれない。中型魔族はもう目前だ。やってやるっ！

「あああああああぁぁぁぁぁぁっ！」

叫びながら最後の一歩を踏み込むと、敷石が割れた。その下の土を存分に踏み締めて思い切り蹴る。やや前傾姿勢で真っ直ぐに、中型魔族に向かって跳んだ。

中型魔族は小さな騎士を攻撃するために右腕を振り上げたところだった。ここまできてまだこいつは俺に意識を向けない。攻撃態勢に入っているせいでこちらへ無防備な右脇腹を晒している。

そこ目がけて跳んだ勢いのままに右拳を突き出した。今までにない強烈な手応えが拳に、腕に伝わる。拳が硬い皮膚を割り、中型魔族の身体にめり込む。反発する拳を無理矢理更にねじ込んで、俺は魔力を解放した。

中型魔族の巨軀が浮いた。というか、衝突実験で轢かれた人形のように中型魔族が吹っ飛んだ。それは右脇腹に魔力の光を残したまま宙を舞う。数秒後、魔力が閃光となって弾けた。

勢いが止まらなかったので足を地に着けて減速する。敷石にスリップ痕を数メートル残してようやく止まったと同時、その先に二つに割れた中型魔族の身体が落ちた。まるで脇腹が爆発したみたいに大きく抉れている。

……何だこの威力は……【強化魔力撃】ってこんな馬鹿げた威力が出せるのか？　いくら何でも――

「があぁっぁぁぁぁぁぁっ!?」

右腕に信じられない痛みが生じ、思考が一瞬で断ち切られた。反射的に手で押さえると、そこから更に痛みが増したので慌てて離す。痛い痛い痛い痛い痛い痛い痛いっ！　触れることすらできないほど痛いっ！　それどころか肌に触れてる服が痛いっ！　ガントレットの重量が痛いっ！

人目を気にせずにのたうち回りたくなってくる。ただ、それをやったら今以上の苦痛が襲ってくるのが分かりきっているので歯を食いしばって耐えた。自爆するわけにはいかない。

「フィストっ！　大丈夫!?」

追いついてきたウェナが駆け寄ってきたが、どうしていいか分からないのか俺を見ておろおろしている。

「けっ……怪我人……の、救助……っ！」

何とか声を絞り出す。死にたくなるほど痛い右腕だが、命に別状があるわけじゃない。だったら今は、中型魔族にやられた騎士達の治療が先だ。あっちは治療しなきゃ命に関わる人もいる。

少し逡巡したがウェナはすぐに騎士達の介抱へと向かった。ポーションの持ち合わせはあるようだ。そっちは任せるとして、問題は俺の右腕だ。

左手でメニューを開いてステータスを確認すると、【骨折】等の生々しいステータス異常表示がいくつか。診察要らずで異常箇所が分かるのは有り難いけど、ここまで細かく状態異常設定を作らんでもいいんじゃないか？

その中で目を疑った項目は【痛覚軽減無効】と【痛覚鋭敏化】って異常だ。この激痛の原因はこれか？

恐る恐る右腕に視線を移すと、ポタポタと赤い液体が指先から敷石に落ちているのが見えた。袖にも血が滲み出してきている。これ、絶対に【強化魔力撃】のオーバーロードのせいだよな……ていうか、血が伝うだけでも激痛が走るんだが……雨に打たれたら死ねるなきっと。二度とこんな無茶な重ね掛けはしないぞ……。

「おい、あんた。大丈夫かよ？」

通常型を相手にしていたプレイヤー達がこちらへ近

づいてくるのが見えた。頷くことで答える。ぐおっ！　今ので腕がちょっと揺れたっ！

「生存者は……？」

「え？　ああ、生きてるＮＰＣの方はウェナたんがひとまず応急処置してるぞ」

……たん？　何だ、妙な呼ばれ方してるな。有名人だからか？

「そんなことよりも！　自分の心配しなよフィストっ！」

怒声と共に後頭部を叩かれた。ぐおぉぉぉ……腕がっ！　腕が揺れたっ！　叩かれた頭も痛いっ！　どんな力で叩いたんだよっ⁉

「やめてくれシリア……一ミリでも動くと死にたくなるほど痛いんだ……」

追いついてきたシリアに心からのお願いをする。顔も向けないまま無礼なのは承知だが、振り向くのすら危険なのだ。

「あ、ごめんよ……でも、何をどうやったらこうなるの？　外傷なんてなさそうなのに右腕が血で真っ赤だよ。出血も止まってないしってか結構な量じゃないか！」

正面にわざわざ回り込んでくれたシリアが俺の右腕を見て顔を顰(しか)める。多分、皮膚が裂けてるんだろうと思うが、右袖は血が滲んで赤く染まっている。って、出血が見えるのか。イベントだからか？　それとも結局【解体】を修得したんだろうか。

「で、ちょっとでも動くと痛いって？」

「息を吹きかけられても悲鳴を上げる自信があるな……ちなみに状態異常は【痛覚軽減無効】に【痛覚鋭敏化】【骨折】【筋肉断裂】【血管破裂】ってなってる。肩より下は自分の意志じゃ動かない。動くとしても動かしたくない……」

うわぁ、とプレイヤー達の口から声が漏れた。シリアは驚いた後、目を細めて俺を睨む。

「痛覚の軽減無効はともかく、鋭敏化ってことは、システムの保護が外れた上に痛みを強化されてるってこと？　どんな馬鹿をやったらそうなるの？」

「……【強化魔力撃】の重ね掛け。ＭＰ(マジックポイント)をほとんど注ぎ込んだ。その一撃の結果があれだ」

　正直に話して中型魔族の死体に視線を移す。一撃……？　と疑わしげな顔で俺を見たシリアが、他のプレイヤーに目で問う。無言で頷く二人のプレイヤー。

「……まぁ、その辺は後にするとして、とりあえずは治療だね」

　釈然としない表情で一度こちらを見て、シリアが俺の右腕に視線を落とす。それは有り難いが、

「いや、俺は後でいい。それよりウェナが応急処置した人達を頼む」

　こっちは意識もあるし動けもするのだ。優先すべきはあっちだろう。

「こっちは大丈夫。重傷だけどすぐにどうこうなるわけじゃないから」

　が、ウェナがこっちへやって来て言った。

「本格的な治療は後にするとして、それより今はフィストの方だよ。フィストが防戦すらできない今の状態はまずいから。シリア、ちゃっちゃとやっちゃって」

「あいよ。死にたくなるほど痛いらしいけど、我慢しなよ」

　言いつつシリアは治療用の符を数枚取り出した。待て、それを貼るってことは腕に触れるってことで……！

「その前に、口開けて」

　言われて反射的に口を開けると、シリアが何かを突っ込んできた。布の塊というか、ハンカチか？　何でこんな物――

「――!?」

　シリアが治癒の呪符を貼り付けた瞬間に激痛が生じる。と同時、俺は口に入れられた物を思いっきり噛み締めていた。なるほど、多分あれだ。舌を噛まないようにとか苦痛に耐えるために噛んどけ的な何かの代わりだ。

　痛みが徐々に引いて……いかないな……？　ＨＰは回復していってるのに。

「まったく、ルークだけかと思ったらフィストまで。あんまり無茶ばっかりするもんじゃないよ」

　呆れたように、たしなめるように、シリアが言って

くる。こうして聞いてると、普段のルークはどんだけ無茶をしてるんだろうかと気になった。決して考えなしの突撃馬鹿ってことはないだろうから、必要に迫られての無茶ではあるんだろうけど。

「そうは言うがな……これは無茶しようとしたわけじゃなくて、今できることを精一杯やった結果であって」

「撫でるよ？」

「……ごめんなさい」

布を吐き出して言い訳すると、冷たい視線と言葉を返されたので謝る。今それをやられたら死ねる……。

「それはそうと、部分麻酔とかできる呪符はないか？」

どっちにしろ右腕が動かないのはどうしようもない。だったら、少なくともそれ以上のマイナス要素はどうにかしたい。痛みさえ何とかなれば、左拳と両足でまだ戦える。

「まだ戦うつもりかいっ⁉　馬鹿言わないでっ！　フィストは野戦病院に直行だよっ！」

そんな俺にシリアが雷を落とした。いや、だってまだ街に魔族が残ってるだろ？　中型や融合型は無理でも通常型ならこれでも何とかなると思うんだ。それに積極的に攻めていくつもりはないぞ？　あくまで自衛の手段の確保だ。

「いや、そうじゃなくて、ですね……」

「へぇ……握ってほしいって？」

「い、いや、こればっかりは――」

「強情を張るなら、思いっきり扱くよ？」

「殺す気かっ⁉」

そこまでやられたら痛みでショック死するわっ！

わきわき、と指を動かすシリアから俺はひと跳びで距離を取った。あがが、腕が揺れたっ⁉

「でもさ、この人達を安全な場所へ運ばないといけないのは事実だよ？」

ウェナの言葉に俺は騎士達を見る。全員、まだ意識は戻っていない。

結局、駆け付けた時に立っていた四人は全員生き残っていた。当然、彼らには安全な場所へ自力で避難するだけの余力はない。

「それに、そろそろ外の方も片付きそうだって連絡あったから。ボクの索敵範囲には今のところ魔族はいないようだし。だったら怪我人の搬送を優先で動こうよ」

そっか、外はもうじき終わるか。

戦闘開始からもうじき二時間が経つ。長いのか短いのかは分からない。ただ、こんなに密度の濃い時間を過ごしたのは初めてだ。

さて、俺は今回、どれほどのことができたんだろうな……。

そんなことを考えたところで、西門の方から大きな歓声が聞こえてきた。

裏話　運営

「やあ、諸君。今日も頑張ってるかね」

　現実での仕事を終え、今日もログインする。神殿を模した造りのこの部屋は、ＧＡＯ運営のオフィスだ。Ｇ　Ｍ（ジェネラルマネージャー）権限を持つ運営スタッフ以外は入ることができないスペースとなっている。

「あ、社長。おはようございます」

　気付いたスタッフ達が挨拶をしてきたので、それに応えながら移動する。教会ならば演壇があるであろう場所に木製のオフィスデスクが置いてあった。そこが私の席だ。

　椅子に座り、スタッフ達を見る。現実での姿とは違い、ＧＡＯ内のアバターで仕事をしている彼ら。長椅子の代わりに置かれたデスクで、空間投影したモニターを見ながら仮想キーボードを叩いているその光景は、何ともミスマッチだ。現実のオフィスで社員がファンタジー系のコスプレをしているようなものだからね。

「さて、今回の防衛戦はどうだったかな？」

「ゲーム的に言うなら、盛り上がってましたよ。参加できなかった連中からは不満も上がっているようですけど」

「被害はかなり抑えられたと思います。プレイヤーの参入がなかったら、かなりやばかったんじゃないでしょうか」

「今回のあいつら、最上級でしたからね。刃物系のプレイヤーは苦戦してましたし」

　皆に尋ねると、次々と感想が出てくる。サービス開始から初の大規模戦闘。下手に介入するわけにはいかないので、無事に終わってくれて何よりだ。

「今回活躍した【異邦人】達はどうだね？」

「【異邦人】のギルドだと【聖剣騎士団】あたりが結構な戦果を挙げていますね。【伊賀忍軍】も支援でかなり貢献してます」

【聖剣騎士団】と【伊賀忍軍】はロールプレイ系のギルドだ。騎士として、忍としてのスタイルをＧＡＯ内で貫いていて、その上でうまくＧＡＯ世界に溶け込んでくれているプレイヤー達だ。

「特に活躍したのは、【自由戦士団】でしょうか。そして何より【シルバーブレード】ですね」

【自由戦士団】は傭兵ロールプレイのギルド。傭兵団としての実績を積み重ねていて、住人達からの信頼も厚い。

【シルバーブレード】は人数こそ六人だが、ＧＡＯ内で住人達が困っていると進んで解決に手を貸しているギルドだ。

「【自由戦士団】と【シルバーブレード】は確かドラード辺りにいなかったっけ？」

「アインファスト襲撃の報を聞いて、自腹で駆け付けてますね。【自由戦士団】は【シルバーブレード】に雇われた形です」

「ああ、彼ららしいなぁ」

【シルバーブレード】は現時点で一番の注目株だ。βの頃からの、と言ってもいい。あの件の後からもずっとβテストを続けてくれて、製品版にも参加してくれている彼らにはこれからも頑張ってもらいたい。

「他の大規模ギルドは、やっぱり戻れなかったようだね」

防衛戦に参加したギルドの一覧を表示させる。事前の予想どおり、参加ギルドの数は多くはなかった。

「ドラードから先にいる連中は、戻るだけでも出費が大きいですし、ほとんどが街の外で活動してましたから」

「プレイヤーの戻りも悪かったですね。闘技祭の認知度が低かったせいもありますが」

公式ＨＰで告知等をしていれば、もっと多くのプレイヤー達がアインファストに集結していただろう。しかし、住人達の行動には干渉しないのが運営の基本方針。どんな結果になろうとも、全てはあるがままだ。

「まあ、仕方ないさ。とりあえず、防衛戦の記録を編集して、イベント動画として公式ＨＰにアップしないとね。任せたよ」

指示を出すと、担当スタッフ達が作業を開始した。

あとは彼らに任せよう。

「それで、その後の反応とかはどうかな?」

「くたばれ運営スレが絶賛炎上中です。主に参加できなかった人達が暴れてます」

「防衛戦スレではお通夜が始まってますね。住人が死んだらそのままって仕様は、今回でかなり広まってますし」

住人の死に心を痛めてくれる【異邦人】達がいるのは有り難いことだ。複雑ではあるけれど。

「今回の事件で【異邦人】も増えるでしょうね」

「こういう事件がなくても増えてほしいものだけどね」

こちらから答えを出して行動を誘導しても意味がないのだ。彼ら自身が気付いて、動いてくれないと。

そんなことを考えていると、スタッフの一人が報告してきた。

「社長、今回の防衛戦で【痛覚軽減無効】と【痛覚鋭敏化】が同時に出てる【プレイヤー】がいます。いや、【異邦人】ですね」

「何だって?」

バッドステータスのいくつかには、プレイヤーがそれを受けた時点で報告を上げるようにしているものがある。【痛覚軽減無効】と【痛覚鋭敏化】はそのどちらもが該当していた。

「今回、それが出る要素なんてあったかな。しかも同時にかね?」

「同時です。他にも【骨折】やら複数の状態異常が出ています。こちらです」

ウィンドウが飛んできたので受け取って確認する。その【異邦人】のテキストログが表示されていた。

「あー、【強化魔力撃】の重ね掛けか」

武器の耐久値を犠牲に強力な一撃を放てる【強化魔力撃】の重ね掛け。あれを【手技】でやってしまったわけだ。

「そういえば、格闘系スキルの【強化魔力撃】だけ、回数によって副作用があるんでしたっけ?」

「武器でも同様なんだけどね。程度によっては一撃を入れる前に武器が壊れる」

「そうなんですか? 武器の【強化魔力撃】の重ね掛

けは一撃入れるまでは耐えるって聞いてますけど」

「それは、重ね掛けの負荷に加えて、一撃入れた時の反動ダメージが加わって壊れているんだよ。武器の性能や使い手の技量、魔力量なんかにも左右されるんだけど、今のところ、ＧＡＯ内では負荷のみの武器破壊はまだ確認されてないはずだ」

重ね掛け自体があまり知られていないようだし、使い手達も段階的に使っているようだから。武器が壊れると出費にもなるし、いい武器を持っている人ほど、無茶な使い方はしないものだ。今後は分からないけど。

「それにしても、何でこんな無茶をしたかな、このフィスト君は」

先ほどの部分的なログではなく、防衛戦時の彼のログを表示する。プレイヤーに表示される以上の詳細がそこにはあるが、これだけではよく分からない。彼の一挙手一投足の全てや思考が表示されるわけではないし、端的な文字情報だからだ。

回転椅子をくるりと回し、背後にある像へと向き直る。この神殿を模したオフィスの最奥に設置されている神像。会社と同じ名を持つ、創造神カウヴァンの像だ。

「カウヴァン。この、フィスト君の行動記録を閲覧したいんだけど」

『了解した。そちらに送る』

神像から統括ＡＩの返事が来て、私のデスクに画像が表示された。さてさて、状態異常が出た辺りは、と。データを操作し、該当する箇所を発見。中型魔族を撃破した場面だ。

「あの倍率で打撃系だったからなぁ」

【魔力撃】による加速まで乗せた一撃だ。さすがに高位の中型でも耐えられるものではないらしい。

この辺りからテキストログを確認しながら、映像を巻き戻していく。

「ふーむ……」

やられそうになっている騎士達に駆け寄るフィスト君と、これは【シルバーブレード】のウェナさんだ。はて、どこに接点が……ふむ、フィスト君はポーション事件の時に【シルバーブレード】と縁を持ったのか。

「なるほどね」

中型魔族に殺されそうになっている小さな騎士を助けようと、必死に駆けるその姿。まさしく僕らが望む【異邦人】だ。

そのまま動画を遡り続け、今回の彼の行動を把握し終えた。城壁を突破されてからは魔族を倒すことよりも住人達の救助に主眼を置いていたような動きだ。しかもそのために使えそうなスキルを、途中でわざわざ修得までしている。効率は悪いので、あまりいい結果は得られていないようだけど。

「いいなぁ、彼」

うん、実にいい。何とも嬉しいことだ。

「あ、防衛戦動画なんだけど。彼の活躍、入れてくれる？」

「予定には入れてますよ。格闘系の立ち回りってのもそうですけど、中型を一撃必殺のインパクトはおいしいシーンですから」

動画担当のスタッフの回答に、何度も頷く。よしよし。

「社長。次のデータを回しますよー。今までと違って一気に情報が来てますからね、一人一人にいつものような時間は掛けられませんよ」

「分かっているとも。張り切っていこうか」

新たな【異邦人】を発掘するべく、私はフィストくんに関するデータを閉じた。

公式HP掲示板：【戦い終わって】アインファスト防衛戦終了スレ【大勝利・・・?】

1：**名無しの勇者**
てことで、ようやく終了したわけだが
お前ら、今回の襲撃防衛戦、どうだったよ？

2：**名無しの勇者**
どうもこうも……まさか闘技祭が防衛戦に移行するなんて思わんかったわ

3：**名無しの勇者**
だよなぁ・・・オレ、闘技祭には出るつもりなかったから準備とかほとんどできてなかったし
メインウェポンを修理に出してたからサブウェポンで戦ったよ・・・

4：**名無しの勇者**
あの当時、確実に万全の状態だったのは、闘技祭出場予定選手くらいだろ
後は観戦モードばっかりだったし

5：**名無しの勇者**
しっかし、スレタイ通りだな。大勝利、って言えるのかは疑問だわ

6：**名無しの勇者**
あいつら全滅させることができたんだから大勝利でいいだろ

7：**名無しの勇者**
いや、話によるとあいつらまた湧いてくるらしいぞ

8：**名無しの勇者**
まじで!?

9：**名無しの勇者**
うそーん……orz

10：**名無しの勇者**
何でも、巣がどこかに発生してるらしい
そこから湧いてくるんだとか

11：**名無しの勇者**
でも、今までそんな奴全然出なかったじゃんか

12：**名無しの勇者**
20年ぶりくらいだって偉い人が言ってたぞ

13：**名無しの勇者**
じゃあ巣を潰せばいいのか

14：**名無しの勇者**
まず巣を探さなきゃならんのだと

15：**名無しの勇者**
うわ厄介な。で、あれって何なの？　魔族の襲撃だって言われてるけど

16：**名無しの勇者**
魔族……そういうのもいるのか

17：**名無しの勇者**
NPCはそう言ってるけどな

18：**名無しの勇者**
魔族っていたんだな

19：**名無しの勇者**
しかし見事に同じ姿だったが。量産型魔族。
たまに別のが交じってたけど

20：**名無しの勇者**
熊型がいたな。他にも亜種がいるらしいが

21：**名無しの勇者**
隊長格ですねわかります
でもあいつら、通常型でも手強かったぞ

しの勇者
死体消えるだろうに
8：名無しの勇者
ありがとうございますっ！
9：名無しの勇者
この紳士めがwww

22：名無しの勇者
鉤爪は鋭くて、金属鎧を裂かれた奴もいるって聞いたが

23：名無しの勇者
皮膚も硬かったよ。矢とか、ほとんど弾かれてたし
隣で戦ってた兵隊さん、鎧ごと腹を裂かれて死んだ

24：名無しの勇者
打撃武器は結構効いてた

25：名無しの勇者
まじかよ、そりゃ酷いな

26：名無しの勇者
でも苦労して倒してもドロップしないしな……

27：名無しの勇者
あれ、魔核とかドロップなかったの？

28：名無しの勇者
聞かないな。つか、どうして魔核？

29：名無しの勇者
いや、だって魔族なんだろ？

30：名無しの勇者
魔族と魔獣は別物みたいだぞ
というか、今回の魔族、生殖器ないしな
魔獣の定義である、瘴気によって歪められた生物からは外れるだろう
というか、瘴気が形を持ったって感じだよなあれ

31：名無しの勇者
え、逸物ないの？

32：名無しの勇者
つまり女の子……ゴクリ……

33：名無しの勇者
てめぇナニする気だwww

34：名無しの勇者
生殖器がないんなら、穴もないんじゃね？

35：名無しの勇者
いや、死体消えるだろうに

36：名無しの勇者
いや、魔族の死体は全部残ってるぞ

37：名無しの勇者
やだ、獣姦の上に屍姦とか……この変態っ！

38：名無しの勇者
ありがとうございますっ！

39：名無しの勇者
この紳士めがwww

上段はともかく、死体が残ってるって何で？

40：名無しの勇者
多分今回の仕様
俺は【解体】スキル持ってないけど倒した奴は残った

41：名無しの勇者
てことは死体をあされるんじゃないか？
金属鎧を裂く爪とか牙なんて生産職歓喜だろ

42：名無しの勇者
でも、魔獣と関係ないにしても、何というかあの、瘴気っての？結構厳しかったな

43：名無しの勇者
魔獣と違って、垂れ流す瘴気が多かったしな。西門の外、地面に生えてた草とか枯れたってよ

25：名無しの勇者
まじかよ、そりゃ酷いな
29：名無しの勇者
いや、だって魔族なんだろ？

44：**名無しの勇者**
てことは、森の木も枯れてるんだろうな。それを辿れば巣に着くか
ああ、残ってた死体、あれも崩れていってるらしいぞ
つまり、最終的には消える。周囲を瘴気で汚染して

45：**名無しの勇者**
今ならほとんど魔族は残ってないらしいから、簡単にケリが付くらしいぞ。どうも、巣の限界が来たら一気に放出してるらしい

46：**名無しの勇者**
ダンジョンから溢れる魔物、みたいな設定なのかね
>>44
なにそれ、ホントに実入りがゼロだな

47：**名無しの勇者**
でもあんなのしかいないなら、巣の中にもめぼしいものないだろうなぁ
しかもドロップ０とか……やる気が湧いてこない

48：**名無しの勇者**
だろうな。それ以前に、瘴気の充満した巣になんて入りたくない。あの車酔いみたいな感覚は酷いぜ。瘴気が強いともっと酷くなるんだろうしな

49：**名無しの勇者**
俺はそこまで酷くなかったな。個人差があるんだろう

50：**名無しの勇者**
あるとすれば、生命力とか体力の高い奴は比較的軽いんだろうな、症状

51：**名無しの勇者**
ある意味毒だからな、瘴気って

52：**名無しの勇者**
でもまあアインファストの兵隊さんが討伐隊を編成してるから後は大丈夫だろう

53：**名無しの勇者**
でも……兵隊さん、大丈夫なんかな……

54：**名無しの勇者**
今回の戦で戦死者が結構出たらしいしな

55：**名無しの勇者**
倫理コードどこいったんだよ
死んだNPCが戦場にゴロゴロしてたぞ

56：**名無しの勇者**
働いてるよ。だから「綺麗な死体」しかなかっただろ？
腕や足がもげてても、血は出てなかったし、内臓も出てなかった
頭が割れてる奴も、断面はデジタル的な何かで生々しさはなかったし

57：**名無しの勇者**
出てたまるかよ・・・そんなの見たらトラウマだわ

58：**名無しの勇者**
でも解体スキル持ちは、多分それ見てるんだぜ
倫理コード解除されてるから

59：**名無しの勇者**
死体のグラってそこまでいくのか？

60：**名無しの勇者**
というか、βの時は倫理コードなかったんだぞ
あの頃は血がばんばん飛び散ってたよ
モツはなかったと思うが、イベントではそういう描写もあったらしい

名無しの勇者
りゃあ　銀剣で決まりだろ

61：**名無しの勇者**
うへぇ……ドＳ運営だからあり得るなぁ
解体は……その分実入りが大きいんだろうけど俺は勘弁だ

62：**名無しの勇者**
でも・・・兵隊さん達の表情、忘れられんなぁ・・・

63：**名無しの勇者**
仲間の死体にすがりついて泣いてる女兵士さんとかいたな・・・

64：**名無しの勇者**
街の中もひどいぞ。侵入を許してたから住人に被害も出た

65：**名無しの勇者**
あぁ、奥さんと子供らしい人が、男の人の死体の前で泣いてた

66：**名無しの勇者**
NPC なんだぜ？　ただのプログラムなんだぜ？　なのに……すっげー胸が締め付けられる想いがしたんだ……オレって変かな？

67：**名無しの勇者**
変だな。おかしいわお前

68：**名無しの勇者**
66, お前は間違ってない。俺もそうだった

69：**名無しの勇者**
俺もきつかったよ

70：**名無しの勇者**
私も。すっごく悲しくなって、涙まで出た……そんな仕様いらなかった……余計に悲しくなったわよ……

71：**名無しの勇者**
その場にいるのが辛かったよな・・・

72：**名無しの勇者**
俺、戦闘終わったら街にいるのが辛くてすぐログアウトした・・・

63：名無しの勇者
仲間の死体にすがりついて泣いてる女兵士さんとかいたな・・・

73：**名無しの勇者**
行きつけの屋台の兄ちゃんが、今回の襲撃で逝ったよ……避難してた民家に押し入られたんだって……

74：**名無しの勇者**
…ご愁傷様としか言えないが…元気出せ

75：**名無しの勇者**
親しいNPCが多い人は安否確認も大変だろうな

367：**名無しの勇者**
ええい、辛気くさい話はそろそろ止めよう！
これ以上はこっちも保たん！
死者を悼むのはそれぞれでやろう！

368：**名無しの勇者**
そうだな、悲しむだけじゃ前に進めない

369：**名無しの勇者**
よし、それじゃあ明るい話題を出そうぜ！

370：**名無しの勇者**
明るい話題か。じゃあ今回の防衛戦で活躍したプレイヤーとかどうだ

371：**名無しの勇者**
そりゃあ　銀剣で決まりだろ

372：**名無しの勇者**
だな……何あのカリスマオーラ
現れた途端に兵士の士気が上がる上がる

394：名無しの勇者
それってフィストじゃね？

373：**名無しの勇者**
NPC の士気がむちゃ上がってたよな。そういうスキルでもあるの？

374：**名無しの勇者**
そりゃあ知名度だろうな。ポーション事件の時の活躍とか、住人も知ってるわけだし

375：**名無しの勇者**
あぁ、今までの積み重ねか

376：**名無しの勇者**
しかもあいつら、襲撃開始後にドラードから駆けつけたんだろ？
闘技祭には見向きもしてなかったらしいじゃん
救援のためだけに来たんだぜ？

377：**名無しの勇者**
やだ、素敵っ！

378：**名無しの勇者**
シルバーブレードは住人の味方だしなぁ。住人の人気、かなり高いんだよあれ

379：**名無しの勇者**
というか、あの口上がすごかったw

380：**名無しの勇者**
だなw舞台の一場面みたいな。でも違和感ないっていうね

381：**名無しの勇者**
その前にあの登場だろう。最初、大爆発が起きた時は何があったのかと思ったぞ

382：**名無しの勇者**
スウェインのファイアボールだろ。あれで魔族がかなり吹っ飛んだもんな
それからミリアムの精霊魔法か。あの、石の柱、魔族が次々と磨り潰されいくという

383：**名無しの勇者**
そこに来てルークのあの口上だもんな。どこの勇者だよw

384：**名無しの勇者**
いやぁ、もう勇者でいいんじゃない？　少なくとも住人達はそう認識してると思う

385：**名無しの勇者**
勇者ルークとその仲間達か。なにこのヒロイックサーガ

386：**名無しの勇者**
実際、あいつらの登場で一気に盛り返したしな。

387：**名無しの勇者**
というか、銀剣自体がかなり暴れ回ったよ

388：**名無しの勇者**
ルークもジェリドも簡単にあいつら薙ぎ倒してたもんな

389：**名無しの勇者**
スウェインとミリアムの魔法もすごかったぞ。高レベル魔法ってあんな威力あるんだな
いつかは俺もあの高みに……

390：**名無しの勇者**
ところでウェナたんとシリアたんが前線にいなかったんだが。どこにいた？

391：**名無しの勇者**
あの２人はもう１人加えて街の中に侵入したのを潰して回ってたよ

392：**名無しの勇者**
もう１人？　銀剣、メンバー増えたのか

393：**名無しの勇者**
どうだろ？　黒髪褐色肌の男で、素手使いだった

394：**名無しの勇者**
それってフィストじゃね？

377：名無しの勇者
やだ、素敵っ！
380：名無しの勇者
だなw舞台の一場面みたいな。でも違和感ないっていうね

395：**名無しの勇者**
銀剣に近しい褐色肌の格闘家だったら、そいつしか思い当たらんな

396：**名無しの勇者**
ああ、ポーション事件の時の協力者か
足手纏いじゃね？

397：**名無しの勇者**
いや、銀剣メンバーには劣るんだろうけど、魔族相手には結構な立ち回り見せてたよ
パンチやキックで結構簡単に魔族を斃してたし

398：**名無しの勇者**
うそくせぇｗ

399：**名無しの勇者**
【魔力撃】だろ。他の武器のそれに比べて威力は落ちるらしいけど、【手技】と【足技】のは継続性があるから。
それでもあの魔族相手に戦えるって事は、結構なやり手なんじゃね？

400：**名無しの勇者**
打撃武器が効果高かったって話だから、拳や蹴りもその扱いだった可能性は高いな

401：**名無しの勇者**
あぁ、なるほどな。あと、シリアの呪符魔術でブースト掛かってたのかもしれん

402：**名無しの勇者**
いや、それでも最後のアレは説明つかんぞ

403：**名無しの勇者**
最後の、って何かあったの？　俺、ウェナたん達の戦闘はちょっと通りすがりに見かけただけだったから、その後何があったかは知らんのよ

404：**402**
中型魔族をパンチ一発で「粉砕」した

405：**名無しの勇者**
は？中型って、一回り大きかったやつよな？それを一撃？は？

406：**名無しの勇者**
おい、公式HPに今回の防衛戦の動画がうpられてるぞ！
戦闘開始から終結までのダイジェスト版！

407：**402**
てことは、フィストのアレも載ってるかもな
405、ダイジェストに載ってなかったら証拠動画うpするわ

408：**名無しの勇者**
>>406
うわ助かる！　俺、この時ログインできなかったからダイジェストでもいいわ

409：**名無しの勇者**
結構有志達が個別に撮った動画をUPしたりしてるから、そっちを探してみるのもよいかと

410：**名無しの勇者**
うーん、門の外はすごかったんだな
こっちはこっちでモグラ叩きだったけど

411：**名無しの勇者**
あ、俺が映ってた

412：**名無しの勇者**
王女殿下！　王女殿下じゃないか！

413：**名無しの勇者**
王女殿下？

名無しの勇者
結構有志達が個別に撮った動画を
UPしたりしてるから、そっちを探
してみるのもよいかと
412：名無しの勇者
王女殿下！　王女殿下じゃないか！
399：名無しの勇者
【魔力撃】だろ。他の武器のそれに
比べて威力は落ちるらしいけど、
【手技】と【足技】のは継続性があ
るから。

414：**412**
斧使いの女性プレイヤー。顔の造形が某ラノベの王女殿下そっくりなの

415：**名無しの勇者**
ってなにこのアマゾネスw　いや、この恰好だとバイキングかw

416：**名無しの勇者**
あー、その人なー
淡々と魔族を斧で両断してて怖かった……こっちの剣はほとんど通らなかったのに何でああもあっさりと……

417：**名無しの勇者**
しかもラウンドシールドの縁、斧みたいな刃がついてるんだが

418：**名無しの勇者**
うん、円盾で魔族をぶった切ってたよ。な、何を言って（ry

419：**名無しの勇者**
あれ、何この忍者の一団？

420：**名無しの勇者**
ギルド【伊賀忍軍】だな、これは。ちなみに【甲賀忍軍】なんてのもいるぞ

421：**名無しの勇者**
何というか戦い方が美味い名こいつら
適度な足止めで魔族の侵攻を阻んでる

422：**名無しの勇者**
女斧使い……あの人かと思ったが違った
忍者達の足止めは随分助かったわ俺。一気に来られたらやばかったもの

423：**名無しの勇者**
鎖分銅とか、意外に効果あったみたいね
>>422
誰を想像したのか思い当たる人はいるが、あの人、正式サービスから名前聞かないんだよな

424：**名無しの勇者**
狂戦士ヘルヴァか。そういや見ないな。引退したんだろうか。
でもβやって引退ってのは有り得んか。

425：**名無しの勇者**
姿と名前を変えてるってことか。
でも、わざわざ聞くのもなぁ
それにヘルヴァって２丁戦斧だったろ。盾は持ってなかったはず

426：**名無しの勇者**
検索掛けても名前が出て来ないから、変えてる可能性もある
そうする理由は分からんが、まぁ、そこは深く詮索するところじゃないな

427：**名無しの勇者**
うーん、やっぱりルークは映えるなぁ

428：**名無しの勇者**
というか、あの口上をしながら戦ってたのか

429：**名無しの勇者**
ちょっと待て、城壁から飛び下りて何で無事なんだｗ

430：**名無しの勇者**
魔術に落下制御あるからスウェインがフォローしたんじゃないか？

431：**名無しの勇者**
演説しながら戦う……某歌いながら戦うアレを思い出した

48：名無しの勇者
うわ、見てみたいなぁ

451：名無しの勇者
無茶しやがって

432：**名無しの勇者**
あれ、どうしてルークの剣、魔族をあっさり斬ってるの？
俺の剣じゃ傷しか入らなかったのに

433：**名無しの勇者**
そら一業物なんじゃね？　ルークだし

434：**名無しの勇者**
技量も半端ないと思うけど、武器もいいもの使ってるんだろ

435：**名無しの勇者**
うわー、スウェインの魔術、火力がやべー
即死はしてないみたいだけど魔族が木っ葉のように舞っている

436：**名無しの勇者**
え、あの石の柱って精霊魔法なの？　てか、あんなことできるのかよ精霊魔法!?

437：**名無しの勇者**
精霊魔法は自由度が高いぞ。精霊がその場にいないと駄目だから制限はあるけどな

438：**名無しの勇者**
うわー、大竜巻だー……あんなの食らったら死ぬわっ！

439：**名無しの勇者**
あ！　ジェリドさんや！
あの時は庇ってくれてありがとう！

440：**名無しの勇者**
おお！　自由戦士団！　この人達も凄かった！

441：**名無しの勇者**
自由戦士団は小隊組んで各部隊の増援やってたな。ここはギルドメンバーの層が厚いから。

442：**名無しの勇者**
傭兵集団だったよな【自由戦士団】って。何か兵隊さん達以上に兵隊っぽく動いてた気がするぞ。効率よく動いてた。

443：**名無しの勇者**
それも想定して日々訓練してるからな。
興味があるならギルドハウスへどうぞ。
団員は常時募集中。ただし無条件ではない。

444：**名無しの勇者**
勧誘かよｗ

445：**名無しの勇者**
うわぁ、ジェリドも何気に男前だな……
「危なくなったら僕の後ろへ下がって体勢を立て直して下さい！慌てなくて大丈夫ですから！」
って……どう思うよ？

446：**名無しの勇者**
何という頼もしさ。てか、ジェリドって一人称、僕なのか

447：**名無しの勇者**
だよ。しかも好青年タイプ。美形というか優しい系の顔

448：**名無しの勇者**
うわ、見てみたいなぁ

449：**名無しの勇者**
うほっ

450：**名無しの勇者**
449がジェリドさんのメイスに潰されました

451：**名無しの勇者**
無茶しやがって……

433：名無しの勇者
そら一業物なんじゃね？　ルークだし

438：名無しの勇者
うわー、大竜巻だー……あんなの食らったら死ぬわっ！

470：名無しの勇者
そんだけ無茶したってことか。それより【強化魔力撃】って重ね掛けできたのか？

452：**名無しの勇者**
あ、フィスト本当に簡単に魔族倒してるな。連続攻撃がお見事

453：**名無しの勇者**
呪符が貼ってある。やっぱりシリアの支援があったか

454：**名無しの勇者**
でもさ、支援あっても同じ事やれって言われてできるか？

455：**名無しの勇者**
俺はできる（ｷﾘｯ

456：**名無しの勇者**
あの間合いに留まっての戦い方は怖いな。俺、紙装甲だし

457：**名無しの勇者**
ウェナもピンポイントで魔族の目玉えぐってるなぁ……よーやるわ

458：**名無しの勇者**
フィストやシリアの援護で狙いやすくなってるとはいえ、巧いよな

459：**名無しの勇者**
ファッ!?

460：**名無しの勇者**
マジで一撃かよ!?　何あの威力っ!?
フィクションじゃないよな!?

461：**名無しの勇者**
こ、これはバー○ナックル!?

462：**名無しの勇者**
知っているのか雷（ry

463：**名無しの勇者**
うわ、マジでバ○ンナックルっぽいわ
ナニコレ？【手技】のアーツ？

464：**名無しの勇者**
チートや！　チートやーっ！

465：**名無しの勇者**
いや、俺、この時近くにいたけどさ、この後のこいつ、右腕使用不能になってたから
何か、１ミリでも動いたら死にたくなるくらい痛い、って言ってた
ちょっと動いただけで悲鳴上げてたし
シリアが呪符を何枚も右腕に貼り付けて治療してた

466：**名無しの勇者**
シリアたんの治療!?……なんというご褒美！

467：**名無しの勇者**
この攻撃は何だったんだ465?
それに痛覚は軽減されてる仕様のはずなのに何でそんなに痛がってたんだ？

468：**465**
詳細は分からんが、本人いわく、強化魔力撃の重ね掛けをMPの限界までつぎこんだそうな。何倍かは不明
ちなみにあの一撃の副作用が骨折と筋肉断裂と血管破裂。あと何か痛覚軽減設定が無効になった上に、痛覚が増強されたらしい

469：**名無しの勇者**
痛覚軽減無効・・・？　痛覚増加？
なにそれ・・・

470：**名無しの勇者**
そんだけ無茶したってことか。それより【強化魔力撃】って重ね掛けできたのか？

455：名無しの勇者
俺はできる（ｷﾘｯ

461：名無しの勇者
こ、これはバー○ナックル!?

名無しの勇者
というか、闘技祭の開催発表が公式でされてなかったからな
闘技祭をやること自体、知らないプレイヤーも多かったんじゃね？

492：名無しの勇者
1人3万ペディア

471：**名無しの勇者**
できるよ。その分、武器の耐久値が激減するけど
しかし痛覚増加は聞いたことあるけど、軽減無効ってあったのな

472：**名無しの勇者**
フィストの場合、ガントレット着けてるけど、ガントレットじゃなくて腕にその分の負荷が掛かったんだろか

473：**名無しの勇者**
多分なー
でもこの威力はあこがれる……

474：**名無しの勇者**
しかしフィストもそうだがウェナも必死だな。中型に届くまでの表情がすっごく悲愴というか
似たもの同士なんだろうかな

475：**名無しの勇者**
あのちっこいのが殺られる瀬戸際だったしな
どうもそういうのが見過ごせないようだ

476：**名無しの勇者**
ぶふぉっ！

477：**名無しの勇者**
待て待て、フィストも大概だったがルークも待て！

478：**名無しの勇者**
こ、これはクラッ○ュドーン!?

479：**名無しの勇者**
うわ、ホントだｗ　リュー○イトwww

480：**名無しの勇者**
メテ○ザッパーはまだですか？

481：**名無しの勇者**
使っても驚かんぞ重閃○剣

482：**名無しの勇者**
すげぇ……GAOってこんなこともできるんだな……

483：**名無しの勇者**
こっちは副作用ないっぽいな

484：**名無しの勇者**
最後はルークで締めたか
しかしほんと絵になるなぁ

485：**名無しの勇者**
他にも強い奴結構映ってたけど、MVPは銀剣確定だわなぁ

486：**名無しの勇者**
銀剣のインパクトに比べるとな

487：**名無しの勇者**
個人だとルークが一番、次がフィストだなぁ、インパクト

488：**名無しの勇者**
他のトップギルドがいたら、また違ってたかもなぁ

489：**名無しの勇者**
というか、闘技祭の開催発表が公式でされてなかったからな
闘技祭をやること自体、知らないプレイヤーも多かったんじゃね？

490：**名無しの勇者**
有名どころは先へ進んでたってのもあるしな
攻略上位ってドラード辺りだろ？　そこから戻ってくるとなると、時間も金も掛かるし

491：**名無しの勇者**
アインファストからドラードって、転移門おいくら？

492：**名無しの勇者**
1人3万ペディア

493：**名無しの勇者**
高い！　ツヴァンドまで1万じゃなかったか？

476：名無しの勇者

508：名無しの勇者
なんか公式に頼るより、NPCの話に耳を傾けた方が確実な気がしてきた

509：名無しの勇者
それが醍醐味さ
リアルっぽくていいぞ

494：**名無しの勇者**
一律の金額じゃないから仕方ないわな

495：**名無しの勇者**
その金額を惜しげもなく払って駆けつけた銀剣・・・6人パーティーだから18万ペディアだぞ・・・
180万円だぞ・・・

496：**名無しの勇者**
徹底してるというか、トラウマでもあるんじゃないかっていうくらいの行動力だな

497：**名無しの勇者**
βの頃に何かあったのかもな
彼らの行動はβの頃から一貫してるから

498：**名無しの勇者**
おい、動画の方だが、無修正版ってのがあるんだが、どういうことだ？

499：**名無しの勇者**
18歳未満は閲覧不可な、倫理コード解除版。
かなりグロだから自己責任な

500：**名無しの勇者**
今回のイベント、広報しなかったのも運営の陰謀のような気がしてきた

501：**名無しの勇者**
上位をアインファストに駐留させないためか

502：**名無しの勇者**
どうなんかねぇ・・・

503：**名無しの勇者**
やりかねない、とは思うが……

504：**名無しの勇者**
でも、上位陣がいなくても、闘技祭でプレイヤー数は集まってるからなぁ
運営が噛んでるなら、闘技祭無しでやるんじゃね？

505：**名無しの勇者**
ツヴァンドやドラードに行ってるプレイヤーもそこそこいただろうしな
襲撃をもっと悲惨に演出するなら、闘技祭で人を集めない方がよかっただろうし

506：**名無しの勇者**
一応、神視点新聞で開催は告知されてたぞ
読んでる人は少ないだろうけど

507：**名無しの勇者**
更に、告知から開催までの期間が短すぎたからな
でもNPCの話題には挙がってたんだよなぁ

508：**名無しの勇者**
なんか公式に頼るより、NPCの話に耳を傾けた方が確実な気がしてきた

509：**名無しの勇者**
それが醍醐味さ
リアルっぽくていいぞ

510：**名無しの勇者**
酒場での情報収集は基本
でもしばらくはお通夜状態だろうな酒場も

494：名無しの勇者
一律の金額じゃないから仕方ないわな

499：名無しの勇者
18歳未満は閲覧不可な、倫理コード解除版。
かなりグロだから自己責任な

第三四話　戦の後

ログイン四五回目。

「フィスト、こっちだ！」

ルークからの呼び出しを受けて、俺はアインファストにある酒場へと足を運んだ。

店に入るとすぐにルークが声を掛けてくる。そしてこちらへと集まる視線。プレイヤーも住人も一様に、だ。あー、ここでもか。

「あいつが、あのフィストか……？」

「中型を一撃で粉砕したっていう……」

「素手で魔族をブッ殺したらしいぞ……」

「俺は指先一本で頭を砕いたって聞いたが……」

「さすがは異邦人ってことか……」

ひそひそと囁き合う声が耳に入ってくる。デマを含めて。指先一つで一撃とか、どこの世紀末救世主だよ。

防衛戦が終わった後、ＧＡＯ運営が公式ＨＰに防衛戦のダイジェスト動画をアップした。要は活躍したプレイヤーの紹介動画だったわけだが、ルークやジェリドといった【シルバーブレード】の面々は当然のように入っていた。グンヒルトも出てたっけな。【伊賀忍軍】の中にはツキカゲの姿もあったし。

で、その中に俺の姿もあった。中型魔族を一撃で撃破、というのはかなりのインパクトがあったみたいだ。俺としてはその後の激痛の方がより衝撃的だったわけだが。

まぁ、そういうわけで一時的に知名度が上がっていたりする。街を歩いてる時もあちこちから視線を感じたし。人の噂も何とやらというから、そのうち元に戻るだろうけど。

視線は敢えて無視して俺はルーク達の席へ向かった。

「おぉ、新たな英雄殿の到着だ」

「誰が英雄か」

茶化すように言ってくるスウェインを睨んでやる。こいつ、今の状況を面白がってやがる。

「でも、住人達の間では噂になってるよ。中型魔族をたった一発の拳で倒した拳士だって」

そんな俺を見てジェリドが笑った。

「どうして噂になんてなるんだよ？」

あの場にいたのは俺とウェナとシリア、それからプレイヤー二人だろ？　他にあれを見てた奴なんていないだろ。プレイヤーは動画経由だから分かるが、住人達は知り得ないはずだ。

「フィスト。表に出てなかっただけで、近くの建物から外を窺ってた住人は結構いたんだよ。それに、意識が残ってた騎士もいたわけだし」

諦めなよー、とウェナがニヤニヤと笑う。あの時の騎士達は全員気絶してたとばかり思ってたが意識が残ってる人がいたのか。畜生、こういうのは俺のキャラじゃないと思うんだ……。

「で、今回の呼び出しは何だ？」

このままだと更にいじられそうだったので、軌道修正することにした。

「まぁ座ってくれ。実はお前に手紙を預かっててさ」

促されて椅子に座ると、ルークが俺の前に一つの封筒を置いた。はて、俺宛に手紙？

釈然としないものを感じながら、俺は封筒を手に取った。裏返してみると赤色の蠟で封がされていて、蠟にはどこかで見たような刻印がされている。

封を開け、中から手紙を取り出して目を通す。

内容は礼状だった。どうもあの時助けた騎士の一人からのようだ。助けたことへのお礼、手紙という形になってしまったお詫び、俺の戦果への賞賛が綴られている。そして、ドラードへ来た際にはぜひ立ち寄ってほしいと締めくくられていた。差出人はアルフォンス・ブラオゼー、とある。

「で、もう一つはこれだ」

続けてテーブルに置かれた物は一振りの短剣だ。一見するだけで高価な物だと分かる。黒色の鞘には金や銀で悪趣味にならない程度の装飾が施されていて、柄頭には赤く丸い宝石があしらわれていた。その中には封蠟と同じ紋章が刻まれている。

「フィストに助けられたことをとても感謝しててさ。ぜひ、直接会ってお礼を言いたいんだって。短剣はその時のためのチケット代わりかな」

「……断ることってできないのか？」

　騎士階級とか、色々と面倒そうだしなぁ……関わり合いにならない方が身のためな気がするんだが。

「その時は短剣だけグリュンバルト家経由で送ってくれればいいってさ」

「グリュンバルト家ってどこだ？」

「アインファスト領主」

　……いかん、嫌な予感しかしない。ここの領主様と親交がある騎士だっていうなら、ドラードでもかなりの地位なんだろう。返したら返したで角が立ちそうだ。

「まぁ、君にとっては悪い話ではない。訪ねてやったらどうだ」

　どうすべきか迷っていると、スウェインが言った。

「何も今すぐに、というわけではない。その辺はあちらも承知している。いずれドラードに行った時でいいそうだ」

「……考えておく。でもこれ、いつ受け取ったんだ？」

「領主の所へ行った時にな。ちょうどドラードへ戻ろうとしていたところだったようで、その場で一筆したためていた」

　行かざるを得ないんだろうなと思いつつ、言葉を濁して手紙と短剣をウエストポーチへ収納する。まぁ、その時はその時だ。

「さて、それでは次の件だが」

　俺が片付け終わるのを待って、スウェインが続ける。

「【強化魔力撃】のことだ。フィスト、右腕の状態は今どうなっている？」

「一応、ステータス異常としては【痛覚鋭敏化】だけ残ってる」

　防衛戦終了後の治療で怪我そのものは治った。【痛覚軽減無効】もしばらくしたら消えた。が、これだけは残ったままだ。そして痛みそのものも抜けてはいない。日常生活レベルには支障はないが、戦闘は無理そうだし生産系も厳しいと思う。それでも少しずつ痛みは減っているので、そう遠くないうちに元通りになるだろう。今は負担になるので右のガントレットは外してある。

「そうか。しかし、生身での重ね掛けがこんな影響を及ぼすとはな……」

「武器系の【強化魔力撃】は、使用する武器に負荷が掛かる。耐久値が激減するし、場合によっては全損してしまうこともあるんだ」

ルークの言葉に俺は左腕のガントレットを見る。ガントレットは武器と認識されてないってことだよな。てことは【足技】で【強化魔力撃】を使えるようになっても同様だろう。

「重ね掛けは二回か三回くらいが普通なんだ。あんまり重ねると武器が保たないし。まぁ、最後の一撃に全てを懸けるって感じで、残ったMPを全部注ぎ込んで、武器破壊を厭わずに一撃を放つってのもないわけじゃないんだけどね。通称、ファイナルストライク」

なんか、そんな技がどっかのゲームにあった気がする。しかし、一応一撃は放てるわけだ。ぶっ放す前に武器が壊れるとかはないんだな。

「【強化魔力撃】の重ね掛けは意外と知られてないんだ。多分今回の件で広まると思うけど。で、聞きたいんだけどさ、あの時は何回重ねだったの?」

「……よく覚えてない。とにかくあの時は、何が何でも中型にダメージを与えなきゃあのちっこい騎士が危ない、って必死だったからな。腕がおかしいなと思った時にはもう目の前だったし」

「ログを確認してみたらいいのではないですか?」

「……おぉ」

ミリアムの提案に、ポンと手を叩く。プレイヤーの身に起こったことはシステムで表示されるようになっているのをすっかり忘れてた。

「ちょっと待てよ。えーっと、ここをこうして、っと」

メニューを表示させてシステムログを選択する。

「七回だな」

「どの段階でどの状態異常が出ているのですか?」

ミリアムの更なる問いにログをじっくりと見てみる。

「分からん。重ね掛けしてる時には異常が出てない」

腕が締め付けられるような感覚はあったが、それ自体がログには記されていないな。

「重ね掛けをすることで出る異常じゃなくて、あくまで一撃を入れた結果として出た異常みたいだ。威力は申し分ないけど、リスクがでかすぎる」

切り札にはなるだろうが、それ故に軽々しく使えない。腕が完治したら、何倍までなら問題ないのか確認しとかなきゃな。あの激痛地獄は二度とご免だ。

「はははは っ！　その無茶をした結果があの偉業か！」

不意に声が背後から来た。振り向くとそこにいたのはプレートメイル装備の、精悍な顔つきをした金髪碧眼の男だった。誰だこいつ？

「来たかレディン」

「おぉ、待たせたなルーク」

しかしルーク達とは顔見知りのようで、レディンと呼ばれた男は挨拶を交わすと俺を見た。

「フィスト、だな。初めましてだ。俺はレディン。ギルド【自由戦士団】の団長をやってる」

と、名乗ってレディンが左手を出してきた。団長ってことは、こいつが【自由戦士団】のギルマスか。先の防衛戦では外でかなりの活躍をしたらしい、あの。

「ん、どうした？　あぁ、左手を出したのは利き手が云々じゃないからな。お前さんの右手のダメージが分からんからこっちにしただけで」

反応が遅れたのを誤解したのか、そんなことを言うレディン。気を遣ってくれたのか。

「あぁ、すまない。お目に掛かれて光栄だ。改めて名乗る。フィストだ」

「おぉ。こっちもお前みたいないい漢に出会えて嬉しいぜ。あ、別に変な意味じゃないからな？　俺はノーマルだ」

握手すると、そんな感じでおどける。うん、何かイメージと違う。百戦錬磨の傭兵団の長、って感じかと思ったんだが。いや、これは公私できちんと切り替えができるタイプか。

「さて、早速なんだがフィスト。お前、うちに入らんか？」

「は？」

挨拶が終わるなり、レディンがそう切り出した。うち、って【自由戦士団】にか？

「ちょっ、待ちなよレディン！　フィストはこっちが先約なんだからね!?」

いきなりの勧誘に間抜けな声を漏らしてしまったところで、ウェナがレディンに噛み付いた。しかしレディンは涼しい顔で、口の端を吊り上げる。

「何言ってんだ、お前らは既に振られた後だろうが。だったら俺が口説いて何が悪い？　未練がましいのもどうかと思うがな。しつこい女は嫌われるぜぇ？」

「ぐぬぬぬぬ……！」

最後のからかうような口調と意地悪い笑みに、ウェナが顔を引きつらせている。おいおい、そんなムキにならんでも……って、おい、ルーク、お前らもだ。何て顔してるんだよ。

「なぁ、フィスト。うちは多種多様な人材を求めてる。だが基本は腕より中身だ。腕は鍛えりゃどうとでもなるが、性根ばかりは簡単にいかねぇ。だがお前みたいないい漢なら大歓迎だ。腕も立つ。しかも料理もできるとか？　格闘系の人材って意味でも料理人って意味でもぜひとも欲しいんだが、どうよ？」

ずい、っと顔を近づけてくるレディン。その視線は真っ直ぐで、何ら含むものを感じさせない。俺という人間をどこまで調べてるのかは知らないが、集めた情報から俺を高く評価してくれているのは分かる。ルーク達とのやり取りを見るに、今回の件に関係なく俺を見てくれていたようだし。それ自体は嬉しいんだが、

それが俺の答えだ。

「悪いが、俺には俺のやりたいことがあるんだ」

「そっか。だが、気が変わったらいつでも声を掛けてくれ。歓迎するぜ」

食い下がるかと思ったが、レディンはあっさりと退いた。

「あぁ、あとな、もしそっちがよければ、手を貸してほしいことがあった時に声を掛けさせてもらっていいか？　もちろん、そっちの都合を優先した上で、だ。当然、報酬も出す」

それ自体は特に断る理由はない。こいつなら俺を陥れたり一方的に利用しようなんて考えはないだろうか

ら。

「あぁ、構わない」

　そういうわけで互いにフレンド登録をした。相好を崩してレディンは何度も頷いている。そんなに嬉しいんだろうか。

「まぁ、そうそう声を掛けることはないが、その時は頼む。そっちも何かあったら遠慮なく声を掛けてくれ。できる範囲で力になるからよ」

「あぁ、ありがとう」

　うん、何というか、勢いのままにフレンド登録をしてしまったが。【自由戦士団】ほどのギルドのマスターと縁ができるってのもすごい話だなぁ……それを言ったら初めてのフレンドが【シルバーブレード】のギルマスだったわけだが。

「しっかし、しばらくはフィストも大変だろうぜ」

　空いた席に座り、料理を注文しながら、何故か楽しそうにレディンが言った。はて、何かあるか？

「あの活躍を見た他のプレイヤーが、フィストを放っておかないってことだよ」

　答えを求めてルーク達を見ると、ジェリドが苦笑しながら教えてくれた。

「あれだけの力を見せ付けたんだ。スキルのレベルが低いとか、そういう問題じゃなくて、いや、だからこそ、かな。その実力を欲しいと思う人は出てくる。なにせあの一撃だけでも切り札になり得るからね」

　いやいやいや、俺は決戦兵器じゃないぞ？

「中型の件は別にしても、素手使いとして通常型を何匹も倒していますし。威力ではなくて、手数や技量に目を向けるプレイヤーもいますから」

「だね。そばで見てて、うまく立ち回るな、って私も思ったもの」

　ミリアム、シリアもそうやって俺を褒める。やめてくれ、恥ずかしいしくすぐったい。

「PvP（プレイヤーVSプレイヤー）マニアは君と戦ってみたいと思うだろうし、PKも名を上げるためにつけ狙ったりするかもしれん。ギルドへの勧誘も続くだろうな。なにせ、既にうちと【自由戦士団】が勧誘して失敗に終わっているのだ。それを聞いて諦めるか、チャンスとばかりに攻

めてくるか……楽しみだな？」

「既に誘いとかあってもおかしくないと思うけど、まだないのか？　ＰｖＰにしろギルド勧誘にしろ」

　スウェインも楽しそうに笑い、ルークは現状を尋ねてくる。

「今のところないな。ギルド勧誘は【伊賀忍軍】……ってこれは防衛戦前だからノーカンか」

　しかし、これも面倒ごとだよなぁ……ＰｖＰはいい機会と言えるけど、バトルマニアの期待に応えることができるとは思えないし。あの一撃はＰｖＰで使っていいもんじゃないし。ギルド勧誘も受ける気ないし。

「大変かもだけど頑張れ。いざとなったら俺達の名前を使ってもいいから」

「俺らの名前も使ってくれていいぜ？」

「馬鹿言うな。虎の威を借る何とやらだろ、それじゃ。自分でやらなきゃいけないことは自分でやるさ」

　ルークもレディンも簡単に言うな。こっちを心配してくれてるのは分かるけど、それは劇薬だぞ。そんなことで借りを作りたくもないし。

「まぁ、それはいい。レディンも来たし、そろそろ本題に入ろう」

　手を叩いてスウェインが注目を集める。本題？　まだ何かあったのか？

「何をするんだ？」

　俺が問うと、テーブルに何枚かの紙を出しながらスウェインは言った。

「今回の防衛戦のことで色々と、な」

第三五話　対策

「実は防衛戦後に、グリュンバルト家から呼び出しを受けてな」

　スウェインはそう切り出した。

「呼び出し？　救援の礼か？」

「うむ。それに合わせてドラードからアインファストまでの転移門使用料の払い戻しと報酬を与えられたのだが、それは本題ではないので置いておく」

　後で知ったが、開戦してからのアインファストへの転移は、特定の手続きをしていたら無料になったらしい。じゃあ何でウェナが出費のことを言ってたのかと思ったら、どうも【シルバーブレード】と【自由戦士団】は『手続きの時間が惜しいから金を払った』みたいだ。手続き自体が転移門じゃなく役所でする必要があった上に、一人一人必要なものだったとかで。まぁ手痛い出費が帳消しになったならいいことだ。

「で、その時に相談を受けた。対魔族で今以上に有効かつ現実的な対策はないものか、と。フィストは思わなかったか？　過去に襲撃された経験があった割には、これだといった決定的な対抗策がないと」

「んー……メタなこと言えばゲームだから、で片付く話でもあるんだろうけど……」

　ＧＡＯはゲームだ。妙にリアルに拘る部分があり、つい感情移入してしまうことがあっても。だから、そういう背景があるということにした、と言えば終わる話ではある。そもそも有効な対策があり、住人達で対処可能な事案であるならば、プレイヤーの出番が不要になるわけであるし。

　が、今スウェインが言った領主様の言葉は、アインファストに有効かつ現実的な対策が取れなかったが故、とも解釈できる。今以上に、と言ったならば、今に至るまでの対策はしていたと取れるし。これすらも『そういう設定にしておいた』と穿った見方もできるがキリがないからこれくらいにして。

「事前に攻めてくることが分かってたから戦闘準備ができた。魔族の特徴や行動パターン、有効な攻撃を教えてもらえてたから、それに即した対応もできた。十分だと思うぞ」

プレイヤーとしてはその点に文句はない。ただ、ゲームとして考えるのではなく、GAO世界の時間の流れとその進歩を考えるのならば、二〇年の間に画期的な方法が何も発見されなかったのか、という疑問はある。とはいえ、二〇年あれば必ず何かしらの対策ができていないとおかしい、などと言うつもりもない。金、資源、技術等の問題で『現状では当分不可能』なんてことは現実でもよくあるのだから。

「私達プレイヤーにはそれで十分だが、GAOの住人達にしてみれば頭の痛い問題ではあるのだろう。そういうわけで、少し考えてみることにしたのだ。次の襲撃の時に有利になるかもしれないからな」

そうしてスウェインは紙の一枚を指した。そこには街の名前と数字等がある。

「まず魔族の襲撃の頻度についてだ。アインファストが襲撃されたのは二〇年前と今回で二回。ツヴァンドは事例なし。ドラードは三年前に一回。そして王都ヌルーゼは四年前に一回、八年前に二回、三一年前に一回、五九年前に一回。王都より先にあるフィーフォという街が四四年前に四回。記録に残る限りではファルーラ王国内での発生は以上だ」

「同じ国内でも発生回数はまちまちで、発生間隔にも周期があるようには見えんな。これが定期的なら時期に合わせての戦力増強なんてのも可能なんだが」

ソーセージを囓り（かじ）ながら、レディン。腹減ったな。俺も後で何か頼もうか。

「次に、魔族の発生場所だが、森の中だったり平原だったりと共通点が見つからない。そして兆候もない。ヌルーゼの三一年前の発生時は、王都近郊の練兵場のど真ん中から湧き出たそうだ。前日、そこで訓練が行われていたのに誰も気付かなかったと。漏れ出る瘴気すらなかったとのことだ」

それって事前に巣を見つけることは困難ってことじゃないか？

「探査系の魔術でも無理なのか？」

挙手して質問する。魔法のある世界だ。こういう手段はお約束だと思えるんだが。

「そもそも何を探査するのか、から始めなくてはならんな。瘴気は自然に存在しないものではないし、瘴気溜まりと呼ばれる場所も普通にある。瘴気感知の魔術はあるが、少なくともそれで事前に巣を発見できた例はない。それに、瘴気溜まりから発生したという例もないようなのだ」

瘴気溜まりというのは言葉のとおり、瘴気が溜まっている場所だ。原因は定かではない。魔獣の生息地には多いと聞く。瘴気は生物に悪影響を及ぼすので、瘴気溜まりがある場所は草木の枯れた不毛の地になるのだとか。

色々と危険な場所になり得るので、瘴気溜まりの把握をしない国はないらしい。場合によっては浄化することもあるとか。瘴気を撒き散らす魔族の湧き出しポイントとしては当たりのような気がするんだが。

「未発見の瘴気溜まりから、という可能性は？」

国内全ての魔力溜まりを把握できてるとは限らないだろうから聞いてみた。

が、スウェインは首を横に振る。

「過去の例を見る限り、ないと分かっている場所からの発生ばかりだ。突然に瘴気溜まりが発生して、突然にそこから湧いた、という可能性は、ゼロではないだろうがね」

うーん、単純に瘴気と結び付ければいいってわけにもいかないのか。

「次だ。魔族の規模だが、毎回違う。地域によっても違うし、同一地域内でも差がある。今回のアインファストに関して言えば、前回の四倍以上だな」

別の紙をスウェインが出す。時期、発生場所、狙われた街、魔族の規模等が記されている。数だけ見ると、一〇匹に満たない場合もあれば数百数千なんて場合もあるな。それに……。

「何だ、このAとかBってのは？」

俺と同じ疑問をレディンが口にした。

「過去に出現した魔族については、その種類こそ変わらないが、強さが違う。だから聞いた話から、暫定的に魔族のランクを付けてみた。例えばフィーフォに発生した魔族だが」

Dと書かれた箇所をスウェインがフォークでつつく。

「そのうちの一回は最弱と言ってもいいレベルだった。なにせ、剣や槍が通じるどころか、市民が振り回した包丁でも倒せたそうだ」

おいおい、アインファストのとは天と地の差だな……。

「で、今回のアインファストをランク付けするなら……Aだな。ここまで強力な魔族が出たのは、三一年前のヌルーゼと前回のアインファストだけだそうだ」

「アインファストは外れくじを引いたってわけか、それも続けて」

運が悪ぃ、と溜息をつくレディン。

「ただ、爪と牙の強度はどのランクも変わらなかったそうだ。差があるのは防御力だけのような感じだな。多少は身体能力も違うのだろうが」

さて、とスウェインがここにいるメンバーを見渡す。

「これらが現時点で明らかになっている魔族についての情報だ。その上でアインファストが行った対策は、街周辺の定期的な巡回による警戒。メイス等の打撃武器の配備。部隊の配置なども含めた多対一での戦闘方法の構築だな。非戦闘員に関しては、屋外に出ずに立て籠もることが徹底指示されていたようだ。それ以外に、取りうる対策が何かないか?」

対策、ね……魔族の発見から戦闘になった時のもので、何がどうできるかな。

まず巣の早期発見だが、湧き出るまで兆候が摑めないんじゃ無理だ。そのための手段を探すのはともかく、有効かつ現実的かと問われると、どうだろうな。仮にその兆候を感知できる魔術の開発に成功したとして、だ。それがどのくらいの範囲をカバーできるのか、そしてそれを実行可能な魔術師がどれだけ確保できるのかという問題もある。

魔術での探査ができないなら目視の巡回を増やすか？　発生場所を絞れない以上、巡回範囲は国全体ということになる。人が住んでいない辺境から湧いて進撃してきた例もあるようだし、そんなところまで巡回するなんて現実的じゃない。そもそもそんな人手がいないだろうし。何より発生のメカニズムが分かっていない以上、場合によっては街のど真ん中から湧く可能性も否定できない。できることはせいぜい近場の巡回を密にすることくらいだろうか、ってこれはもうやってるのか。

次に発生した時の対策だが、湧く度に数も質も違うという。質も量も最悪を想定して考えてみようか。ランクはAが最大。ヌルーゼの五九年前が約一万だ。よってAランク魔族一万と対峙するのを最悪と仮定してみる。それを撃退できるだけの兵の数を確保し続けなければならないとして、一匹確実に仕留めるなら三～四人必要とすると、三～四万の兵？　この時点でアインファストの人口並みじゃないか？　それだけの兵力を各街で維持し続けろと？　すっごい絵空事だな……。

誰も答えを出せない。レディンは何やらぶつぶつと呟いては自分で駄目出ししてる。あ、そうだ。

「スウェイン。今回の一連の流れを知ってる範囲で教えてくれるか？」

発見から開戦までは、最低でも一晩の時間があった。発見した人が報せに戻るまでにも時間がかかってるはずだし。その間の魔族の動きはどうだったのかも気になる。

「魔族の発見者は、森の中にある村に住む狩人だ。夕刻、狩りの帰途の森の中で魔族の姿を見つけた。そのまま急いでその場を立ち去り、村に帰ると駐在の兵に報告。そこから早馬でアインファストへ伝令があり、行動開始といった感じか」

「つまり、湧き出すと同時に進撃してるわけじゃないってことか？」

「巣で発生した魔族が出揃うまでは動かないようだな。出揃った時点で一斉に動き出し、最寄りの街を襲う。例外は魔族に発見されることだな。もし先の狩人が魔族に見つかっていたら、その場で追撃を受けて殺されていただろう。それがトレインされていれば、当然村も犠牲になっていただろうな」

ん？　ちょっと待て。

「村は無事なのか？　今の言い方だと、村まで案内しなければ襲われてない、と聞こえるぞ？」

「そのとおりだ。連中は巣から真っ直ぐに、街へと向かっていく。どうして村を無視するのかは分からんが、発生地から一定範囲内の、一番人口が多い場所を何らかの方法で感知して狙っているのではないかと思う。当然、巣から街への直線上に村があれば、その限りではないと思うが」

よく分からん行動だな。人間の敵だっていうなら、近くにいる人間から襲うだろうに。優先順位としては距離より人数なんだろうか。

「てことは、街の外に大規模なシェルターとか作って避難するのも意味がないのか？」

「恐らく、そちらへ進路変更するだろうな。そして、シェルターは決定的な防衛策にはなり得ない」

スウェインがストレージから一本の瓶を取り出した。中には黒い爪が入っている。これ、魔族の爪か？　死んだら崩れていくという話だが、これはまだ崩れる様子がない。

「城壁の石材を貫き、金属鎧も裂く強度を誇る爪だ。これを阻むシェルターなど存在しない。岩室だろうと鉄板で覆った部屋だろうといずれは削り破られる。故に、各家の地下倉庫や壁を補強しても、僅かな時間稼ぎしかできん。その間に救援が来るなら意味もあるだろうが……どう思う？」

その答えは今回の防衛戦の後で見た。破壊された街並みの中で、普通に頑丈と言えるであろう木の扉は簡単に破られていた。石壁を壊されていた所もあった。鉄板で補強していた扉が裂かれているのも見た。鉄の扉のすぐ横の石壁を崩されて侵入されている家もあった。あれを見たら、単に補強すれば救援まで持ち堪えられるなんて言われても首を傾げざるを得ない。

そして、救援に駆け付ける兵は、必ずしも効率よく襲われている場所を特定できるわけではない。プレイヤーの感覚なら【気配察知】を修得すればいいと言えるが、住人達がそれを簡単にできるならとっくにやってるはずだ。少なくとも今回の防衛戦で【気配察知】を使ってるであろう兵は一人も見ていない。俺が見ていないだけで他の場所にはいたのかもしれないが。

それに補強するにも先立つものは必要だ。全ての民家にとりあえずは安全と言えるほどの補強を施すのに、どれだけの時間と金、資材と人手が要るだろう。

仮に地下に大規模なシェルターを作って、入口を頑丈な鉄の扉で塞いだとしても、恐らく魔族は天井を掘り進んでくるくらいのことはやるだろう。そうなると、簡単に開けることができない扉は、一転して避難を阻む障害物へと変わる。簡単に破れないほどの厚さの金属製の防護壁を構築できればどうにかなるか？　いや、この世界で地下に何メートルもの厚さの鉄の壁や天井で構築された、住人全員が収容できるだけのシェルターを作るのなんて、とても現実的な案とは思えない。建築資材に防御系のエンチャントを施すとかが可能だとしても同様だ。

探すのも効果が薄く、防ぐこともできず……それなら各村に分散して避難できればどうだ？　……いや、今回は、街に報せが届いたのは夜だ。夜間に大挙して住人が避難とか、安全面を考えると厳しい。

それに分散して逃げた場合の魔族の行動パターンが分かってるのか？　向こうも分散して襲ってきたらどうなる？　そうでなくても分散して避難した中から最大の集団を順番に付け狙うんじゃないか？　そこを逆手にとって各個撃破を狙うか？　いや、避難途中で戦闘に突入したら、まず間違いなく一般住人の被害が拡大する。兵士を無視して弱者から狙う奴がいるわけだし。仮に村に辿り着いてからだとしても、防衛施設は街より貧弱だし、避難民を収容できるだけの建物の余裕なんてないだろう。

それに今回は、事前に攻めてくるのが分かっていて時間があったが、発見できないまま強襲を受けていたら、街の外に避難することなんてできるのか？　避難民と迎撃の兵士達がごっちゃになってしまって、まともに戦える気がしないぞ。避難訓練とかすれば何とかなるかもしれないが限度があるだろう。だからこそ、今回の襲撃では立て籠もりを徹底するように指示したんだろうけど。

こうして色々考えてみても、本当にどうしようもない。逃げるのも無意味ってなら、攻撃面で光明を見出すしかないんじゃないか？

「索敵も防御も避難も、現時点で住人達の手で実現可能な案はなし、か……だったら攻撃面はどうだ？　打撃武器が有効ってのは分かってるが、それ以外の弱点とか何かないのかよ？」

同じことを考えたのか、レディンがスウェインを見た。うむ、と頷き、スウェインは別の紙を一番上に置いた。

「生け捕りにした魔族を相手に色々と試した結果がこれだ」

「生け捕り？　お前、いつの間にそんなことしてたんだ？」

「終盤で手頃なのを何匹か、な。こちらとしても情報が欲しかったのだ」

呆れるレディンにしれっとスウェインが答える。よくそんな余裕があったものだ。

紙に目をやると色々と書かれている。塩とか油とかそんな身近にある物から特殊な薬品まで幅広い。それでも有効なものはなかったが、一つだけ。

「銀？　銀は有効なのか？」

不浄なモノへの対策としては割とメジャーではある。普通の武器は効かなくても銀の武器は効くというのはファンタジー系ではある種のお約束だ。

「有効は有効なんだが……これもちと面倒でな。フィスト、レディン。ファンタジー系ではよく、銀でしか傷付けられない魔物が出てくることがあるが、それをどういうイメージで認識している？」

「そりゃー……鋼の武器じゃ傷一つ付かない皮膚が、銀の武器ならズバーッといく、とか？」

「俺もそんなイメージだな。あるいは、普通の武器以上に効果があるか」

レディンの発言に俺も同意する。要は『攻撃が通りやすくなる』ってイメージだ。うむ、とスウェインが頷いた。

「私もそういうイメージだった。が、こいつに関しては違うのだ」

スウェインは瓶の蓋を開けた。そしてナイフを一振り取り出す。

「これは銀製のナイフだ。よく見ていてくれ」

ナイフの刃を、瓶の入口から突き込む。爪はあっさりと刃を弾いた。あれ、効いてない？　スウェインの技量と腕力だからだろうか？

続けてスウェインは刃の先端を爪に当てた。時間にして一〇秒ほどすると、刃が触れた部分から煙が噴き始める。同時に刃は爪へと突き立っていく。

少ししてスウェインは刃を抜き、瓶に再び蓋をした。

「銀が魔族の体組織に有効なのは事実だ。しかし見てのとおり、武器として効くというわけではない。今試したのは一番強度のある爪だが、身体でも一緒だった。銀の刃物ではAランク魔族の身体に傷は付かん」

使い方としては接触毒みたいなもんか。まぁ、銀そのものは軟らかい金属だったはずだし、それ自体が武器として有効だというのもおかしな話ではあるんだが。エンチャントで強化されていたり、あるいは魔銀なら有効だろうか。魔銀の強度は鋼を超えるらしいし。

「そしてもう一つ厄介な点がある」

「何だこれ。腐食してるのか？」

スウェインが指した銀の刃の先が崩れている。歪んだとか潰れたとかではなく、ボロボロに朽ちていた。

「魔族の身体と反応を起こした結果だろうな。つまり、有効ではあるが消耗品だ。再利用もできん」

「連中の口の中に銀の塊を突っ込んでやりゃいいか？　まぁ、そんな予算があるなら、だけどな」

レディンが唸る。この世界でも銀は貴金属だ。それを対魔族用の武器とし、全ての兵に配備するとなると、どれだけの額になるのか見当も付かない。それにしたって一定時間以上の接触を必要とするので白兵戦用武器では意味がないのだ。予算的にも効果的にも何とかなりそうなのは銀の鏃を持つ矢だろうか。それだって生産量に限度はあるだろうし、Aランクの身体には刺さりもしないだろう。Bランク以下には刺さるのかもしれないが。

「あいつらの口は相手を殺傷するためだけのものだ。喉から先が存在せんしな。一部解剖を試みたが、あいつらには内臓が存在しなかった。生殖器もない。頭の中を抉った奴がほぼ即死だというから割ってみたが、中身はドロッとした黒い液体が詰まっていただけで、何が破壊されたことで機能停止したのかも分からん。恐らく、壊されてはまずい部位が存在するのだとは思うが……現時点でそれが見つからないのだ。首を斬り飛ばしたり頭を割ったり胴を両断したりでも殺せているので、防御を抜くことができさえすれば、戦い方は特別なものである必要はないのだろうがな。確実な急所と言えるのは、脳に当たるであろう部分だけだ」

何という謎生物……生物なのかも疑わしいけど。

「なーんか……詰んでない？」

ウェナが呆れ交じりに呟いた。

「Bランク以下は、普通に鉄の武器が通るみたいだし、あらためて改善が必要な部分ってないよね？　爪や牙の対策は立てようがないしさー」

魔族の爪や牙の対策は、強いて挙げるなら爪以上の強度の素材で盾や鎧を作る、だ……そんなもん、簡単に準備できるわけがない。

「魔法の効果も術者の力量次第ですし、特に効果があるものもないですし。使い手を増やせばいいという問題でもないですね。可能性としては聖属性や浄化系の魔法ですが、精霊魔法には今のところありませんし、スウェインも使えませんよね？」

ミリアムの問いに、うむ、とスウェインが頷く。

特定の魔法が効くという話もなし、か。シリアの呪符魔術があっさりと魔族を倒せたのはシリアの力量あってこそってことだな。属性も今のところは望み薄か。それに、スウェインやミリアムがその手の魔法を使えたとしても、アインファストの兵士達に使えないと意味がないのだ。あくまで彼らに可能な対策でないといけない。

「よそからの応援も、人材の面からも転送限界の面からも限度があるしね。今回はわりかし有効だったけど、魔族の規模によっては焼け石に水だよ」

お手上げとばかりにシリアが両手を挙げた。

転移門が制限なしでいくらでも使用可能なら話は別なんだがなぁ。その辺の強化とかできないんだろうか……できないんだろうな。できるならやってるだろうし。せいぜい転移料免除の手続きの簡略化とかくらいか。それで少しは駆け付けるまでの時間短縮になるだろう。

「Aランク魔族相手でなければどうとでもなるけど、Aランクだとこれといった対抗策がない、か……本当に詰んでるな……」

そう言わざるを得なかった。情報が少ないということもあるが、現時点ではこれが精一杯だ。もし今回の襲撃が一万の規模だったら、俺達でも全滅してただろうし。

これらの事実が『そういう設定にしたもの』なのか、それとも過去に遡ってGAOという世界をシミュレートした結果なのかは分からないけど、よくもまぁ運営はこんな状態にしてくれたものだ。

誰かの溜息が聞こえた。それに釣られて俺も溜息をつく。考えが実を結ばないというのは何とも言えない気分だ……あ、そういえば。

「スウェイン。浄化系で思い付いたんだが、瘴気の浄化に使える薬品とかはないのか？　個人的なイメージなんだが、魔族って瘴気があの姿を取って動き回ってる、って感じだろ？　装甲割ったら瘴気が漏れるしさ」

「ふむ……試した物の中には含まれていないな。魔獣にその手の攻撃が効くという話は聞かないが、より瘴気そのものに近い魔族になら有効かもしれんということか。フィスト、君は瘴気除去の薬品は作れるか？」

「レシピはあるけど材料がない。入手するなら調薬師ギルドを当たるのが早いと思う。瘴気毒用の解毒ポーションなら持ってるけど、どうする？」

「いや、それは持ち合わせがある。後で試してみよう」

瘴気毒用の解毒ポーションは本来、魔獣がよく持っている瘴気系の毒用だが、飲んでおくとちょっとした瘴気への耐性がしばらく付く優れものだ。防衛戦で瘴気酔いをしなかったのもこれを飲んでいたお陰である。多分。

「何だフィスト。お前、調薬もやるのか？　多芸だなぁ」

レディンが感心したような視線を――否、勧誘者の目を向けてくる。が、何も言わない。目が口ほどにものを言っているが無視だ。

「とりあえず瘴気用の薬品は試すとして、銀の可能性を挙げるくらいしか現時点での案はないな。出発前に有効手段を見出せればよかったのだが……」

「出発、ってどっか行くのか？」

「ああ。巣の掃討戦に参加してくれないかと打診があってな。我々と【自由戦士団】が合同で参加する。フィストが五体満足だったなら、一緒に参加してほしかったんだが」

残念そうにスウェインが俺の右腕を見た。あぁ、ちょっと不安が残るから誘われてもパスだな。足手纏いにはなりたくないし、自分の不調のせいで誰かに負担が掛かるのはご免だ。

「じゃ、行くとするか」

レディンが席を立つ。ルーク達もそれに倣った。

「頑張れよ」

「ああ、フィストも養生しろよ」

左手でルークとハイタッチする。心配するだけ無駄だろうけど。

「あ、フィスト！　今回の件が片付いたら、フォレストリザード食べさせてよね！　それまでに腕を治しておくこと！」

思い出したようにウェナが振り向き、声を掛けてくる。ああ、今度会ったら、って約束してたっけ。

「分かった。期待してろ」

そう言うとウェナは満面の笑みを浮かべ、皆と一緒に店を出て行った。

さて、今日はできることもないし、ログアウトするか。明日からは、今までのスタイルに戻るぞ。

ただ、その前に、だ。

「お姉さん、エールと鶏肉の煮込みを一つずつ」

ＧＡＯ内での食事をしてからにしよう。

第三六話　幻獣　一

ログイン四六回目。

アインファスト西側の森の中を歩く。右腕の方はすっかり良くなってるが無理は禁物だ。今日はのんびりと採取メインでいくことにする。薬草もそうだが、食える物を探したい。

ルーク達による巣の掃討戦は無事に終了したと連絡があった。ルーク達が前面に出ての掃討戦だったので、兵に被害はなかったそうだ。今は巣の調査をやっている。魔族について有益な情報が手に入ればいいが。

さて、こっちはこっちで採取を頑張ろうか。


【世界地図】にまた見つけた薬草の群生地を記していく。採取マップも結構充実してきた。

ここへ来るまでに結構な収穫があった。

まずヒールベリー。某口笛と荒野のＲＰＧを思い出したが気にしない。見た目は黄色い普通の苺。名前のとおり、食べるとＨＰが少し回復する。ポーションの原料にも使えるが、加工次第では回復効果のあるジャムとか作れるかもしれない。結構な数が生えていたのでたっぷりと頂戴した。当然、採り尽くしたりはしない。これもマナーだ。

次にミカクタケ。キノコの一種だ。これは水に漬け込むとその味がしみ出すという不思議なキノコで、その水が調味料として使われる。色によって味が違うが主に辛いものが多い。キノコで調味料というと、乾燥させると辛い調味料として利用可能なキノコが某漫画にあったっけ。これでもできるか試してみようか。

他にも幻覚作用のある毒キノコとか、毒草とか、毒草とか……あれ、毒関係が多くないか？　ちゃんと薬にも使えるやつだからいいんだけどさ……。

そうやって何かないかと歩き続けていると、枯れた蔓の絡まった木に気付いた。あれ、あの蔓どっかで見たことあるような。リアルで、だけど。

「自然薯か？」

ヤマノイモとも言われる細長い芋がある。アレの蔓に似ているのだ。【植物知識】を意識すると情報が出た。ヤム芋とある。つまり自然薯って認識でいいんだな？

自然薯は結構長い芋だ。一メートルを超えることも少なくない。そんな芋を地面から掘り出すのは大変だったりする。

が、リアルでならともかく、今の俺には関係ない。土の精霊さん、出番ですぜ。

精霊魔法で土の精霊に訴え、蔓の周囲の土を少しずつ避けていく。こんなことに魔法を使うのは俺くらいだろうか？　いやいや、こんな便利なんだから、住人の皆さんも活用してるに違いない。

やがて一メートルくらいの深さの穴になった。蔓ごと引っ張るとベージュ色の芋が姿を見せる。うん、やっぱり俺が知ってる自然薯っぽい外見だ。長くて太くて立派な自然薯だ。

蔓の先、芋の部分を少し残してから埋め戻す。この位置なら多分問題ないだろうけど、そのままにしておくと誰かが落ちたり足を取られたりするかもしれないし。自然薯掘りは、後始末をしっかりと。

それにこうするとまた生えてくる。ＧＡＯでもそうなるかは分からないが、やっておこう。

さて、思わぬ収穫だがこの芋、どうやって食べるかな……とろろかけご飯ができれば最高なのに、この世界、今のところ米の存在は確認されていない。麦飯で麦とろご飯でもいいんだが、とろろに混ぜる汁に醤油が必要だったはずだ。しばらくはストレージに保管するしかないか。

いずれ食せる日が来ると信じて先へと進む。

その声が聞こえたのは、そろそろ帰ろうかと思った時だった。ぎゃん、という犬系の鳴き声だ。

【気配察知】で周囲を探ると、声の聞こえた方向に集団がある。【気配察知】を継続したままそちらへ向かうが、どうも一つに対して複数が攻撃を仕掛けているような感じだ。ソロプレイヤーが囲まれてるんだろうか。場合によっては加勢する必要があるかもしれない。

右腕は多分大丈夫。覚悟を決め、歩くのではなく走ってそちらへと急いだ。そうしている間にも断末魔の鳴き声が聞こえ、気配の数が減っていく。無用の心配だったかもしれないな。

そうして現場に辿り着く。ちょうど決着がつくところだった。

悲鳴の主は黒い狼。ごく僅かではあるが瘴気が見て取れる。【動物知識】が発動しない上に瘴気持ちってことは魔獣か。外見的な特徴から察するに、ブラックウルフと呼ばれる魔獣だろう。ウルフを数倍強くしたような奴らしく、今の俺には複数相手だと荷が重いと思っていた奴だ。それがたくさん周囲に伏していて、その下に血溜まりができていた。既に息絶えている。残ってるのは一頭だけだ。

が、それよりも。そのブラックウルフと対峙している存在に目を奪われた。

体長二メートルに近い、ウルフと思われる動物だ。姿はウルフに近いが、その毛はエメラルドがそのまま体毛になったような美しい翠（みどり）だった。少し痩せていて、深手を負っているのかあちこちに出血が見られるが、ブラックウルフ相手に苦戦している様子はない。

最後のブラックウルフが跳びかかる。同時に翠の狼も跳んだ。狼系に似つかわしくない鋭い鉤爪がブラックウルフの喉を擦れ違い様に裂いたのが見えた。

ブラックウルフは無様に地へと落ちた。翠の狼は優雅に着地する。が、その直後に体勢を崩した。やはり負傷が響いてるんだろうか。

どうしたものだろうか。助けるか？　それとも狩人らしく、今が好機と狩ってしまうか？

そんな俺の考えが伝わったわけでもないだろうが、翠の狼が俺の方を向いた。うわ、目は紅いのか。

綺麗だ……心からそう思う。血に汚れていても、毛並みが乱れていても、翠玉（すいぎょく）色の毛は美しい。紅玉（ルビー）のような目も、魔族のような禍々しさはなく、知性をたたえたものだ。

すっかり忘れてた【動物知識】を試みるが発動しない。つまり、ただの動物じゃない。でも魔獣ではない。

アインファスト大書庫で読み漁った本の中に、これとよく似た特徴のものが載っていたが、もしそれと同じ存在であるなら、こいつはストームウルフだ。

分類上は動物でも魔獣でもなく、幻獣。その名のとおりに風を操る能力を持つという狼だ。強く賢く、人の言葉を理解もすると記されていた。しかしアインファスト周辺に生息する幻獣じゃなかったはずだ。どうしてこんな所にいる？

暴風狼(ストームウルフ)が立ち上がった。弱々しさを全く感じさせない毅然とした態度だ。美しいだけでなく、威厳を纏っているようにも感じられる。

こちらを警戒しているのか睨み付けてくるが、それに構わず、というか、気付けば俺は踏み出していた。敵対する気は微塵(みじん)もない。ただ、目の前にいるこいつをどうにかしてやりたいと、そう思ったのだ。危害を加えない限り人を襲う種じゃないと分かってるからできることだが。

威嚇するように暴風狼が唸る。それでも俺は止まらない。ゆっくりと、敵意がないことを証明するように、両手を挙げて近づいた。

そして気付けば吹き飛ばされていた。暴風狼が吠(ほ)えた瞬間、その名に相応しい風が生じたのだ。【暴風の咆哮(ほうこう)】と呼ばれる不可視の風の一撃だ。避けようがなかった。数メートルを滞空し、背中から落ちる。鹿魔族の時とは違い、吹き飛ばされただけだからまだマシだが、ダメージがないわけではない。

起き上がると、暴風狼は警戒したままこちらを見ている。くそっ、拒絶されるのは何か悔しいぞっ⁉

俺は立ち上がって再度、暴風狼に近づく。今度は攻撃してこない。敵意がないのを分かってくれたか？

と思ったら、また吹き飛ばされた。さっきよりは近づけたから大丈夫だと油断した。そしてさっきと同じ場所に叩き付けられる。つまり威力が上がっている。

痛たた、と呟きながら身体を起こした。どうしたもんかなぁ……とりあえず傷を癒すためにポーション投げようか。でも攻撃と勘違いされたら嫌だな……。

よし、と立ち上がる。暴風狼は警戒を解かない。だから俺は、武装を解いた。

ダガーを全部抜いて落とし、剣鉈もポーチごと外し、リュックサックも地面に置く。ガントレットも両方外した。

それからリュックサックから木皿とヒーリングポーションを取り出す。それを持って三度、俺は暴風狼へ近づいた。

「何も危害は加えないぞー。ちょっとお前を助けてやりたいだけだからなー。攻撃しないでくれると助かるなーというかしないでください」

そう声を掛けながら近づく。最初の攻撃地点を越えた。

「大丈夫だぞー、俺は敵じゃないぞー」

二回目の攻撃地点も越えた。しかし警戒を解いた様子はない。

それでも俺はゆっくりと近づく。距離が次第に縮まっていく。あと三メートル……二メートル……一メートル！

警戒はされたまま、しかし攻撃は来なかった。ふぅ、とりあえずはここまででいいか。

俺はその場にしゃがみ、木皿を置き、そこにヒーリングポーションを注いだ。

「ほら、舐めろ。傷を癒す薬だ」

そしてそれをずいっと差し出し、少し離れる。

ふんふんと鼻を鳴らし、匂いを嗅ぐ暴風狼は、安全と判断したのかそれを舐め始めた。ふぅ、一段落だな。とりあえず敵ではないと分かってもらえたようだ。

立ち上がり、俺は荷物のある場所へ戻った。そしてリュックサックだけを持って戻る。

「色々出すけど、びっくりするなよー」

一言断って、リュックから色々と出した。まずは水を詰めた樽。それから桶。綺麗な布だ。桶に水を移し、布を水で濡らす。

「汚れを拭くが、いいか？」

濡らした布を指し、続いて狼の身体を指した。人の言葉を解するなら、これで通じるはずだがどうだろう。

暴風狼がじっとこちらを見る。拒絶の反応は見られないが、警戒を完全に解いたわけじゃないようだ。当然と言えば当然か。

「じゃ、失礼して……」

近付いて、布でゆっくり、優しく血を拭き取る。引っ張ったりしないように慎重に。固まっていないせいか、血は簡単に拭き取れる。

しっかし……すごい毛並みだなこいつ……狼にしては毛は長めだ。少し汚れてるけどつやつやとしていてすべすべでふわふわでもふもふ……。

「……はっ⁉」

いかん、危うく堕ちるところだった……俺はケモナーではないのだ……ないったら、ないのだ。が、その気持ちが少し分かった気がする。

血汚れが酷いのはほとんどが返り血で、傷は一箇所だけのようだった。ポーションを舐めた今なら既に回復――してないな。

「お前……これ、何にやられたんだ？」

尋ねるが当然、返事はない。こちらの言葉を解してもあちらが人の言葉を話せるわけではないからな。

だがそれよりも、この傷だ。ざっくりと深い爪痕が四本走っている。そしてその傷には黒い靄が掛かっていた。瘴気毒だ。魔獣との戦闘で付いた傷か？　いや、それよりもこの爪痕には見覚えがある。つい最近、何度も目にしたのだから。そう、魔族の爪だ。この狼、どうやら魔族と遭遇して一戦交えていたようだ。ということは、負傷したのはここ最近か。

しかし瘴気は生物に悪影響を与えるっていうが、まさか治癒の阻害効果もあるのか？　ちと厄介だな。

「毒を消すぞ。我慢できるか？」

瘴気毒の解毒ポーションを出して、確認する。狼は無反応だ。無言の肯定と勝手に受け取り、傷に直接それを掛けた。毒の種類によっては、服用するより掛けた方がいい場合もある。傷口を冒した瘴気毒には後者の方が有効なのだとコーネルさんから教わっていたので実践した。

化学反応を起こした薬品のように煙が上がった。一瞬だけ身体が震えたが、苦痛の声を上げることもない。我慢強い奴だな。

瘴気の方は煙と共に小さくなり、やがて完全に消えた。よし、解毒成功だ。しかしこのタイプの解毒なら、液体より軟膏タイプの方が都合がいいかもなぁ。今後の課題にしよう。

ヒーリングポーションをまた皿に注いでやる。狼がそれを舐める。傷が塞がり始めたのを見て、よしと拳を握った。これで何とかなるだろう。

しかしこいつが魔族に融合されてなくてよかったと思う。もしこいつが融合型になってたら、どれほどの脅威になっていたのか想像もできない。

索敵しても周囲には今のところ何もいない。少しはゆっくりできそうだ。周囲を見回すとブラックウルフの死体がいくつも転がっている。この世界の存在が倒した場合はやっぱり残るんだな。さて、暴風狼はこいつらをどうするだろうか。食べるか？

「食うか？」

指しながら問うと、首を横に振った。

「じゃあ、もらっていいか？」

聞くと首を縦に振った。よし、ブラックウルフゲットだぜ。しかしこれだけの獲物をもらいっぱなしというのも申し訳ないな……よし。

リュックを探る。今ある肉はイノシシとウルフ、メグロバト、鹿、ロックリザードにポイズントード、ブラウンベアか……現実の狼って鹿を食うんだったっけ。よろしい、ならば鹿肉だ。

取り出した鹿肉を暴風狼の前に置いた。首と脚を落とした胴体部分だ。内臓も抜いてある。

「ブラックウルフの礼だ。受け取ってくれ」

じ、と置かれた肉に視線を注ぐ暴風狼。すぐに食べようとしない。痩せてるからあまり食べてないんじゃないかと思ったんだが……しかしソワソワしている感じがする。ほら、尻尾なんか微妙に揺れてるし。

「どうした？　食っていいんだぞ？　毒なんて入ってないから」

それでも食べようとしない。ぬ、どうして恨めしそうな目で俺を見る？

まぁ、食わないなら食わないでいいか。その場を離れ、ブラックウルフの解体をすることにした。どいつもこいつも首を鉤爪で裂かれている。血抜きされてるようなもんだし手間が省けるか。

どいつから片付けようかと考えていると、背後から咀嚼の音が聞こえ始めた。見ると暴風狼が鹿肉を食っている。しかし俺と目が合うと肉から口を離し、恨めしそうな目を再び向けてきた。何だ、こいつ食ってるのを見られるのが嫌なのか？

よく分からないが食べ終わるまで放っておくのがいいのだろう。俺は【解体】に専念することにした。咀嚼の音に混じって骨を噛み砕く音とか聞こえてくるが気にしない。

数が多かったので作業にそこそこ時間がかかったが、全て解体できた。毛皮も申し分ないし牙と爪も回収できた。今回は魔獣なので骨も持って帰る。面倒なので肉と骨の分離はしていない。内臓は、確かブラックウルフの物は需要がなかったはずなので埋めておいた。

そして何より魔核だ。ぱっと見は黒曜石だろうか。しかし黒く淡い光を放っているのが黒曜石との決定的な違いだ。大きさは小指の爪の半分くらいなものだが、さて、どんな値が付くのやら。

ストレージに収納して大きく背伸びをする。うむ、大猟。自分の実績ではないが満足じゃ。

暴風狼はしばらく前に食事を終えていた。今はこちらをじっと見ている。その視線が何を訴えようとしているのかは分からない。いずれにせよ、そろそろお別れの時間だ。

放置していたダガー等の武器を回収し、身に着ける。

「じゃ、俺は行くぞ。元気でな」

名残惜しいがそう声を掛け、俺はその場を離れた。

今日はもうこれ以上、狩りや採取をする気にはなれない。【気配察知】で獲物を見つけても放置しよう。

森の外へと向かいながら、危険がないか時折【気配察知】で周囲を探る。

「……」

立ち止まる。後ろから歩いてきていたそれも止まる。

また歩き出す。後ろにいたそれもまた歩き出す。

「……何か、用か？」

立ち止まって振り向くと、そこにはさっきの暴風狼がいた。あれからずっと、後ろを追ってくるのだ。

暴風狼は語らない。語れない。しかしその紅玉がこちらを見つめている。

「お前、戻る場所がないのか？」

元々、この辺りに住む種ではないのだ。どこかから迷い込んだのかもしれない。

「おい、俺はこれから街に戻るんだ。人間がたくさんいる場所だ。お前がいたい場所じゃないぞ？　危険だってあるかもしれないし」

まぁ、下手に手を出したらあっさり返り討ちに遭うんだろうけど……負傷しててもブラックウルフ相手に無傷で勝てる力量なのだから。

前を向き、再び歩く。かすかな足音が追ってくる。

立ち止まり、ゆっくりと息を吐き、まさかな、と思いながら問う。

「お前、俺と一緒に行くか？」

ととと、と暴風狼は歩いてきて、俺の隣で止まった。そして見上げてくる。つまりはそういうことなんだろう。あれ、これってテイムってやつか？

ウィンドウを開いてステータスを確認するが、テイムの欄はない。スキルを確認しても【調教】スキルをいつの間にか自動修得していたりもしなかった。

設定を変更してマーカーを確認する。色は青。NPCを示す色だ。緑と青の半々になってないってことは、俺の所有物になったわけでもない。あくまでNPCのまま、俺と行動を共にするってことだ。いいんかね、これ……。

でもこいつと離れるのは惜しいと思ってたのは事実だ。色々とまた目立つかもしれないが、既に防衛戦のアレで目立ってるんだ。気にしたら負け、と思っておこう。思いたい。

「じゃ、これからよろしくな」

頭をそっと撫でる。怒られるかと思ったが、抵抗はない。ってことはもふり放題かっ。いやいや、だからその趣味はないんだ。でも調子に乗ると怒られそうな気がするからほどほどにしておこう。

「とりあえず、名乗ろう。俺はフィストだ。で、お前は……名前、あるのか？」

返事は傾げられた首だった。うむ、名前がないと不便ではある。

「俺が名付けてもいいか？」

一応念を押すと暴風狼は頷いた。さて、どうするか。エメラルド色の狼で、風の能力持ち。この辺からはピンとくるものがない。他の特徴はメスってことくらいだし。うーむ。

そっと見るが、暴風狼は澄ました顔で周囲を見回している。何というか、物怖じしない奴だな。しかもこの派手な毛色。ただ、けばけばしいわけではなく、気品すら感じさせる。先ほどの堂々とした態度といい、どこの貴族か王族か、って……。

「よし、お前の名前はクインだ」

一瞬浮かんだイメージをそのまま言葉にした。女王を意味するクイーンを少し弄(いじ)っただけのシンプルなものだが、こういうのは小難しく考えなくていい。威風堂々たる狼の女王。ちょっと大袈裟に思えるが、もう決めた。あとは、

「それでいいか？」

伺いを立てると、おん、と一声吠える暴風狼。いや、もうクインだ。

「じゃ、改めて。いつまで付き合ってくれるのかは分からんけど……よろしくな、クイン」

もう一度頭をひと撫でして、俺は歩を進めた。新たな相棒を伴って。

第三七話 幻獣 二

アインファスト西門。

「ま、待てっ！」

早速騒ぎになりました。門の前、街に入る直前で、衛兵さん達に止められてます、ええ。

別にそんなに驚かなくても……テイマーがウルフを連れてる光景なんて珍しくないだろうに。いや、理由は分かってるんだけどさ。

普通の動物ならいい。魔獣にしても、まぁ、売買されてないわけじゃない。でも、さすがに幻獣はそうそう例がないようだ。

「こ、これは一体、どういうこと――⁉　……なんです？」

声を荒らげかけた衛兵さんが、俺を見た途端に口調を変えた。あら、こっちにまで顔が売れてる？

「どういうこと、というか……なぁ？」

傍らのクインに視線を移す。本人は、さぁ、とばかりに顔を背けた。

「森で出会ったら、付いてきたんですが」

としか答えようがなかった。嘘は言ってない。

「何か問題が？」

「え、その、問題というか……」

「こいつはお前の支配下にあるのか？」

しどろもどろな若い衛兵さんを脇へどかして、年配の衛兵さんがクインに視線を落とす。

「いえ。こいつがここにいるのはこいつの意志です。俺の命令に従うわけじゃありません」

な？　とクインに確認を取る。こくり、とクインが頷いた。それを見て渋面を作る年配の衛兵さん。

「まずいんですかね？」

「ペットやテイムアニマル等は、所有者がいることを示すために首輪等を着けることが義務づけられているわけだが、そいつがそのまま街の中に入ったら、野生のストームウルフが侵入したとしか思われんだろうな。それは要らぬトラブルを招くことにもなりかねん。ストームウルフが人を無差別に襲うということはまずないだろうが、住人達は不安がるだろう」

あぁ、そういうことか。確かにこんなのが街中をうろついてたら、驚く奴も出るだろうし、マーカーを使ってるプレイヤーには、ただのNPCと見られる。テイムしてるわけじゃないのでマーカーもNPCのまだ。

かといって、俺が【調教】のスキルを取ってテイムする、というのは違う気がする。こいつはこいつの意志で俺に付いてきてるんだ。それをスキルで支配下に置くのはどうだろう。そもそも素直にテイムされるような玉には見えんし。

見ると、目を細めたクインが俺を見上げていた。何やら抗議してるようにも感じられるが気のせいだろう。いくら何でも心まで読めるわけ……読めないよな？

「とりあえず、管理下にあるように見えればいいんですよね？」

俺はリュックから布を取り出してしゃがみ、クインの首に巻き付け――

べしっ
――ようとして、クインに顔面を踏まれた。危なっ⁉　肉球だったから助かったが、爪だったら大惨事だぞっ⁉　いや、肉球パンチでも痛いものは痛いって！

「……やはり危険なんじゃないか？」

疑わしげな視線を向けてくる衛兵さん達。うん、今のを見られたらそう思うわな……。

「い、いいかクイン？　このままだとお前は街に入れない。外で待っているならそれでいいが、中に入るなら、お前が人間の管理下にあるように見せなきゃならん。分かるな？」

明らかにクインは不満げな顔だ。いや、そんな顔をされてもな。

「これはお前の身を守るためでもあるんだ。後でちゃんとした目印を考えるから、とりあえずはこれで我慢してくれ。それとも外で待つか？」

しばらく無言が続くが、クインが顎を上げた。手早く布を軽く巻き付けて、首輪の代わりにする。すまんクイン、後で何か食わせてやるからな。

「これでいいですかね？　一応、俺がずっと付いてますので。何かあったら、俺が責任を持ちます」

　衛兵さん達に拳を作ってみせる。こうなったら名前が売れてるうちにそれを利用してやる。今の俺は、中型魔族を一撃で仕留めた異邦人だからな。

「うむ……まぁ、いいだろう。通るといい」

　少しの間、ヒソヒソどころか堂々と処遇を話し合った後、隊長さんらしき人が疲れた顔で手を振った。あぁ、何か申し訳ない。俺が警備の立場なら、やっぱり警戒するだろうし。

　頭を下げて門をくぐる。問題を起こしてくれるなよ、クイン。

「いらっしゃいませ。あ、お久しぶりです！」

　長いこと訪れていなかったペットショップに足を運ぶと、茶色のボブカットの女店長さんが一瞬驚いて出迎えてくれた。

「どうも。よく俺のことを覚えてましたね」

「異邦人の方で、ここに捕獲した動物を持ち込む人って、あなただけでしたから」

　あぁ、そういえば最近は生け捕りをしてないな。あれは【隠行】のスキル上げを兼ねてたから。

「あなたが持ち込んだウサギは元気も良くて、よく売れましたからね。ところで今日は買い取りですか？」

「あぁ、いや……」

　俺は店内を見回した。小さな檻に入ってる小動物、それ用の道具類が並ぶ店内はそれなりの広さはある。今は他の客もいないし、大丈夫か。

「実は、動物用の装身具を探してるんですが」

「動物用の装身具？　お客さん、ペットを飼うことに？　それとも調教師になったとか？」

「いや、ペットというわけじゃないし調教師にもなってないし……とりあえず、見てもらった方が早いか。クイン、入ってこい」

　入口を開けると、外に待たせていたクインが店内に入ってくる。外が少し騒がしかったが無視して入口を閉める。

クインを見て店長さんが凍り付いた。そして店内の小動物達も凍り付いた。おおぅ、すごい存在感だなクイン。

「スッ……スススススストームウルフーっ⁉」

クインを指差しながら驚愕（きょうがく）一色に染まる店長さん。

「どっどっどっどっ……⁉」

「理由は分からないけど俺に付いてくることにしたみたいで。だから、テイムアニマルでもないし、俺のペットでもないんです」

随分動揺してるな。やっぱりストームウルフ、GAO内でも結構なレアなのか。しかしそうなると、こいつを狙う奴も出てきそうだ。素材狙いもそうだが、テイム狙いとかも。

「……お前、調教師の【テイム】に耐えられるのか？」

問うと、ふん、と鼻を鳴らすクイン。見くびらないで、とその目が訴えているように見えた。まぁ、大丈夫、なんだろう。

「で、店長さん。こいつに合う装身具ってあります？　要は、こいつが俺の所有物だと分かれば――」

クインに足の甲を踏まれた。ふふふ、シザー特製のこのブーツは安全靴と同じ。踏まれたくらいではダメージを受けんよ。本気で踏まれると分からんが。でも、どうして踏まれたのかは分かる。本気で言ってるわけじゃないってことは理解してくれてると思うけど。

「訂正、こいつが俺の所有物だと周囲が誤解してくれればいいんですが」

どうせプレイヤーにはマーカーでばれるが、住人にはマーカーが見えない仕様だから、人工物を身に着けていれば問題ないはずだ。

「しょ、少々お待ちくださいねっ！」

ぎくしゃくとした動作で店長さんがカウンターから出てきて、クインを見つめる。少しすると緊張は解けたのか、美しいクインの毛並みに見とれているようだ。

「お客さんは狩りをするわけですから、この子を連れて歩くなら派手な色は避けた方がいいですね」

「今更な気がしますけどね」

翠玉色の毛より派手な色って、そうそうないと思うし。森の中で悪く目立つものじゃなければ大丈夫だろ。

「それに首回りの毛が長いので、首輪だと埋もれちゃいそうですね」

「そうなんですよね」

いっそのこと服でも着せてやろうか。いやいや、この毛並みを邪魔する布など不要っ。

犬系なら首輪は定番なんだが……。

「でも、首輪を着けて、リードを繋いでおけば、確実にお客さんのものだと理解されると思いますが」

繋ぐ、か。そりゃ確実だけど、こいつ、絶対嫌がりそうだ。私は貴方の飼い犬ではありませんっ、て具合に。


女の子らしくでっかいリボン……いや、森だと目立つし木々に引っ掛かったりするだろうし駄目だろ。

「それでしたら、これなどいかがでしょう？」

一度カウンターへ引き返し、店長さんが持ってきたのは首輪、ではなく、ネックレスのようなものだった。多分銀製だろう。ペンダントトップも同様。楕円形で紫色の石が嵌まっている。

「銀とアメジストのネックレスです」

ネックレス、か。確かに装身具としてはこれでいいんだろうけど。

「鎖の強度的に、野山を駆け巡ったり動物と戦ったりするのには大丈夫そうですか？」

ネックレスの細い鎖じゃ、すぐにちぎれてしまいそうだ。室内飼いの犬ならこれでいいんだろうけど、クインはストームウルフだ。獲物は狩るだろうし、結構な速さで走りもするんじゃなかろうか。

「あー……ちょっとそれは不安がありますね。それでは、首輪か革紐にこのペンダントトップを付けますか？　ペンダント部分は埋もれないと思うんですけど」

「どうする、クイン。それでいいか？」

見るとクインの視線は別の方へと向いていた。そこにも装身具が並んでいるんだが、クインが見てるのは銀製の腕輪だ。内側には革が貼ってある。これも動物用みたいだ。これを着けるとしたら両前脚、だろうか。サイズ的には問題なさそうだが……個人的にはネックレスも着けてほしいな。

「じゃあ、ネックレスとこれ、両方にするか？」

　尋ねてみる。クインは頷いた。言葉が話せないのは仕方ないにしても、意思疎通にほとんど問題がないのは助かる。

「じゃあ、これください」

「ありがとうございます！　全部で……一万二〇〇〇ペディアでいいです！」

　あー、よく考えたら貴金属と宝石だったなぁ……【解体】効果で懐には結構余裕があるからいいけどさ。

「でも、幻獣に懐かれるなんて、すごいですねぇ」

　代金を受け取った店長さんが、うっとりとクインを見る。その手がわきわきと動いてるのを俺は見逃さなかった。きっと思う存分撫でてみたいのだろう。だがやめといた方がいい。肉球パンチは一般人にはきついはずだ。

「幻獣を使役したり従えたりっていうのは、ほとんどが物語の世界で……実在するという噂も聞いたことはありますが、実際に目にするのは初めてです」

「奇縁といえば奇縁なんでしょうけどね」


　あの時、クインを獲物として狩っていたら。あるいは、助けずに放置していたら。はたまた暴風の咆哮を食らった時点で諦めていたら。きっと今のようになってはいないだろう。

　これからどうなっていくんだろうか。


　ペットショップを出た後は、ブラックウルフを引き取ってもらおうと思って狩猟ギルドに向かったんだが、

「お前にゃ散々驚かされてきたがな、フィストよぉ……」

　到着するなりギルド職員のボットスさんが呆れ顔で俺を見る。いや、正確にはクインを、だが。

「そのストームウルフはどういうこった？」

「懐かれた、のかな？」

　本当のところが分からないが、そう答えておく。途端、鼻先で突かれた。違うらしい。

　懐かれたのではないとするなら……助けてやった恩返しというあたりだろうか。今までの住人達の反応を

見る限り、人に懐くような感じではないみたいだし。
「ともかく、俺に付いてくることにしたらしいです。
そんな認識でいいですよ。ちなみにこのブラックウル
フは全部このクインが倒したものですから」
カウンターに並べたブラックウルフを指して言って
おく。
「まぁ、ストームウルフなら、これくらい楽勝だろう
な」
そんなものだろう、と特に驚くこともなく査定を開
始するボットスさん。ストームウルフってやっぱり強
力な幻獣なんだな。
「しっかし、最近は妙なことが多いな。この間も一角
狼の毛皮が持ち込まれてな」
手を止めることなくボットスさんが呟く。
一角狼はこれまた幻獣の名前だ。でも俺の知る限り、
この辺に生息する幻獣じゃない。
「持ち込んだのはお前と同じ異邦人だ。死にかけで見
つけたらしくてな。犠牲は出たが何とか倒したんだっ
て言ってた」
そいつは助けずに倒したのか。俺以外の奴がクイン
に出会ってたら、そういうこともあったのかもな。俺
だってあの時、一瞬倒そうかと思ったわけだし。
「まぁ、持ち込まれりゃ査定するがね。需要もあるわ
けだし。だが、どこでもそれが通用するってわけじゃ
ねぇ」
ボットスさんが難しい顔になった。
「何か問題でも？」
「国によっては幻獣を狩猟禁止にしてる所もあるんだ
よ。特に獣人国家のイノブラベードは幻獣の狩猟及び
取引は重罪だ。素材すらアウト、人間が幻獣素材の装
備品を身に着けてることにもいい顔はしない」
国によって色々あるんだな。一応、ファルーラ王国
で狩猟禁止になってる獣は今のところいない。幻獣に
関する規制もなかったりする。
「村単位だと幻獣を崇拝してたりすることもあるしな。
それに幻獣だって、自分達を狙う奴に容赦はしねぇ。
自分達の領域からは滅多に出ないが、敵と定めた人
間を追ってきたなんて話も過去にはあったりするしな。

だから、この辺で単体の幻獣が見つかるってのはおかしいわけだ」

俺はクインを見る。そういえばこいつ、どうしてあそこにいたんだ？　聞いても答えが分かるわけじゃないけど。

「まぁ、狩猟ギルドの職員が、持ち込まれる獲物に個人の好みでどうこう言うのもどうかとは思うけどよ。よし、終了だ。これは全部買い取りでいいのか？」

「いえ、毛皮は半分、肉と骨は二頭分を残してあとは買い取りで。こっちにもらう二頭分の解体も頼みます。代金は差し引いてもらえると」

「分かった。しかしフィスト、お前、魔獣の肉って扱えるのか？　こいつら、瘴気のせいで肉や血には毒があるから、普通じゃ食えんぞ？」

えっ？　そうなの？

「どうすればいいんですかね？」

「そりゃ毒抜きするしかねぇだろ。色々と方法はあるが、自分でやるとなると結構な手間だぜ？」

「あー……まぁ、男は度胸と言いますし。自分でやってみますよ」

「そっか。まぁ、死なねぇ程度に頑張れよ」

危ない……普通に食ってたら場合によっては死んでたかもしれんのか。教えてくれたボットスさんに感謝だなぁ。

さーて、今日はこのくらいで――

『フィスト。今、通話は大丈夫か？』

スウェインからのチャットが来た。巣の調査が終わったんだろうか？

『ああ、大丈夫だ。どうした？』

『一応、巣の調査も終わってな。もうじきアインファストに着く。で、その結果報告もしたいのだが、ウェナがフォレストリザードを食べたいとうるさくてな……』

そこで会話が止まった。少しして、

『……っと、失礼』

元に戻る。ああ、おおかたウェナが『どうしてバラすのさーっ⁉』とか言ったんだろう。だが安心しろウェナ。俺の中ではお前は既に腹ペコタヌキ確定だから。今更評価は揺るぎはしない。

『それで、もしよければ今から頼めないかと思うのだが……実は、レディン以下【自由戦士団】の連中も一緒でな』

『お前らの持ってる肉だけで足りるのか?』

『うむ、無理だ』

だろうな。というか、何十人もの人間に食わせるなんてしたことないぞ俺。

『分かった。じゃあ追加で仕入れておく。それから大所帯を抱え込める酒場とかもないだろうから、やるなら西門の外でやろう。【自由戦士団】もその性質上、調理道具の類は持ってるだろ?』

護衛任務とかだと数日がかりになるんだ。その間の食事を自分達で作ったりくらいするだろ。なにせ傭兵団なんだし。

『ああ、道具はあるようだ』

『じゃあ待っててくれ。材料仕入れたら行くから。あとそれと、多分宴会みたいになるだろうから、欲しい物があれば立て替えておくからリストを送ってくれ。肉の追加分も込みで、後で請求するから』

フレンドチャットを終えて、これからのことを考える。まずは肉の調達からだが、ちょうどいいところに供給元がある。

「ボットスさん、フォレストリザードの肉、四〇人分頼みます。それから鹿の後ろ脚も六本ほど」

「あいよ、ちょっと待ってな」

総勢何名かは分からないが、それくらいあれば足りるだろう。あとはクイン用だ。

ここが終わったら他の物を買いに市場だな。忙しくなりそうだ。

第三八話 慰労会

　あれから色々と買い込んで西門の外に出た。門限もあるが、まだ日は高い。後片付けまで含めても時間は十分だろう。

　で、俺は料理の準備を進めている。とりあえずフライと串焼きを作る予定だ。それ以外にも野菜を焼いたりするつもりでいる。屋外なのであまり手の込んだことはできない。第一、凝ったものを作れるほどの技量も経験もないのだ。キャンプでやるバーベキュー、が適当なところだろうか。

　準備を終えて森の方を【遠視】で見ていると、馬車と徒歩の一団が見え始めた。ルーク達の馬車と、それからレディン達も馬車を何台か持ってるみたいだ。アインファストの兵隊さん達は騎乗している人や馬車に乗ってる人もいるみたいだが徒歩の方が多い。

　しまった、兵隊さん達のことを失念してた。金をもらってるわけじゃないし、兵隊さん達は無視しても問題ないんだけど、何かこう、もやっとするというか……うん、そっちも何とかしよう。

　準備していた串焼きを火に掛ける。兵隊さん達には串焼きを一本ずつ渡して、余ったらルーク達に流そう。フライはルーク達メインってことで。

　簡易調理セットじゃ追いつかないので、かまどをいくつか作ってある。素材は北の山の方へ行った時に拾っておいた手頃な石。それから精霊魔法で弄った地面だ。いや、本当に土の精霊さんは重宝するなぁ。

　燃料も森に入った時に拾っておいた枯れ木がストレージにしっかり保管してある。多分足りなくなることはないだろう。

　やがて、串焼きが焼き上がった頃、ルーク達が近くまで来た。

「お疲れさん、みんな」

「悪いなフィスト……って、随分な準備だなこれ」

「まぁな。お前らだけならどっかの宿で厨房を借りたんだが」

　目を丸くするルークにそう言って、俺は通り過ぎようとする兵隊さん達へ声を掛けた。

「よかったら、食べていってください！　一人一本でお願いします！」

ルーク達が前に出たから兵隊さん達の被害はなかったと聞いてはいる。でも、だからといって、兵隊さん達が何もしなかったわけでも、無傷でいられたというわけでもないようだ。それは血に汚れた装備品や疲れた顔からも分かる。きっと腹も減ってるだろう。

喜色を浮かべた兵隊さん達が串焼きを手に取り、口へ運んでいく。味付けは塩を強めにしておいた。大変好評のようで、酒が欲しいなんて声も聞こえるが、それは自分達でやっちゃってください。一応、彼らはまだ仕事中だろうし。

「で、ルーク達は報告とかはもういいのか？」

礼を言いながら街へと入っていく兵隊さん達を見送りながら尋ねる。雇われていた以上、報告の義務とかあるんじゃないだろうか。

「ああ、その辺は同伴の騎士さんに任せて大丈夫。俺達は後日、報酬を受け取ればいいだけだよ」

ん、それなら遠慮は要らないか。

「それじゃ、フライの準備に取りかかるか。おいレディン！　材料だけは買い込んでるから、鉄板焼きとかバーベキューの準備だけしてくれればいい！　買ってきた酒はそっちだ！」

「おう、ありがとよ！　お前ら、仕事終了の祝いだ！騒ぐぞ！」

声を飛ばすと、レディンは振り返って、残った連中に叫んだ。おう、と大音声が返ってくる。これが【自由戦士団】の連中か。ざっと見ると四〇人くらいいるな。フォレストリザード以外の食材も買ってきたから、多分足りるとは思うけど。

さて、そんじゃ始めるとしましょうか！


「フライ追加で！」

「フォレストリザードは品切れだ！」

「他の肉はねぇのか？」

「そっちで焼いてるので最後だよ！」

「酒の追加は……」

「自分で買って来いっ！」

「フィストさん、タルタルソースが尽きたと……」

「少し前に追加で渡したトマトソースは⁉」

「それももう終わってます」

「塩でも振ってろって言ってやれ！」

おかしい……何でこんなに忙しいっ⁉　いや、連中の食欲を読み誤ったせいだけどさっ！

いやー、食うわ食うわ。前回と違って一人いくつって制限を掛けなかったせいか、連中の食が進む進む。兵隊さん達に串焼きを提供してなくても、この勢いじゃ大差はなかっただろう。【シルバーブレード】から提供されたフォレストリザードも、俺が買い込んだフォレストリザードも、俺が追加で購入してきた他の肉類も全部終わった。一部は直接鉄板等で焼き肉にしてたからいいが、フライは手間がかかってなぁ……。

それに焼き肉はタレのことをすっかり忘れてた。塩や胡椒、柑橘系の果汁で適当にしてもらってたが、つい俺が肉汁ベースのソースを試してみたばっかりに勢いが増した気がする。目指したのは前回の反省からネット検索し、作り方を覚えたグレービーソースなんだが、コンソメなしの不完全品だったのに何故か売れ行きがよかった。まぁ手の込んだ料理じゃなく、野趣溢れるバーベキュー形式だからってのもあるんだろうけど。贅沢な味を求めないから。

あぁ……醤油が欲しい！　アレがあれば勝てるのにっ！　本気で自作してやろうかっ⁉

「終了！　終了だ！　俺が作る料理はこれで終了！　あとは各自でやれ！」

えー、と不満の声が上がるが無視だ。俺は自分が食うために料理を作るんだ！　料理を振る舞う料理人じゃないんだからなっ！

「よぅし、フィストがほとんど一人で頑張ってくれたんだ、あとはお前らがやれ！」

「ちょっ、団長⁉」

「【調理】スキル持ってない私に何を求めてんですかっ⁉」

「スキル持ってるっていってもレベル低いんですか

ら！　無茶言わないでくださいよ！」

　あぁ、矛先が【自由戦士団】の団員達に向いたか。

　しかし今ここで料理を作ったら、レベルは上がりやすいんじゃないかな。多分俺も今ので――って、何だ？　レベルも上がってるが、

○料理人（星一）
　自作の料理を大勢の人に食べてもらい、評価を得た者に与えられる称号。

　料理作成時にプラス補正。


　何だこの称号。いやいや、たかだか五〇人ほどに食べてもらったくらい……って兵隊さんを含めたら一〇〇人行ってるのか？　でも料理人はないだろう。判定が甘くないか運営よ？

「フィスト！　お疲れさん、こっち来い！」

　レディンが手を挙げて俺を呼ぶのが聞こえた。まぁ、称号のことは置いとこう。

　そっちには【シルバーブレード】の面々とレディン、そして見慣れぬ女性が一人。長い金髪をしたクール系美人さんだ。防具は金属製の胴鎧をメインとした軽装備。腰には長剣と小剣を提げている。

「そちらは？」

「おう、うちの副団長だ」

「初めまして、フィストさん。ギルド【自由戦士団】の副団長を務めさせていただいています、アオリーンと申します」

　アオリーンと名乗った女性は深々と頭を下げた。

「この度は我々にまで料理を振る舞っていただき、ありがとうございました」

「いや、喜んでくれたなら幸いだ」

　うむ、レディンと違って折り目正しい人だ。レディンが豪快な感じだから、補佐役がこれならバランスが取れているとも言えるか。

「まぁ座れフィスト」

　木箱を逆さにした椅子をレディンが勧めてきたのでそれに座る。それに合わせてアオリーンが酒と料理を出してくれた。俺の分を取っておいてくれたのか。気

が利く人だ。

「いや、マジでうまかったぜフライ。本腰入れたらもっとうまくなるんだろうなぁ」

「馬鹿言え、これが今の俺の限界だ。これ以上を期待されても困る」

元が独身男の自分専用メシだ。どうしても限度はある。特にＧＡＯじゃ、現実で手軽に入手できる調味料が存在しないし、火力や設備面でも現実とは違うんだし。

「で、巣の方はどうだったんだ？」

焼いた肉を摘まんで口に運び、問う。ん、塩と胡椒だけでも結構いけるじゃないか。

「結論から言えば、収穫はほとんどなし、だ」

スウェインが溜息をついた。

「連中の侵攻は一直線だからな。通った痕跡がそのまま残っていたので、巣そのものの発見は辿ればすぐだった」

発生地点が森だったのが幸いしたともいえるか。これが湿地の方から来てたら、足跡なんかも消えていたかもしれない。

「巣は蟻の巣のようなものを想像していたのだが、地中にできた一つの空洞のような感じでな。そして、あれだけの大群が出てきたにしてはあり得ないほど小さかった。それなりの規模ではあるが、私達が救援に到着した時点で残っていた魔族すら、あの中には到底納まりきらない」

ん？　巣から溢れたのが襲ってくる、ってのを掲示板で見た気がするんだが、違うんだろうか？

「一応、残党に加えて女王のようなものがいたから倒しはしたが、それがどうやって魔族を生み出したのかが分からん。今までの例に漏れず、生殖器らしきものはなかったからな。卵を産んでいたというわけでもない」

「そいつが召喚したという線は？」

「現時点ではその可能性が一番高いな。もう女王で通すが、それを倒せば二度と湧いてこないのは事実のようであるし。ただ連中の巣穴だが、今まで人が通ったことがある場所に口を開けていたのに誰も知っている者がいなかった。過去の王都の例もあるが、洞窟自体は本当に最近できたものなのだろう。そうなると、洞窟発生の仕組みがさっぱりだ。仮に地下にあった空洞に女王が出現し、そこから地上へ這い上がってきたのだとしても、そこに至るまでに掘ったであろう土や岩はどこに行ったのかとか、そもそも女王はどうやってその場所を知ったのかとか、どうやってそこに辿り着いたのかとか、分からないことばかりだ」

魔族発生に関する情報はゼロか。これだと出現前に叩くなんて夢のまた夢だな。

「瘴気の濃さはどうだった？」

「かなり強かった。兵士達にはきつかっただろうな。巣の方は規模が規模だけに浄化も厳しいということで、しばらくは住人や動物が迷い込んだりしないように封鎖することになった。プレイヤーにしてみれば【瘴気耐性】を自動修得するのに都合がいい場所なのだがな」

あー、確かになぁ。苦行だろうけど。

「ということで、巣の調査は収穫なしだ。まぁ、また数匹を捕獲したから、しばらくは実験の日々だな」

「すまんな、攻略が遅れるだろうに」

俺が襲撃のことを教えてなかったら、彼らはそのままドラード以降の攻略を続けてた可能性が高いわけで。この件ですっかりこっちに足止めされることになってしまっているのは申し訳なく思う。

「なに、気にすることはない。先に進めさえすればいいというものでもないしな」

「そうだぞフィスト。一番乗りってのは確かに魅力的だけどさ、それも楽しめなきゃ意味がないんだから。俺はフィストが襲撃のこと教えてくれてよかったって思ってるよ」

しかしスウェインは笑って言い、ルークも真剣な眼差しをこちらへ向けた。ウェナ達も俺を見て首を縦に振る。ちくしょう、こいつら本当にいい奴らだ。

「フィストがルーク達に教えてなけりゃ、俺らも参戦してなかったろうな。ルーク達以外からは何の連絡も受けなかったしよ。お前がルーク達と繋がりを持ってたことがいいように働いたってこった。自分達を過大評価するつもりはないが、俺達が参戦してなかったら、被害はもっとでかかったと思うぜ」

レディンが言うとおり、彼らの戦力は大きかった。そのお陰で被害が抑えられたのは事実だ。この件はこれ以上、俺がどうこう言うことじゃない、か。

「そういうわけで、俺達もしばらくはアインファストへ滞在、かな。スウェインは実験にしばらく籠もることになるだろうから、パーティーもそれぞれ自由に動くことにするよ」

言ってルークがコップのジュースを呷った。そうか、全員が実験に付き合う必要もないよな。人には向き不向きがあるわけだし。

「俺らもしばらくこっちに滞在するかな。アオリーン、契約は全て終わってるな？」

「はい。ドラード到着時点で契約は全て完了しています。今後の依頼はどう処理しましょうか？」

「そうだな……ルーク達に合わせるということでスケジュール調整してくれ」

レディン達もこっちに残るようだ。まぁ彼らは依頼を受けない限りは自由に動けるわけだし。

「で、フィストよ。ちょっと聞きたいんだがな」

「何だ？」

口に運びかけた肉を止めて聞き返す。レディンの視線がある方向に向いた。そこには木箱や樽が置いてある。調理器具や食材、水等を入れてあったもので、邪魔にならない場所に纏めておいたのだ。その後ろからほんの僅かだが、翠玉色の毛が見えた。姿を見ないなと思ったら、そんなところに隠れてたか。

「あの緑の毛玉は何だ？」

「あー、実は色々とあってな」

言う間にもウェナが立ち上がって興味深げにそちらへ近づき、

「うわーっ！　何⁉　何この子っ！」

驚きの声を上げた。同時にもそりとクインが立ち上がり、面倒くさげにこっちへとやって来る。

一瞬だけ緊張感が走ったが、この場にずっといたということで無害だと察したのだろう。すぐに元の空気に戻った。いや、周囲の意識が一気に集中した。

「テイムじゃないのか。本当にどうしたのだ？」

スウェインが興味深げにクインを見る。

「森の中で傷付いてるこいつに遭遇してな。傷の治療と瘴気毒の解毒をしてやって、それから飯をやったら何故か付いてきた」

「餌付けされちゃったのかー」

そんなことを言いながらウェナがクインに触れようとしたが、女王様は牙を剝いて威嚇した。ぴたり、とウェナの手が止まる。

「餌付けなどと心外だ、だとさ」

クインの心情を代弁してみる。多分、それほど間違ってないと思う。

「ストームウルフ……幻獣ではないか。最近、この手の話が多いな」

「そういえば、一角狼も狩猟ギルドに持ち込まれたって聞いたな。多いのか？」

問うと、うむ、とスウェインが頷く。

「何というか、プレイヤーと縁を持てそうな動物の出現が多いようなのだ。私達が見かけたプレイヤーは、フレイムホースという幻獣を連れていた」

炎の馬か。見てみたいな。

しかしこれは運営の仕込みか何か、なんだろうかね。イベントの一環とか。特に広報はないけど、闘技祭も魔族の襲撃も広報はなかったし。これがイベントだとしても不思議じゃないか。

「ねーフィストー。この子、撫でさせてもらえないのー？」

残念そうにウェナが声を掛けてくる。【銀剣】の女性陣、そして意外にもジェリドが、とても撫でたそうな顔でクインを囲んでいた。

「うむ、残念ながらそいつはとってもガードが固いんだ」

立ち上がり、クインのそばに寄って、俺は頭を撫でようと手を出した。

「今のところ、撫でることができるのは俺だけ――」

手に期待していた感触は来なかった。ま、まさか、俺の手も避けるだと？

「おい、さっきは撫でさせてくれたのに、どうしてだ？」

　当然のことながら返事はない。もう一度手を伸ばすが、すっとクインは身を退いた。何だかとっても不満げな顔だ。いや、不満というか拒絶というか、とにかく今は駄目だ的な雰囲気を醸し出している。

　……こいつ、ひょっとして人前でどうこうってのを嫌うんだろうか？　さっき肉をやった時も、食うところを見られるのを嫌がってたっけ。てことは、撫でるのもそれと同じか？

「ふふ、照れ屋さんめ」

　クインは何も言わずに顔を逸らした。


　結局、解散するまでクインは誰にも撫でることを許さなかった。

　そして、俺だけになった後も、撫でさせてくれなかった。

　解せぬ。

第三九話 【強化魔力撃】

ログイン四七回目。

今日はアインファストの北にある山へと足を運んだ。目的は防衛戦で使った【強化魔力撃】の重ね掛けの試験。あれの威力や消耗の度合いを今のうちに確かめておけば、いざ使う時に役に立つだろう。

人があまり寄り付かない場所だからだ。

俺達が今いるのは、かつてレイアスと一緒に来た場所。ここの岩壁が今日の相手だ。色々試して、ついでにその過程で鉱石が出るようなら持ち込みをしようという一石二鳥狙い。まぁ、拳で砕けるレベルの浅い部分に鉱石があるとも思えないけども。レイアスも結構深く掘ってたし。

「さて、始めるか。クイン、危ないかもしれないから少し離れてろよ」

一応声を掛けておく。クインは黙って俺から距離を取った。

前回ログアウトした時にいたクインは、ログインしたら傍にいた。街でログアウトしたらアバターはその場から消えるわけだから、NPCであるクインはその後を自由に動き回ると思ってたんだがその様子もない。自由にしてたかと問うと、首を傾げるのだ。顔見知りの住人の何人かにも聞いてみたが、クインが歩き回ってるのを見た人もいなかった。

ひょっとしたら、ログアウトと同時にクインも消えていたのかもしれない。テイムアニマルなんかは主たるプレイヤーと一緒に消えるらしいし。

まあ、それはそれとして。アーツのチェックをしておくか。

今の俺が持っているアーツは【魔力撃】と【強化魔力撃】の二つだけだ。どちらも全ての戦技系スキルで修得できるが、当該スキルでしか使えないので、現時点で俺が【強化魔力撃】を使えるのは【手技】だけだ。他の戦技系スキルで【強化魔力撃】を使おうと思ったら、そのスキルの【強化魔力撃】を修得する必要がある。

で、アーツのリストを見ると、【手技】【足技】【投擲】の【魔力撃】と【手技】の【強化魔力撃】が――

「なんだ、これ」

アーツ欄に妙なアーツがあった。【名称未定】って、何だこれ。説明を見てみると、

○名称未定
爆発的な突進力を上乗せした拳撃。突進力及び拳撃の威力は調整可能。

とあった。これってあの中級魔族にぶちかましたやつのことだよな。これって隠しアーツか何かだったのか？　いや、だったら名称が未定ってことはないだろう。となると、

「クリエイトアーツ、か」

これの正体に思い至る。

今のところ戦技系アーツでしか確認されてないみたいだが、プレイヤーの戦闘中の行動、主に攻撃パターンがそのままアーツとして認定され、登録されてしまうことがあるらしい。アーツとなった以上、次からはMPを消費することで自由に発動できるようになるわけだ。戦闘中に技を閃くとか、どっかのゲームみたいだな。

それはさておき、どうしたものか。まずは試してみるかね。

いきなり岩壁に挑むのは無謀と判断し、まずは何もない場所で使ってみることにした。特に技名を叫ぶ必要もない。その意志さえあればいい。様子見で威力も突進力も最低限をイメージして、アーツを発動させてみた。

右足と右拳に魔力の光が宿ったと同時、操られるように身体が動いた。突き進んだのは数メートルほど。アーツの発動が終わり、俺は拳を前に突き出した体勢のままで停止する。

今のは拳も足も普通の【魔力撃】だったが、これが【強化魔力撃】になると、突進力も威力も上がるだろう。掲示板で誰かがこれをバー○ナックルだって言ってた

が、本当にそのまんまだ。

「これ、格ゲーの技を再現とかしたら、すんなりアーツ登録される気がする」

例えば拳じゃなくて肘での攻撃だったら、さっきの突進系を上手く使えば残○拳だし。肘に【魔力撃】を移動させるのは無理だけど、【魔力撃】を考えなければできるはずだ。うむ、夢が広がる。

でも、な。

「アーツに引っ張られてる感じがして変な気分だ」

自分の手を見ながら、独りごちる。

スキルによる補正程度ならともかく、身体が勝手に動くというのは気味が悪い。慣れの問題なんだろうけど。それにアーツとして使うと【魔力撃】二発分よりも魔力消費が多い。

まだ【魔力撃】の効果は残っているので、今度はアーツとしてではなく、踏み込みから拳撃までを自分の意志で放ってみた。結果としては同じ……いや、拳を繰り出すタイミングが合わなかった。アーツとして使った時は完璧だったんだが。でも訓練次第で、アーツとして使わなくても同等のことはできるようになりそうだ。

【強化魔力撃】の威力と、アーツ名称未定の検証。いっちょやりますか。


岩壁にはいくつもの痕跡が刻まれた。俺が【強化魔力撃】を叩き込み続けた結果だ。

【強化魔力撃】の威力は、おおよそ【魔力撃】の二倍だった。重ね掛けを一回すると三倍、二回で四倍。三回で五倍。四回で六倍。そのまま増加していくのかと思ったら、五回で八倍くらいになった。この時点でステータスに【筋肉痛】が生じた。この時に【痛覚軽減無効】のバッドステータスが発生したので、そこで検証は中止した。というか、この時点で筋肉痛が結構酷い。【痛覚軽減無効】のせいかもしれないが、動かしたいと思えなくなるくらいには酷い。多分ここから【血管破裂】等のバッドステータスが段階的に追加されていくんだろう。【痛覚鋭敏化】はどの時点で出るんだろうか。

　さすがにこれ以上は試す気になれない。一応、自分の中での上限は四回までにしとこう。後を引かないギリギリがこの辺りだろう。正直なところ【痛覚軽減無効】は怖い。これ、効果が腕限定じゃなくて全身だったんだよな。あの時は他に負傷がなかったから腕しか痛くなかったけど、別の傷があれば更に苦しむところだったわけだ。

　アーツ名称未定の方は何度か試してみたけど、やっぱり違和感が残った。ただ、間合いを一気に詰める手段としては使いようがありそうだ。下手するとカウンターを合わせられたりするかもしれないが。

　検証はこんなところか。今後はアーツ名称未定を自力で発動させることを目標にしていこう。

　結局鉱石は出てこなかったので実入りもない。少しこの辺を散策して獲物を探してみるか。

　クインを見ると大人しく地に伏せてこちらに視線を向けていた。時々確認した時もずっとそんな感じだった。退屈してなかったんだろうかね？


「そろそろひと狩りしてから帰ろうか」

　近づきながら言うとクインが立ち上がる。【気配察知】に引っ掛かる動物は今のところいない。さて、どっちへ行くか。

「ん、どうした？」

　ふと、クインが首の向きを変えた。そちらを見ても森があるだけで他には何もない。もう一度クインに視線を戻すと、鼻をヒクヒクと動かしているのに気付いた。

「何か嗅ぎ取ったのか？」

　考えてみたらこいつは狼なわけで。嗅覚が優れていても不思議じゃない。

　俺の【気配察知】にはまだ何も引っ掛からない。それだけクインの嗅覚が優れているということだろう。クインの見ている方が風上だっていうのもあるんだろうけど。

「……数は多いか？」

　クインは首を横に振る。

「こっちに追い込めるか？」

再度問うと、少しだけ嫌そうな顔をした。いや、別にお前を便利に使おうとかいうわけじゃなくてだな……。

「後でちゃんと肉やるから。俺とお前は対等だ。お前をこき使うだけなんてことはしないよ」

クインが上手くやれば毛皮の損傷なんかも最小限なんだろうが、それだと俺のスキルが育たない。そういうわけで、戦闘は俺メインにしたい。

納得したのかクインは森へと踏み込んでいった。俺はここで待機。

暴風狼が森へ消えて数分ほど。奥の方から足音が聞こえてきた。結構重たい足音だ。というか、これってどっかで聞いたことがあるような……。

記憶が呼び起こされる前にそれは姿を見せた。馬ほどの大きさをした牡鹿——って、こいつ、巨大ロックリザードの時に見た奴か⁉

あの時は余裕がなかったが、今は大丈夫。【動物知識】で正体を確認する。

〇ファルーラ鹿
草食動物。ファルーラ王国内に生息する一般的な鹿。
食用可能。

うん、一般的ってのは絶対嘘だ。だって、同じファルーラ鹿を俺は既に何度も見てる。ニホンジカと同じくらいの大きさのを。どう考えたってこいつは特殊個体だろっ⁉ この間のロックリザードといい、この辺、動物を巨大化させる何かでもあるのかっ⁉

とにかくせっかく出会えた大物だ。何としても仕留めねば。

大鹿はクインに追われつつ、俺の横を通り過ぎようとしている。が、逃がすつもりはない。俺は進路を塞ぐように大鹿の前に立ち塞がった。しかし、

「跳んだっ⁉」

大鹿は俺の手前で大跳躍。俺の『頭上を』跳び越えていった。はあっ⁉ どんな脚力してるんだよっ⁉

「しまっ……！」

まともに走って大鹿に追いつけるはずがない。【魔

力撃】による加速で何とかなるかっ⁉

実行に移ろうとしたその時、俺が動くより前に疾風が横を通り抜けていった。翠玉色の風は砂埃を巻き上げながらあっという間に大鹿を追い抜き、行く手を阻む。なんて速さだ……すごいなクイン……。

続けてクインの咆哮が響き渡ると大鹿の巨軀が浮いた。【暴風の咆哮】による一撃だ。同じものを食らったことがある身としては、あの時のそれが十分手加減されたものだったということが分かった。あの大鹿を吹き飛ばすほどの暴風、俺が食らったらどこまで飛ぶか分かったもんじゃない。

せっかくクインが作ってくれた好機だ。俺は【強化魔力撃】を発動させた。とりあえず重ね掛けは二回にしておく。

足にも【魔力撃】を発動させ、地面を蹴る。加速を得て前に出て、いまだ滞空している大鹿目がけて跳んだ。

「食らえっ！」

無防備を晒す大鹿の背中に拳を叩き込む。打撃による一撃の後に魔力の爆発が生じ、大鹿の吹き飛ぶ方向が変わった。よし、手応えアリだ！

しかし大鹿はそのまま着地。クインではなく俺の方へ向いて大きく跳んだ。今度は跳び越えるためじゃなく、俺を踏み潰すつもりのようだ。防衛戦で戦った鹿魔族の攻撃を思い出す。

この場に留まっていれば確実に頭を踏み潰されるだろうが、大人しくそうなるつもりは微塵もない。再度【強化魔力撃】を発動。今度も二回だ。

一歩踏み出し、拳を引き、膝を曲げて身を屈める。上を向き、狙いを定め、思いっきり真上へと跳び、同時に拳を突き上げた。輝く一撃は大鹿の腹に突き刺さる。背より腹の方が弱いのか、骨を砕く感触が伝わってきた。

【強化魔力撃】が炸裂し、俺はそのまま着地。大鹿の進路は上へと変わり、その後重力に引かれて俺のすぐそばに落ちてきた。

大鹿はまだ死んでいない。しかし瀕死ではある。二撃目で内臓が損傷したのか、口から血の混じった泡を噴いている。凄いな【強化魔力撃】の威力は。重ね掛けしてるとはいえ、こうも大ダメージを与えるとは。ロックリザードの時に覚えていたら、もっと楽に倒せてたかもだ。

俺は剣鉈を抜き、大鹿のそばにしゃがむと、急所へ一気にそれを突き刺した。びくりと巨体が震え、一つの命が終了する。

それに対し、俺は両手を合わせた。いただきます。

アインファスト狩猟ギルド。

の、解体作業場。

「フィスト！　今度のこいつは皮も売ってくれるんだろうなっ⁉」

大鹿を見て、ボットスさんが興奮を隠そうともせずに言った。

あの後、血抜きと内臓抜きだけして俺は大鹿をそのままストレージに収納し、ここへ持ち込んだ。ああ、内臓はクインにやった。肉だけじゃなく、そっちもいけるらしい。処理の手間が省けるので助かる。

「ええ、皮は全部売りますよ。それから肉は半分だけ。半分は俺達が食います」

よしっ、とガッツポーズするボットスさん。前回のロックリザードの皮は、こっちがほとんど全部もらっちゃったからな。鹿の皮は防具にするつもりはないから売っても問題ない。

「しっかしお前、こうも大物ばっかり狩ってくるたぁなぁ」

「こいつ、以前ロックリザードを狩った時に見かけた奴だったんですよ。今回はクインがいたお陰で逃がさずに仕留めることができました」

草食系の動物は基本的に俺達が近づいたら逃げるので、狩るには色々と工夫が要るのだ。今日だってクインがいなかったらあのまま逃げられていた。

「ありがとな、クイン」

頭を撫でようとすると、指が一瞬だけその毛に触れたが、やはり回避されてしまった。ううむ、本当に照れ屋さんだな。口にしたら拗ねてしまいそうだから二度と言わないでおくけど。

「そうか。お前とクインはいいコンビになりそうだな」

優しい視線をボットスさんはクインに向ける。居心地が悪いのか、クインは顔を逸らした。何かこういう仕種も可愛く思えてきたぞ。

「で、頭なんだがな。こいつはどうする？」

「どうしましょうね？」

でかい頭に立派な角。これを剝製にしたらかなりのものになりそうなんだが……俺にはそんな技術はない。

「例えばこれを剝製にしたとして、売れますかね？」

「売れるだろうな。それもかなりの値で」

ほう、売れますか。

「剝製にするのはここに依頼すればできるんですかね？」

「工賃を取っていいなら、だがな」

つまり有料で引き受けてくれる、と。

「誰に売ればいいですかね？」

「高値を狙うならオークションに出すのも手だ。手数料も掛かるが、それでも結構な収入になるだろうな。手元に金が入るのは遅くなるが」

見栄を張りたがる金持ちとかには結構な値段で売れるんだろう。こんな話をする機会はもうないかもしれないし、やってみるか。

「それじゃ、それでお願いします」

「よしきた。だいぶ先になるが、ドラードで大きなオークションがある。それに出品できるように手配してやるよ。よし、野郎共！　こいつの解体に取りかかるぞ！」

気合いを入れたボットスさんに応える声が一斉に上がる。大物を解体する時の彼らは本当に楽しそうだ。

しかしドラードか。そろそろあっち方面に行くのもいいかもなぁ。海の幸には興味があるし、途中でグンヒルトの料理も食いたいし。まだ見ぬ食材や料理が色々ありそうだし。あ、そういえばドラードの騎士に招待も受けてたか。

ぼちぼち拠点を移すことも考えてみようか。顔見知りもたくさんできたけど、いつまでもここに留まるのも勿体(もったい)ない。

皮を剝がれていく大鹿を見ながら、そんなことを考えた。

第四〇話　ＰｖＰ

ログイン四八回目。

アインファスト北部の岩山付近。前回、【強化魔力撃】を試したレイアスの採掘場から少し離れた開けた場所にて。

呼吸を整えながら相手を見やる。相手もまた俺と同様に荒れた息を抑えようとしていた。

対峙している相手はアオリーン。【自由戦士団】の副団長を務める女傑だ。手には一振りの長剣。さっきまで盾も持っていたが、俺がそれを掴んで腕ごと振り回して体勢を崩すという手段に出たため、投げ捨てていた。

何でこんなことになったのかと言うと、アインファストで偶然ルーク達と遭遇したからだ。俺は狩りに出るつもりだったんだが、ルーク達はＰｖＰをするために外に出るのだと言う。街の中にもＰｖＰのできるスペースはあるんだが、人の目に付くのを避けたかったようだ。

それならと、ほとんど人が訪れることのない北部の岩山へ案内してやったわけだが、皆を置いて狩りに行こうとした俺はそのままＰｖＰに参加することになってしまった。

考えてみればアインファストの闘技祭に出ようと思ったのも、賞品目当て——じゃなくて対人戦の経験を積むためだったわけで、俺にとってもいい機会だった。ただ、あまりにもレベル差があると意味がないので手加減をお願いしたところ、まずはどの程度動けるのかを確認してみようということになり、今に至る。

いきなりルークやレディンとぶつかるのも無謀なので、最初の相手はアオリーンになった。勝利条件は一撃で一定以上のダメージを与えること。制限はアーツと魔法の使用禁止。純粋に戦技でのぶつかり合いだ。【魔力撃】なしでのガントレットによる防御行動は若干不安があるんだが、今のところは問題なく行えている。

しかし、さすがは音に聞く【自由戦士団】副団長。ＰｖＰを開始してからそれなりに経ったのに、こちらからの有効打は与えられずにいる。とはいえ、向こうからの有効打も受けていないのだから、俺的には善戦していると言える。まぁ、あちらの打ち込みを何とか凌ぐのが精一杯、というのが本当のところだが。

「おーい、いつまで見つめ合ってるのー？」

横手からウェナの声が飛んできた。そう言われても、動くタイミングを窺ってるんだ。闇雲に突っ込めばいいってもんじゃない。

正直なところ、打撃を叩き込むのに抵抗があったりもする。ろくでもない女なら何ら遠慮することはないけど、アオリーンはいい人だし。でも、そういう思考が相手にとって無礼なんじゃないかというのも分かってる。今俺は、彼女と真剣勝負をしてるわけだから。

荒い息を吐くアオリーンを見ながら決める。そろそろ動こう。

地面を蹴って俺は跳び出した。もう少しインターバルがあると思っていたのか、一瞬驚いたようだったが、それでも即座にアオリーンは対応してきた。

こちらに合わせるように剣が振り下ろされてくるのを見ながら、右足を振り上げる。狙いはアオリーン本人ではなく、彼女が剣を持つ右手だ。

鉄芯入りのブーツによる一撃が長剣を手放させた。右手にダメージが入ったんだろう。後退しながらアオリーンは左手で予備の小剣を抜こうとしている。好機だ、ここを逃すわけにはいかない。

一気に間合いを詰めて左手首を摑み、抜剣できないようにすると、俺は胸を反らした後、躊躇せずに額を振り下ろした。鉢金で守られた額をアオリーンの額に叩き付ける。頭部防具を身に着けていないアオリーンにはいいダメージになっただろう。

すかさず左腕を伸ばしてアオリーンの腰を摑み、身を捻って自分の腰を差し込むと、左手首は摑んだままでその勢いのままに跳んだ。ほんのちょっとの浮遊感を味わった後、衝撃がアオリーンの身体を通して伝わってくる。当然下敷きになる前に俺の左腕は抜いてある。かは、と息を吐き出す音が間近で聞こえた。

「それまで！」

レディンの声が終了を告げる。頭を上げると『You

Win!』の文字が流れるのが見えた。システム的にも勝敗が決まり、ＰｖＰモードが解除されていく。

「ふぅ……」

俺は安堵の息を吐いた。いやいや、何とかなるもんだ。まともな打ち合いができなかったから、投げに持ち込めて助かった。

「おーいフィストー。それ以上はセクハラじゃないー？」

茶化すようなウェナの声。何がだ、と思う前にアオリーンの顔が目に入った。えーと、何だ。さっきまでの戦闘で荒れた息とか、上気した頬とか、乱れた髪とか、投げたダメージのせいで目尻に浮かんでる涙とか……ええ、色々とエロいです。しかも大腰で投げた状態のまま、このまま袈裟固めに移行できそうな体勢だ。これで胴鎧を着けてなかったらさぞ——うん、ごめんなさい。

俺は平静を装ってアオリーンから離れて立ち上がると手を差し出した。

「大丈夫か？」

「は、はい……」

その手を取ってアオリーンが立ち上がる。顔が赤いままだが戦闘の後だから仕方ない。落ち着いて少し休めば元に戻るだろう。

「何だ、続きはないのか？」

ニヤニヤ笑いながらレディィンがそんなことを言った。こいつ、楽しんでやがるな？

「いいのか？」

「いいのですか？」

だから、からかうように言ってやった。と同時に、こちらへ身を寄せながらアオリーンが冷たい声を発する。う、とレディィンが言葉を詰まらせる。そして、

「……駄目だ」

と不機嫌そうに顔を歪めた。意外な反応だなと思う俺の横で、ふ、とアオリーンが笑……否、嗤った。怖いです、アオリーンさん。

「しっかし、あの状態から投げに持ち込むか。よくやるよな」

「そうするしか手がなかっただけだよ」

呆れ半分の賞賛を送ってくるルークに、俺は溜息ひとつ。受け流すのならともかく、鋭い剣撃をガントレットで真っ向から受け止めるのは怖いんだぞ。レイアスの腕を信じてないわけじゃないが、いつガントレットごと両断されるかと思うとな。

【魔力撃】が使えればかなり安心できるんだが、さっきの条件ではアーツなしで、ということだったから仕方ない。

「スキルのレベル差が戦力の決定的な差ではない、というのは理解しているつもりでしたが……あれほどまでとは思いませんでした」

盾を拾いながらアオリーンが言った。

「そして素手使いとの戦いはいい経験になりました。ありがとうございました」

「こちらこそ、いい経験をありがとう」

差し出された手を握り返し、健闘を讃え合う。うん、俺にとっても有意義な戦いだった。

「ところでアオリーン、お前、途中から本気だったな？」

「はい。手加減していたのは最初だけです」

アオリーンの返事に、そうかそうかとレディンは上機嫌だ。

「だ、そうだぞ、ルーク」

「ああ。遠慮はあんまり要らないみたいだな」

剣を抜きながらルークがこちらへとやって来る。

「フィスト、次は俺とやろう」

「低レベルプレイヤーをあんまりいじめないでくれ。休憩しないと万全の状態で戦えん」

連戦はきつい。ＰｖＰだと武具の耐久値やＨＰ、ＭＰも終了時に全快するけど、精神的なものは別だ。それにスタミナ値と飢え度・渇き度は回復しなかったりする。

「お疲れ、フィスト。対人戦でも結構動けるじゃない」

いつの間にやらグンヒルトが来ていた。ツヴァンドに帰る前に鹿をもう一頭狩っておきたかったらしく、途中で会っていたのだが、ここに来たということは、狩りは終わったんだろう。

「見てたのか？」

「最後の場面だけね。武器を持った相手にあそこまで肉薄するのって怖くない？」

「そりゃ怖いさ」

不思議そうに問うグンヒルトに、素直に答えた。これだけリアリティのあるゲームだ。見栄を張っても仕方ない。

「それにしても早かったな。あれからそんなに時間は経ってないだろ？」

「みんなと別れてすぐに見つけてね。それも二頭。運が良かったわ」

「二頭もか。てことは、解体は？」

別れてから今に至るまでの時間を考えるに、二体の解体が完了しているとは思えない。そう思って問うと、

「まだよ。安全な場所でやろうと思って。といっても、ここだと残酷ショーになりそうだから後日ね」

とグンヒルトは肩をすくめる。グロ耐性があるのって、俺と彼女くらい……いや、ルーク達【シルバーブレード】はβテストの時に色々と経験してるんだったか。だとしても、耐性まであるかは分からないから、人目のない場所で作業するに越したことはないか。

「それより、休憩だっていうなら何か作りましょうか？　この間の約束とは別に。ＰｖＰを続けてればお腹も減るでしょ？」

「そりゃ有り難い。俺も簡単に焼き肉でもしようかと思ってたところだ。そっちはそっちで頼めるか？」

「分かったわ」

頷き、グンヒルトが準備を始める。俺も手頃な岩に腰を下ろし、横手の何もない空間に手を突っ込んだ。そこから目当ての物を引きずり出す。取り出したのは調理用の鉄板だ。

そう、ストレージアイテムを持ってはいるが、俺はリアルマネーで【空間収納】のスキルを買って修得した。あれやこれやと詰め込んでいるうちに、リュックサックの容量がギリギリになってしまっていたからだ。

ただ、【空間収納】はアイテムを取り出すのに若干の時間がかかるため、ウエストポーチやリュックサックもそのまま使っている。普段使わない物や貯蔵すべ

き物は【空間収納】へ、即座に使うポーション類はウエストポーチへ、その中間はリュックサックへ、と使い分けるようにした。リュックサックはもう不要といえば不要なんだが、冒険時に手荷物がないのも寂しいという、多分理解を得られにくいであろう理由で使っている。効率とか手間とかは関係ない。言うなれば浪漫だ。

それはともかく、準備をしよう。ちょうど、いい鹿肉も手に入ってるし。

皆がPvPを重ねている間に俺とグンヒルトでメシの準備をした。

アオリーンは料理に興味があるようで、PvPの合間に俺達が調理するのを見学していた。あと、アオリーンほどじゃないがウェナもこちらを気にしている様子だった。以前、ツヴァンドでウェナ達女性陣と食事した時に、料理をしてみたいって言ってたけど、あれからちゃんと練習してるんだろうかね。

グンヒルトが作ったのはイノシシ肉の煮込み。俺は鹿肉を焼いただけで、あとはグンヒルトの調理を手伝ったりしていた。

「おお、うまいなこれ」

レディンがグンヒルトの料理を食べて喜色を浮かべる。

「癖はあるが、気になるほどじゃないし、思ったよりやわらかいな」

「ゲームなので、個体ごとの臭みや肉の固さなどまでは再現されていないのでしょうか?」

「ドロップ肉は品質もほぼ一定で部位も固定されてるが、どうなんだろうな? 極端に臭ったり、病気に罹(かか)ってたりってのは今のところないと思うけど、グンヒルトは何か知ってるか?」

確認するようにゆっくりと食べているアオリーンに答え、グンヒルトに聞く。

「そうね、今まで狩った獲物の中には、変な個体は混ざってなかったわ。処理を失敗した結果、悪くなってしまった物はあるけど」

　これも【解体】スキルの面倒なところではある。いや、楽しい部分かもしれないが。

　グンヒルトが今回作った煮込みは、肉もやわらかいし、味もしっかりしている。ＧＡＯ内には味噌がないので塩や香辛料、香草等での味付けだが、十分うまい。

「そういう意味では、素材の品質が一定なのに助けられてると思うわね」

「そこはグンヒルトの腕だろ？」

「調理法はＧＡＯ内の料理の模倣だし、調理も解体も、スキルのアシストがあるからよ。現実じゃこうはいかないわ」

　言いつつもグンヒルトは機嫌がよさそうだ。

「これでフリーならよかったんだがなぁ」

　残念そうにレディンがグンヒルトを見る。防衛戦での活躍からか、【自由戦士団】へ勧誘したのだが、店を構えていることを理由に断られていたのだ。

「メシを豪華にしたいなら、団員を鍛えるんだな。何人かはスキル持ちがいるんだろ？」

「そりゃそうなんだがな。それでもメインってわけじゃねぇし」

　言いつつ煮込みを食べ終え、鍋からおかわりをするレディン。七人分とはいえ、かなりの余裕を持って作ってあるので、十分な量がある。

「何なら、アオリーンに頑張ってもらうってのはどうだ？　調理に興味があるみたいだし」

「アオリーンに？　うーん、しかしなぁ」

　俺の提案に、レディンは何やら考え込む。

「団の運営にかなりの労力を割いてもらってるからな。これに料理番までってなると、負担が大きすぎる。やれって言ったらやっちまうからなぁ」

「できないことはできないと言いますよ」

「お前のできないは、無理してもできない場合だけだろうが。逆に少しは休めって言いたいところだ」

　どうやらアオリーン、かなりの頑張り屋さんらしい。レディンが気遣うほどに。

　そんな二人を【銀剣】勢がニヤニヤしながら見ていた。それに気づいたのか、

「ま、スキルがなくても手伝いとかやってれば生えて

くるかもしれんしな。スキル修得者を中心に、持ち回りってのは悪くないかもしれん」

咳払いなどしてレディンが話題を終わらせ、そのまま箸を焼き肉へと移した。

「お、これもいいな。焼いただけだから、肉の本来の味がよく分かる」

「レストランで出るような料理は作れんからな俺は」

塩胡椒だけの味付けだが、鹿の焼き肉はうまい。想像より肉はやわらかく、脂っこくもないのでガツガツいける。ただやっぱりタレがないのが残念なところ。今度時間を取って調味料を作ろう。そろそろ塩胡椒以外の味付けが欲しい。

「ところでフィスト、お前、あの時のアーツはどう名付けたんだ？」

焼いた肉をクイン用に分けているとレディンが聞いてきた。ちなみにクイン、やっぱり皆の前では食べようとしない。皿に盛って置いてやると、皿をくわえて森の方へと消えていった。うーん、そばにいるのが俺だけだと、遠くに行くまではしないいんだが。

「まだ何も決めてない。アーツ化したけど積極的に使おうとは思ってないし」

そこまで答えて、ふと気付く。

「何でアーツになってるって分かったんだ？」

修得した本人すら、ステータス確認するまで気付かなかったというのに。いや、実際はログ表示機能をオンにしておけば、そういったステータス系の更新情報やら何やらは表示されるようになっている。

ただそんな情報がいきなり表示されると戸惑うし、戦闘時には死角を作ったりと、一概にいい面ばかりでもないのだ。だからこの機能をオフにしているプレイヤーは多い。ちなみに俺がそうした理由はマーカーをオフにしたのと同じ理由で、リアリティの追求だ。

「動画で確認したが、フィストのあれは【足技】の【魔力撃】による突進力の強化と【強化魔力撃】による火力の増強の複合だろ？　ルークのと通じる部分もあったからな」

「あぁ、あの覇翔斬りか」

防衛戦動画のクライマックスでルークが使っていた

アーツを思い出す。ん？　てことはルークのあの技も創作アーツってことか？

「あれ、俺、フィストにあのアーツの名前教えたっけ？」

ルークが首を傾げた。って、そのまんまかよっ!?

「その名称、お前が決めたのか？」

「いや、ウェナが付けてくれた。【覇翔斬】って」

ウェナを見ると視線を逸らして口笛を吹いている……こいつ、やりおったなっ。

「でも、何故か他の連中はクラッシュ何とかって言うんだよ。それにあれ、斬るってよりは突きなのに、どうして斬なんだ？」

「うん、一度覇翔斬りでググってみろ」

これ以上は言うまい。自分で真実を突き止めてくれ。

「よし、それじゃフィストのもボクが名前を決めてあげるよ！」

「バーン〇ックルは却下な」

ぴしゃりと言ってやるとウェナが硬直した。まぁ名付けるとしたら、何とかナックルとか何とか拳になるとは思うけど。

「クリエイトアーツはシステムに反映される条件自体は不明なままだけど、複数のスキルやアーツを複合したものが反映されやすいという説もあるんだ。フィストのあれも、その条件には合致してるし、何よりあのインパクトだったから、登録されてる可能性は高いんじゃないかって話してたんだよ」

俺のはまさにそれだからなぁ。ジェリドの言葉になるほどと頷いて、あれ、と引っ掛かったことを尋ねてみた。

「ルークの【覇翔斬】はあれ、どういう組み合わせで生えたんだ？」

「俺のは【足技】の【魔力撃】と、【剣】の【強化魔力撃】、それに【魔力制御】スキルの複合だろうってスウェインが言ってたよ」

「【魔力制御】？」

それだけ聞いたら魔法使い系に有利なスキルに聞こえるんだが。それが剣技に？

「【魔力制御】は展開した魔力を操るスキルなんだ。

これが意外と、近接系のスキルでも活用できるのさ。例えば刀身全体を覆う【魔力撃】の魔力を、刃の一点や切っ先だけに集中したりとか。フィストだったら、腕を覆ってる部分を拳だけに集中とかできるようになると思う」

む、それは拳の強度が増すってことか？　それに魔力の集中する箇所を変化できるなら、肘や膝の威力を増したりもできそうだ。

「ま、アーツのあれこれはこれくらいにして、そろそろ相手してくれよフィスト」

ごちそうさま、と手を合わせてルークが立ち上がる。

俺は肉の一部を木皿に盛って、ジェリドに渡した。こちらのスタミナ値も回復したし、いい頃合か。

「今日来てないスウェイン達に食わせてやってくれ。くれぐれもウェナには渡すなよ」

スウェインは魔族の生体実験、ミリアムとシリアはリアル都合でこの場にはいない。仲間外れにするのも何だし、こいつらも【空間収納】を持ってるから温かいままで提供できるだろう。

「それなら、これも持って帰ってもらおうかしら。お客が増えるのは大歓迎だし」

グンヒルトも煮込みを別の皿に取り分け始めた。

「ちょっ、フィストっ⁉　ボク、そこまで食い意地張ってないよっ⁉」

ウェナが何か寝言を漏らした気がするが無視して立ち上がると、ルークと距離を取って対峙した。

「条件付けは俺の方で決めていいか？」

「ああ、デスマッチ以外ならどうとでも」

全部ルークへ丸投げする。

『ルークからＰｖＰの申請があります
条件：ＨＰ二〇パーセント以下で敗北
制限：なし
挑戦を受けますか？』

表示された『はい』の方のパネルに触れると、ルークの頭上にＨＰバーが表示された。カウントダウンが始まる。

「盾は使わないのか？」

剣だけを手にしたルークに問う。ルークは盾も持っていて、それを防御や攻撃にも使う。下手な壁役よりも見事な防御をこなすのを俺は防衛戦の動画で見て知った。

「アオリーンとの戦いを見てたら、盾のせいで致命的なことになりそうだからさ」

返ってきたのはそんな言葉。盾があるとどうしても攻めづらい。だから、かつて賞金首相手にやったように、体勢を崩したり腕を破壊したりと、盾相手の対処はそれなりに考えているわけだが、その目論見が早くも外されてしまった。ないならないでやりやすい部分はあるものの、あった方がこっちの攻撃に利用しやすかったんだが。

「行くぞっ！」

カウントがゼロになったと同時、ルークが叫んだ。ややや身を屈め、剣先をこちらに向けて肘を引く。足と剣先に魔力が集束していくのが見えた――――ってお いっ!?

「いきなりかよっ!?」

先制はルークのアーツだった。しかも【覇翔斬】。咄嗟に足へ込めた魔力を地面へとぶち込む。加減も何もない、ただその場から逃げるために繰り出した【魔力撃】で加速し、ルークの進路上からこの身を離脱させた。

勢い余ってヘッドスライディングしそうになるが、足を地面に叩き付けて勢いを殺し、体勢を立て直す。無事に停止して振り向くと、すっ飛んでいったルークはスケーターのように身を翻し、こちらを向いて着地したところだった。そのまま地面を滑って更に数メートルを遠ざかる。

「はは……技を知られてるとはいっても、まさか初めてで回避されるとは思わなかった！」

興奮した様子でルークが笑みを深くした。いや、本当に楽しそうだなお前。こっちは冷や汗しか出ないぞ……。

回避できたと思っていたが、魔力の衝角の端には引っ掛かってしまっていたようだ。左腕にビリビリと痛みが走る。ダメージこそ大したことはないが、直撃していたらと思うとゾッとする。嫌な重圧が身体にのしかかってきた。

今のルークに防戦一方じゃ、あっさりと押し潰されてしまいそうだ。

覚悟を決めて、足に【魔力撃】を、右腕に【強化魔力撃】を展開する。

「飛ばしすぎだろう……よっ！」

お返しとばかりに俺はルーク目がけて突っ込んだ。

その後、相手を変えて何度もＰｖＰをやった。それぞれ違うタイプを相手に、いい経験ができたと思う。

それにしても、レディンとアオリーンはまだやりようがあったけど、やっぱり強すぎるわルーク達。それにグンヒルトも。次にやる時には、せめて一回くらいは勝ちたいなぁ……。

第四一話　賞金稼ぎ

　ログイン四九回目。

　アインファスト北部の森を行く。先日、グンヒルトが鹿をゲットしていたので、自分でも一頭確保したくなり、狩りに来た。

　西の森でも狩れるとは思うのだが、今日は鹿オンリーでいいのでこっちにした。あっちだとウルフとの遭遇率が上がってしまうのだ。

　西の森ほど広くなく、植物の密度が濃くないので歩きやすい。その分、獲物の数も少ないだろうけど。それでも俺は【気配察知】で、クインは鼻で獲物を探す。

　しばらく歩いて森の外周、岩山の縁に近い所まで進んだところで、クインが立ち止まった。【気配察知】を使うと反応が一つ。鹿か？

　ゆっくりとそちらへと近づいていく。こちらに気付いた様子はない。少ない遮蔽物を有効に使いながら更に進む。

　見つけた獲物は鹿じゃなかった。一匹のタヌキだ。姿は日本でよく見かけるタヌキそのまま。ただし毛の色は虹色だった。あれ確か、ウェナが着けてる尻尾アクセサリーの素材だった虹タヌキだ。

　七色に輝いて見える毛皮は綺麗だった。ああいうの、装飾品としての需要は高いんじゃなかろうか。ただ、それはそれとして、だ。タヌキかぁ……あいつ、食えるのかね？

　タヌキの肉については色々と情報が錯綜している。臭くてまずいとか、臭いはあるけど食えなくはないとか、うまいじゃないかとか、そもそもあれはアナグマのことでタヌキじゃないとか。諸説あり、どれが正しいのかも分からない。いや、全て正しい可能性もあるんだけど。

　現実でもタヌキは食う機会がなかった。爺さんは食ったことがあったようで、わざわざ狙ってまで食いたいとは思わないって言ってたっけ。

　それはそれとして。問題はあのタヌキがうまいのかどうか、だ。【動物知識】では特筆されていない。少なくとも、食えないものではないようだが。

「なあ、クイン。あいつ、食ったことあるか？」

小声で尋ねるも、クインは首を横に振る。もっとも、クインと俺の味覚が一緒ではない以上、クインがあいつを食ったことがあり、うまいと感じたとしても、俺の口に合うかどうかは別問題だ。

「……考えるより、実行だな」

うまいかどうかは食って判断すればいい。今の俺は異邦人フィストだ。ならば、狩って、食う！

ダガーを抜いて、更に接近する。虹タヌキは気付いた様子もなく、木の実か何かを齧っているようだ。

射程距離に入ったところで、ゆっくりとダガーを構える。よし、今――っ⁉

投擲しようとしたまさにその時、虹タヌキがこちらを見た。気付かれた！

反射的に放ったダガーは、虹タヌキがいた場所を通り過ぎた。初手を躱し、虹タヌキが背を向けて駆け出す。

次のダガーを準備しながら虹タヌキを追った。速度はあちらの方が速かったが、慌てることなく冷静に追う。

やがて、虹タヌキが森を抜け、そこで急制動を掛けたのが分かった。虹タヌキの前には岩の急な傾斜が立ちはだかっている。森の端、岩山との境界線だ。

こうなると右と左のどちらかに逃げるしかないが、それを選択する間を見逃すわけにはいかない。

二本目のダガーが真っ直ぐに飛び、虹タヌキの首元に突き刺さった。そのまま倒れて動かなくなる虹タヌキ。よし、獲ったどー！

さて、初の虹タヌキ。どんな味がするのか期待と不安が半分ずつだ。鹿も欲しいが今はこいつに集中しよう。まずは血抜きをしないと。

「ん？」

そこで異変に気づいた。虹タヌキの辺りに、パラパラと小石が落ちてきたのだ。岩山の上の方から。そして、人の声も聞こえた。声というか、悲鳴だ。途中で苦痛にあえぐ声が混じり、それが大きくなっていく。近づきながら見上げると、岩山から転げ落ちてくるものがあった。

それは人だった。そして明らかに女性だった。何せ、身に着けているのがビキニアーマーだったのだ。あの、実用性皆無のロマン装備。着ることができるのは羞恥心をかなぐり捨てた勇者のみという、アレ。

そんな女性が転げ落ちてくる。その進路は明らかに虹タヌキへと向かっていた。

「危ないっ！」

地を蹴り、急加速する。このまま虹タヌキを潰されるわけには——いや、彼女を死なせるわけにはいかんっ！

「ひゃあぁぁぁぁぁぁぁっ！」

転がり、跳ね、勢いよく落ちてきた女性を、ギリギリで受け止める。腕に、足に、腰に、急な負荷が掛かったが、押し潰されないように耐えた。

「ふぅ、何とかなったか……」

「あ、あぅ……」

腕の中で女性が固まっている。ウエーブのかかった薄紫色の長髪をした、なかなかの美人だ。もっとも今は恐怖で顔が引きつり、目尻に涙が浮かんでいるが。

よく観察してみると、顔や露出した肌にはペイントが施されていたり、装備は毛皮や動物の爪牙が多く使われている。蛮族を意識したコーディネートなんだろうか。

「おい、大丈ぶおっ⁉」

そして、声を掛けようとした途端に、俺はとんでもない衝撃を受けて吹き飛ばされていた。クインの【暴風の咆哮】に匹敵する威力だ。地面を転がり、木の一本にぶつかってようやく止まった。

「痛たた……何だ、今の？」

俺は何もしていないし、どこかから何かが飛んできたわけでもない。今のは、あの女性から発せられた衝撃波のように思える。錯乱してて咄嗟に攻撃してしまったんだろうか。それにしてはノーモーションだった気がするが。

クインは特に警戒してる様子がない。一応、敵じゃないってことか？

起き上がり、砂埃を払って、再度近づく。女性は地面に倒れたまま動かない。胸部の大ボリュームが上下してるから、死んではいないようだ。

「プレイヤー、なんだろうな、多分」

念のためにメニューウィンドウを開き、ログを確認してみる。そこにはセクハラ防止機能が働いたことが記されていた。

これはプレイヤー保護機能の一つで、性的な行為が可能なＧＡＯでは、女性プレイヤーが致命的な被害に遭わないよう、システムで保護が掛かっているのだ。発動条件は接触時間の設定とか色々と微調整ができ、一番ガチガチのだと触っただけでも発動するらしい。その場合は手を弾かれる程度と聞いたことがあるが、さっきのような抱きかかえるような状態だと、俺が体験したように威力も増すのだろう。

でも、触れただけで発動するようだと日常生活にも支障が出るレベルだ。例えば呪符を異性のプレイヤーに貼り付けるなんてことすらできなくなる。触れられないというのはデメリットでもある。崖から落ちそうな女性プレイヤーを助けようとしたら、システムのせいで途中で弾かれて助けられなかったなんて笑えない話もあるくらいだ。

ちなみにこれ、女性プレイヤーがシステムを悪用した場合は処罰対象だったりする。これを使うと、一方的に男性プレイヤーを害することができるからだ。

それはともかく、このシステムの恩恵はプレイヤーのみが受けることができる。つまり、システムが発動したということは間違いなく、この女蛮族がプレイヤーだという証だ。

そして多分、システムが発動した時に、そのまま頭から落ち、そのショックで気絶したんだろう。怪我はあちこちにあるが、致命傷にはなってなさそうだから、そのうち目を覚ますはずだ。

ただ、放置しておくわけにもいかない。少ないとはいえ、肉食獣がいる森の近くなのだ。それに、崖から落ちてきた理由によっては、トラブル元がやって来るかもしれない。

「まあ、することもあるし、これも縁か」

【空間収納】から毛皮と毛布を取り出し、毛皮を地面

に敷く。それから女性を足で転がしながら毛皮の上に移動させた。長時間の接触は、またシステムの攻撃を食らってしまうからな。乱暴なやり方だが仕方ないのだ。汚れることについては勘弁してもらいたい。

一応ポーションをぶっかけて、簡単に傷の手当てをしておき、目の毒なので、毛布を身体に掛けておいた。とりあえずはこんなものだろう。

「それよりも、だ」

転がっている虹タヌキの尻尾を掴んで持ち上げる。うむ、ダガーの傷以外にダメージはない。無事に守り切ることができた。

「クイン、周囲の警戒を頼んでいいか？」

クインが頷いてくれたのを確認し、ロープを取り出して虹タヌキの尻尾を縛り、近くの木に吊した。まずは血抜きだ。

皮を剥いでみると思ったより脂肪が多かった。今のところ、肉からも脂からも変な匂いはしない。

本格的に食べるのは味次第ということで、味見だけすることにする。状況次第ではかまどを片付けられないかもしれないので、調理セットの携帯コンロを使うことにした。

一口サイズに切った肉を二つ、フライパンで焼く。脂が溶けるといい匂いが漂い始めた。あ、これ絶対にうまい。

火が通ったのを確認して箸で一つをつまみ、口に入れる。

「甘みが強めだな。肉質はやわらかい。これ、調味料なくてもいいかもしれん」

味付けをしなくても、脂の甘みだけでいけそうだ。ただ、こればっかりだとくどくなりそうだが。がっつりしたメイン料理よりは前菜向けかもしれない。

もう一つを少し冷ましてクインへと放り投げる。彼女は器用に口でそれを受け取った。顔をしかめることもなかったので、クインの口には合うようだ。

「街に戻ってから情報を集めるのがいいか」

素人があれこれ悩むより、本職に尋ねた方が失敗しないだろうし。毛皮をギルドに売る時にボットスさんに聞くのもいいかもしれない。

「あ、いた！」

器具を片付けようとしたところで、女の声が聞こえた。

こちらへとやって来る集団がある。男と女が二人ずつ。しかしその装備が異質だ。獣の頭蓋骨や毛皮等を身に着けていて、「ヒャッハーッ！」とか「エンジョイ＆エキサイティンッ！」とか叫びそうな、いかにも蛮族ですと言わんばかりの格好をしている。つまり、悪人に見える。

あいつらの視線が向いた先には、さっき俺が保護した女性。どうやら関係者らしい。

故に、保護した女性を背後に庇うようにして立った。

「そこで止まれ」

警告すると、蛮族達が素直に従い、その場で足を止める。

「お前は？」

と口を開いたのは、焦げ茶の長髪を肩の下まで伸ばした男。腰布と革のブーツを身に着け、右前腕に革のアームカバー、左腕は金属の輪で作られた籠手で肩まで覆われている。上半身は惜しげもなく筋肉を晒した裸。多分、コンセプトはコ○ンなのだろう。バーバリアンの方。剣と円盾を所持している。

「フィスト」

名乗ると、彼らの表情が動いた。俺を知ってるのか？　防衛戦動画の影響だろうか。

「で、そのフィストが、どうしてあたしらの前に立ち塞がるわけ？」

そんな問いを投げてきた女性の格好は、某黒犬騎士団の団長様風だった。鎧ではなく、毛皮のビキニトップを着けてるのが違いだ。毛皮は全てブラックウルフ製。得物は棍棒（こんぼう）で、円盾も持っている。

「鏡を見ろ」

こいつらがさっきの女性を探してるのは間違いないとして、どういう関係かが問題だ。格好の繋がりで身内という可能性もあるが、彼女を狙っている相手かもしれないのだ。だったら、引き渡すわけにはいかない。

「あー……まぁ、言いたいことは理解したよ。反論の余地もないし」

ともう一人の女性が溜息をつく。槍に円盾を持っている。某三〇〇のスパルタ兵を意識した装いだろうか。元ネタのように上半身は裸ではなく、ちゃんと毛皮のビキニトップを着けているので問題ないが。

「俺達の、ボス」

そう言って俺の背後の女性を指したのは、ファルーラバイソンの頭蓋骨を被った筋肉の塊。身長は二メートルに届いていそうな厳つい大男だ。身に着けているのはチョッキと腰巻き、アームガードにブーツ。全て毛皮製だが素材に統一性はない。武器は片手斧。そしてやはり円盾を持っていた。

「身内、ってことでいいのか？」

「ああ。あんたが姐さんを保護してくれたのか？」

「状況的に放置できなかったからな」

「済まなかったな。俺らの不始末に巻き込んじまって」

頭を掻きながら長髪男が謝った。他の三人も頭を下げてくる。彼らにとって、彼女は大切な存在なんだろう。そういうロールプレイだから、ってわけでもなさそうだ。

「で、お前達は何者だ？」

「俺達は【シャサール】ってギルドだ。犯罪者を専門に狩る、要は賞金稼ぎギルドだな」

「……賞金首ギルドの間違いじゃないのか？」

「よく言われる」

思わず出てしまった疑問に、長髪男は苦笑いで答えた。まあ、見た目だけならね？

「それより、姐さんは大丈夫なのか？」

女スパルタンが俺の背後を気にしつつ言った。

「あんな場所から落ちて、無傷ってことはないと思うんだが」

「あちこち傷だらけだったから、一応ポーションをぶっかけといた」

「傷だらけって、その程度で済んでるのか？」

どうも、かなり高い場所から転がってきたようだ。

「落ちてきたところを受け止めたから、地面に激突はしてないぞ。お陰で酷い目に遭ったが」

　そう答えておく。獲物を潰されそうだったから、なんて本当のことは言わない。

「酷い目？」

「セクハラ防止機能だよ。思いっ切り吹っ飛ばされてな。彼女が気絶してるのも、その時に落っことしてしまったからだ。それまでは意識もあった」

「あー……それは、何て言っていいか……」

　申し訳なさそうに視線を泳がせる女性陣二人。

「まあ、それはいい。介抱できるならしてやってくれ」

「ありがとう。ルーヴ、行くよ」

　正面から移動すると、女スパルタンはルーヴと呼んだ狼女と一緒に、女性の方へと向かった。

　これ以上、ここにいる理由がなくなったので、片付けを再開する。調理器具を片付け、次に吊してあった虹タヌキを――

「なんで動物の死体がこんな所に？」

　長髪男と巨漢がこちらへと近づいてきた。虹タヌキに興味が移ったらしい。

「俺が狩ったからだ」

「いや、狩ったら素材を落として消えるだろ？」

「例外、ある。スキル」

　首を傾げる長髪男に、巨漢が片言で答えた。

「あ、思い出した。グロが解禁になるって噂のマゾスキル、【解体】か」

「誰がマゾか」

　言いたいことは分からなくもないが、メリットも大きなスキルだというのに。

「ん、その毛皮は？」

　長髪男が今度は虹タヌキの毛皮へと興味を移した。解体して簡単になめしたのを干しておいたのだ。

「この肉の外装だったものだ」

「綺麗な毛皮だな。ちなみに、いくらだ？」

「分からん。虹タヌキは初めて狩ったから、ギルドがいくらで買い取ってくれるか知らないんだ。ところで、名前を聞いても？」

　いつまでも長髪男ってのは何なので、聞いてみる。

「ああ、済まなかった。俺はジェイソンだ」

「モーヴェ」

長髪男と巨漢が、それぞれ名乗った。ジェイソンでその装備ってやっぱりコ〇ン繋がりか。

「で、あっちがルーヴとレダだ」

ジェイソンが女性陣を指す。ルーヴは狼女の方だったから、女スパルタンがレダだな。

落ちてきた女性は目を覚ましたようだ。ポーションを飲みながらルーヴ達と何か話している。

やがて落ち着いたのか、その女性がルーヴ達と一緒にやってきた。

「フィスト、だったな。あたいはシーマ。【シャサール】のカシラをやってる。あんたのお陰で助かったよ。ありがとな」

丁寧に頭を下げるシーマ。その所作は優雅で、外見のせいか違和感がすごかった。

「それに、システムのせいであんたに迷惑を掛けちまったみたいで。本当に申し訳ない」

「いや、女性プレイヤーにとって重要なシステムなんだから、いちいち腹を立てたりしないよ」

「そ、そうか？　そう言ってくれるなら、いいんだけどよ……」

頬を掻きながら視線を逸らすシーマ。口調はともかく、反応がやっぱり外見と合わない気がする。口調はロールプレイなんだろうかね？　だったらツッコむのは野暮か。

「ま、無事で何よりだった」

虹タヌキの肉と毛皮を【空間収納】に片付ける。忘れ物は……ないな、よし。

「じゃ、俺は行くぞ」

「あ、ちょっと待ってくれよ！」

立ち去ろうとしたところで、シーマが俺を呼び止めた。

「フィストは気にしてないんだろうけどさ。このまま帰しちまうと、こっちの気が済まないってか、モヤモヤするんだ。せめて、何かお礼をさせてくれねーか？」

お礼、ね……別に欲しいものはないんだけどな。

「例えば？」

「んー、と……そうだ、アインファストにうまい料理を出す店があるんだ。そこを案内するってのはどうだ？　当然費用はこっち持ちだし、いくら食っても構わないからさ」

少し考えてからシーマがそう提案してきた。ふむ、料理。しかも食べ放題。

断る理由はなかった。

第四二話　兄　妹

アインファストに戻る道中で、シーマ達の話を聞いた。

先に聞いていたとおり、シーマ達は賞金稼ぎプレイをしていて、住人やプレイヤーの犯罪者を追いかけているそうだ。さっきも、賞金首の潜伏先を強襲したところだったという。

ところが、交戦中にシーマが足を踏み外し、そのまま滑落。それを俺が助ける形となった。

賞金首自体は討伐できたそうで、これからアインファストで賞金を受け取り、その金でご馳走してくれるとのこと。楽しみである。

一方で、シーマ達は俺のことを知っていた。最初に知ったのは掲示板だと言っていたから、多分ポーション事件の時のことだろう。

それに加えて先日の防衛戦動画。俺が必死で小さな騎士を助けた場面が琴線に触れたとか。何だ、その、こそばゆい。

賞金は無事に受領でき、店へと向かうことに。

「そういやフィストは、賞金稼ぎに興味はねぇの？」

「悪党にかける慈悲は持ち合わせてないが、積極的に狩る気はない。狩るなら食えない賞金首より食える動物だ」

「んー……でも、フィストは食えればいいんだろ？　稼いだ金でうまいもん買って食えばいいじゃんか」

「それも一理あるんだが」

確かに俺は、食うことが目的でGAOを始めたのであって、狩り自体が目的ではない。でも、自分で狩った獲物を食うというのは、それなりに達成感があって。今はそのスタイルも悪くないと思っている。

「狩りそのものも楽しくなってるからな」

「そっか。フィストが参入してくれたら楽しそうだと思ったんだけどな。毛皮素材も豊富に入手できそうだし」

どうやらシーマ、俺を【シャサール】に引き込みたいらしい。森からこちら、ずっとこんな感じだった。

「素材が欲しいなら、【解体】スキルを教えてやるぞ？」

「んー、それも魅力的だけどな……誰か修得してみるか？」

俺の提案に迷いを見せ、シーマがメンバーへと話を振る。周囲の四人は、それに肩をすくめた。

さっきからジェイソン達はシーマを囲むような位置取りをしている。それぞれが持つ盾も外側に向いていて、急な襲撃に備えているようにも見えた。今だってシーマの話を聞きながらも、周囲に気を配っている。パーティーの仲間というよりは護衛みたいだ、と思うのは気のせいだろうか。

「お、見えてきた。あそこだ」

シーマが指す先には、洒落た外観の店がある。周囲の店と比べて高級感が漂っていた。料理の値段もそれなりなんじゃなかろうか。味は期待できそうだが、シーマ達の懐的に大丈夫か？

「ん？」

その店の前に、見知った顔があった。

「アオリーンじゃないか」

「フィストさん。それに――!?」

シーマ達を見て、アオリーンが顔を驚きに染めた。

「よ、アオリーン」

とシーマが気軽に手を上げる。何だ、知り合いだったのか？

「シーマ様……今すぐここを離れてください」

声を潜めてアオリーンが言った。その態度に首を傾げるシーマ達。特段、何があるわけでもなさそうなんだが。それよりシーマ『様』って何だ？

その時、店の中からもう一人の知った顔が現れた。レディンだ。

「ん？　何だフィスト。お前もこの店に来たのか？」

顔に手をやり、溜息をついたアオリーンの後ろで、レディンが俺を見た。そして、その視線がシーマに移って止まる。

傭兵団の団長と女蛮族が見つめ合う。何故かジェイソン達の表情がこわばっていた。やっちまった的な雰囲気が生まれたのが分かる。その状態が一〇秒ほど続いた。

「おい、レディン。それにシーマも。どうした一体?」

動きがないので声を放つ。シーマ? とレディンの目がこちらを向き、再びシーマへと戻った。レディン? とシーマも一度俺を見て、またレディンへと視線を向け直す。

「「……アオリーン。まさか……」」

厳しい表情のまま、レディンとシーマの言葉が重なった。

「はい、そのとおりです……」

うなだれて、アオリーンが重々しく告げる。その瞬間、

「何という格好をしているのですか貴女はっ!」

「そちらこそ、何ですのそのお姿はっ⁉」

お互いを指差しながら、二人が吠えた。レディンは相変わらずの傭兵姿で、シーマはビキニアーマーの蛮族だ。どっちが酷いかと言われれば、間違いなくシーマの方ではあるが、シーマにとってレディンの姿は容認できないらしい。

そして、何というかお上品な言葉遣いで互いを罵り始めた。何だその口調? ひょっとして二人とも、こっちが素なの?

「なあ、アオリーン。どういう状況だこれは? ジェイソン達でもいいんだが教えてくれ」

口喧嘩(げんか)をする二人はひとまず放置しておくとして、現状を確認したい。一体、何がどうなってるんだ。この二人はどういう関係だ?

「簡単に説明しますと……このお二人は、実の兄妹なのですよ」

困った顔のまま、アオリーンが答えた。

「で、何でそれがこうなる? 仲が悪いのか?」

「いえ、仲は良好です。ただ、出会うとこうなることが分かっていたので、私がお互いのアバターネームだけを教えていたのです。GAOではそれぞれ思うように行動し、自分から会いに行くことはやめようと言っ

ていた、ということにして。同名のプレイヤーは他にもいましたし、それぞれがどういうプレイをしているのかも、今この時まで知らなかったのです」

　疲れた表情でアオリーンが溜息をつく。ジェイソン達も同様だ。あ、お前らは知ってたのな。

「よく分からんが。仲がいいのに、会ったらこうなるってのはどうしてだ？」

「団長のアバターは、現実のそれとはかなりタイプが違うのです。シーマ様も同様に」

「なるほど。だから、何て格好してるんだ、ってなるわけか」

　アオリーンの言葉から察するに、どちらも普段はきっちりした服装で丁寧な言葉遣いなんだろう。それがGAO内では正反対ときた。それに思うところがあるのは分かるが、それってどっちも、自分のことを棚に上げてないか？

「で、止めなくていいのか？」

「兄妹間のことですので。口を挟んでも止まるかどうか」

「ジェイソン達は？」

「あー、俺達はアオリーン様より立場が低いんだ……口出しなんて、なぁ？」

　困ったように首を振るジェイソン達。立場、か。しかもアオリーンにまで様付けか。ややこしそうな話だな。

　アオリーンとジェイソン達が、じっと俺を見る。何とかしてくれとその目が訴えていた。

「貸しだぞ」

　それだけ言って、俺は口喧嘩中の兄妹へと向かった。


　とりあえず往来での騒ぎを中断させて、俺達は入る予定だった店の一室に移動した。ジェイソン達は別の部屋だ。

　そこらのメシ屋とは比べものにならない、外観から期待したとおりの高級感ある個室の中、レディンとシーマが不機嫌な顔を合わせている。ちょうど、互いが今までどうGAOで過ごしていたかを確認し合ったところだ。

その間、ずっと丁寧口調だった。この二人、現実ではかなりいいとこの出なんじゃなかろうか。そうなるとアオリーンも同様かもしれない。

「お前らいい加減にしろ。大人げない」

睨み合ったままの二人に声を掛ける。このままじゃ何も始まらんだろうに。

「貴方には関係のない話です」

「分かりました」

レディンは冷たく言い放ったが、一方のシーマは頷いてくれた。その反応にレディンが目を丸くする。

「……随分と素直ですね？」

「フィスト様は命の恩人ですもの。そのお言葉を無視することはできませんわ」

澄まし顔のシーマから、俺へとレディンの視線が動く。刺すような視線ってのはこういうのを言うんだろう。

「フィスト。貴方、シーマと何があったのです？」

「崖から落ちてきたのを助けただけだ。それより、現実のお前らがどういう人間かは知らないが、今のお前らはレディンとシーマだろ。だったら、それを貫けよ」

はっきり言えば調子が狂う。いつもどおりでいてもらいたいもんだ。

「はぁ……わーったよ。これでいいんだろ？」

頭を掻きながらレディンが口から放ったのは、俺が知る彼の口調だった。

「すまねぇな、フィスト。みっともねぇとこ見せちまってよ」

「まったくだ。【自由戦士団】の団長様ともあろう男が」

「そう言わねぇでくれよ。それくらい、衝撃的だったのも事実なんだ」

嘆息し、レディンがシーマを見た。

「現実でのこいつを知ってりゃ、ビキニアーマーで賞金稼ぎしてるなんて夢にも思わねぇよ」

「それはこっちのセリフだっつの。兄貴がゴロツキの大将なんてよ」

「この言葉遣い。おふくろやばーさんが聞いたら泣くどころじゃ済まねぇっての。格好まで見た日にゃ即入院させられるぜ」

「その言葉、そっくり返す。鏡見ろ鏡」

またもや睨み合いを始める兄妹。お前ら、本当に仲いいな。

「重度のシスコンとブラコンか」

「違うっ！」」

思わず呟いてしまったところで息の合った反応が来た。視線だけをアオリーンに向けると、処置なしとばかりに肩をすくめる。

「ま、いいや。いずれにせよお前ら、現実のあれこれが嫌だから、今のプレイスタイルとロールプレイにしたんだろ？　だったらやりたいようにやればいいんだ。互いにそれを察してやれないわけじゃないだろ？」

「そうなんだけどさぁ……でも、やっぱ思うところがあるんだよ。あの兄様がこれか、ってさ。こんなにビルドアップして」

残念なものを見る目をレディンに向けるシーマ。それ、絶対ブーメランだからな。レディンの目も同じものに変わったのがその証拠だ。

どんなアバターをイメージしていたのか聞いてみたいところだが、リアルの詮索に繋がりかねないので触れずにおこう。どうせ会うこともないだろうし。

「それよりもメシにしないか」

そのために、俺はここにいるのだ。

見計らったようにアオリーンが部屋にあるベルを取って鳴らした。ほどなくして、料理が運ばれてくる。部屋に入る前にシーマが注文自体は済ませていたのだ。

「コースみたいに少しずつ順番に出すより、こっちの方が楽しそうだろ？」

鶏の丸焼き、ローストビーフ風のでかい肉塊、花のように盛り付けられた生ハムらしきものと温野菜等。豪快なものから美麗なものまで。テーブルの上に所狭しと料理が並んでいくのを見ながらシーマが笑う。ああ、テーブル一杯の料理ってのはあこがれではあるな。ＧＡＯだと腹一杯で食べ残すなんてこともなさそうだし。

飲み物も、何種類かの酒が持ち込まれていた。陶器に氷が満たされていて、そこに酒瓶が突き刺さっている。

どれから食おうかと迷っていると、シーマが料理を取り分けて、俺の前に置いてくれた。あちこちから取った割にはごちゃっとしていない。これがセンスというものだろうか。本人の外見はアレだが。

「他に欲しいものあるか？」

「いや、今はこれで十分だ」

「それじゃ、次は酒だな」

シーマが席を立ち、木製のカートに乗せられたままの酒を取りに行く。

「おいフィスト。シーマの奴、随分と上機嫌なんだが……お前、あいつに何をした？」

「何をって。さっきも言ったが、崖から転げ落ちてきたあいつを受け止めて助けた。その後は気絶したから寝かせておいた。それだけだ」

「本当に、それだけか？」

「逆に聞くが、何があれば今みたいになると思うんだよ？」

厳しい目を向けてくるレディンに、問い返す。目を覚ましてから俺にはずっとこんな感じだから、逆にレディンが知ってる普段のシーマが想像できん。

「それが分からんから、聞いたんだろうが」

ふてくされたようにレディンが頬杖(ほおづえ)をついた。そして、何かに気づいたように顔を上げ、俺に再度視線を向ける。何だそのジトッとした目は。

「いや、まさかな……」

「何が、まさかなんだよ？」

何やらレディンが呟くと同時、シーマが戻ってきた。酒瓶の先を指の間に挟んで一通り持ってきている。どれも飲んだことがない酒だった。ラベルも凝っていて、高価に見える。

「どれにする？」

「一通り飲んでみたいから、どれからでもいいぞ」

「そっか。それじゃ、これから飲んでみろよ」

俺に取り分けてくれた料理を見てから、シーマは持っていた瓶をテーブルに置き、一本を手に取る。料理に合う酒を選んでくれたんだろうか。

「それはいいが、レディンとアオリーンは放置か？」

ゴブレットに酒が注がれるのを見ながら聞くと、はん、とシーマが鼻で笑った。

「兄貴の世話はアオリーンに任せるさ。あたいがどうこうする必要はねーよ」

「シーマ様、あまり無視すると団長が拗ねます」

「誰が拗ねるかっ⁉」

アオリーンの言葉にレディンが吠えた。


店の雰囲気に似合わない騒がしい食事会になったが、料理も酒もうまく、満足がいくものだった。さすがに一人で来るには懐に厳しい店ではあるが、機会があったらまた来たいものだ。

第四三話　旅立ちの前に――

ログイン五〇回目。

アインファストを離れることに決めた。理由は、この辺りでしか狩れない獲物というのがいなくなったからだ。まだ遭遇していない動物や魔獣はいるが、この先にも生息している。

それに俺の場合、あくまで目的は食うことであり、必ずしも自分で狩らなきゃいけないという考えではない。自分で狩れなくても市場や狩猟ギルドで買えばいいわけだし。となると、アインファストよりは二つ先の街であるドラードの方が都合がいい。港町だから色々な場所から物が入ってくるし、魚も豊富だろうし。

とりあえずはツヴァンドまで出て、そこでしばらく狩りをしてから先のドラードへ、ということになるだろう。ツヴァンド近辺でしか狩れない獲物がいるかもしれない。

そのためには、やり残したことは片付けておかないといけないので、今日はアインファストの西の森へ来ている。目的は狩りではなく、採取だ。それも食べ物ではなく、薬草関係の。

先日、蜂蜜街スレでの集計が終わったようだったので、ポーションを作るための素材集めに来たのだ。取り纏められた病気持ち共の数はかなりのものだった。五〇人近かったんだぞ？　どれだけ遊んでるんだよまったく。

それはともかく森を行く。浅い部分は競争率が高いので、茂みの濃い、奥の方を目指した。

「そういえば、クインは珍しい植物とか知ってるのか？」

ふと気になって尋ねてみたが、それは意味がない問いだった。どんな植物が俺達にとって珍しいのか、クインが分かるはずもない。案の定、クインは首を傾げる。

「聞き方がまずかったな。クイン達も、植物とかを食べたりすることがあるのか？」

犬が草を食べるなんて話も聞いたことがある。狼がどうかは分からないし、ゲーム内の幻獣がそうなのかも分からないけど、GAOだからそういう習性があってもおかしくない。

この問いにはクインも頷いた。そして鼻を鳴らしながら移動し始める。その後に続いていくと、ある草の前で立ち止まった。ポーションの主原料である傷癒草だ。

「これ、怪我を治すために食べるのか？」

クインは頷いた。幻獣も、そういうのを知ってて利用してるのか。

その場から動いて、クインが傷癒草を鼻で差す。採れ、って言ってるんだろうか。ポーション作りには欠かせない素材ではあるが、

「ちょっとまだ、若いかな」

いつも採取する大きさまで育っていない。この大きさだといい素材にはならないだろう。

「この草は、これくらいの大きさまで育っているのが効果が高いんだ。どうしても必要な状況でもないし、大きくなるまでそっとしておいてやろうな」

手で幅を作って大きさを示してやると、コクコクとクインが頭を上下させた。

さて、クインにはクインの、植物に関する知識があるようだ。他にも役立つ薬草や山菜とかを知ってるかもしれない。

「他にも何か知ってる植物があるか？」

問うと、クインは尻尾を振って動き出した。

クインが知っていた植物は、特に珍しい物はなかったものの、俺にも有益な物だった。

お返しというわけではないが、途中で俺が見つけた薬草なんかは、その都度クインに用途を説明してやった。

更に俺が持ってる薬草を、クインに嗅がせて探してもらったりもしてみたが、これがなかなか高精度だった。俺より効率的に探せるかもしれない。それに、例えばマツタケとかトリュフとか、独特な匂いのある物も探せるんじゃないだろうか。もし実物を目にするこ

とがあったらお願いしてみよう。

マッタケとかトリュフとか、どんな味がするんだろうか。現実でも食ったことないんだよな。ＧＡＯ内のそれが、現実の物と同一とは限らないけど。

とにかく材料の調達はできた。これからポーション作りといこう。

開けた場所でかまどを組み、椅子とテーブルを取り出して作業台とする。有り難や【空間収納】。

屋外で作業をしようと思った理由は、クインがいるからだ。宿を借りての作業となると、その間はクインをほったらかしにしてしまうことになる。クインを屋内に入れることができる宿を俺は知らない。

その点、屋外なら何をはばかることもない。獣の襲撃があるかもしれないが、そこはクインにお任せだ。

集めた素材を乳鉢で磨り潰し、薬研で押し砕く。調薬用の鍋は一つしかないので、一種類ずつ作っていくしかない。今回作るのは三種類だ。とはいっても、前回試作した時の残りもあるので、足りない分を作ればいい。

手順を全て覚えているわけではないので、図書館で作った写本を確認用に置いてからの作業だ。

えーと、これとこれを煎じて、と。こいつはもう少し後で投入するから、その前にこれの準備をしておいて、ああ、その前にこれを潰したのを濾さなきゃいけなかったよな。

思ったより記憶には残っているもので、再確認をほとんどすることなく一つ目のポーションが完成した。あとは冷めるのを待ってから瓶に移すだけだ。今回は漏斗も準備したので作業も効率よくできるだろう。

クインは一応、周囲の警戒をしてくれているようだが、その視線はずっとこちらを向いていた。作業が珍しかったのかもしれない。

「ほら、クイン。おやつだぞ」

小腹が空いてきたので、【空間収納】から干し肉を出す。当然、クインにも投げてやった。

うむ、この容赦ない歯ごたえと、舌を刺激する塩と香辛料の辛さ。特別うまいと言える物ではないけど癖になる味というか。

「どうだ、うまいか？」

しゃぶって少しずつやわらかくしながら食べる俺とは違い、クインはあっさりと噛み切っていたが、あまり好みの味ではないようだった。微妙な表情で首を傾げている。これなら生肉をそのままやったほうがよかったかもしれない。

口直しというわけじゃないけど、鹿の生肉を投げてやる。すると、それをくわえるところまでは同じだったが、そのままこっちへと寄ってきて、かまどの火にそれを近付けた。おい、それは――

「ぎゃんっ⁉」

制止する前に風で火が煽られて、クインの鼻先を舐めた。慌てて飛び退くクインであったが、肉は地面へと落ちてしまう。

「おいおい、大丈夫か？」

驚いただけで火傷をした感じではない。ただ、毛がほんの少し、縮れてしまっている。クインの体毛は長めだから、なかなか愉快なことになってしまっていた。

「あー、もし焼いた肉が食いたかったんなら、今度は言え。それくらい、してやるから」

そう言ってやると、気まずそうにクインが顔を逸らした。まったく。

「ほら、念のためにポーションを使うぞ。それから、その毛も切ろうな」

さすがにポーションで毛は直らないだろうなぁと思いつつポーションを掛けてやる。やっぱり直らなかったので、ナイフで切って整えてやった。

ヒゲが何本か短くなったけど……まあ、また生えてくるだろう。GAOだし。


ポーションを作り終えてアインファストに戻り、まだ時間があったので挨拶回りをした。

まず最初に行ったのは、食肉解体場。食肉解体場の職員さん達は、挨拶に来たこと自体に驚いていた。解体を見学に行った時と、その後に解体用の道具についてアドバイスをもらいに行ったきりだったからだろう。

しかし今の俺の狩猟ライフがあるのは食肉解体場の皆

さんのお陰だ。

　次に自主訓練場へ。相手は勿論、教官殿ことパーキンスさんだ。教官殿は驚くことはなかったが、旅にあたってのアドバイスをいくつかくれた。スキルやアーツのことで新しい情報もくれたし、戦闘面でのサポートがとても有り難かった。

　そして、狩猟ギルド。

「なぁにぃっ⁉　アインファストを出るだとぉっ⁉」

　受付時間が終わるタイミングを見計らって挨拶すると、ボットスさんが目を見開いて迫ってきた。コワイ！　落ち着きましょう、ボットスさん！

「いや、まあ、異邦人だもんなぁ。ツヴァンド方面へ向かう奴らが増えてきたのは分かってたけどよぉ。そうか、お前も行っちまうのか」

　寂しげな顔で、しみじみと言うボットスさん。

「ボットスさんには色々とお世話になりました」

「何を言ってやがる。世話になったのはこっちだぜ。割り込みの件もそうだが、獲物の持ち込みもな」

　そういえば、あの件があってから、親しくしてもらってたんだっけ。

「ああ、そういやあの時の男。あれからしばらくしてから謝りに来たぞ」

「え、そうなんですか？」

　何だっけ、ブル何とかって奴だったか。逆恨みで闇討ちまでしてきた男が、どういう心境の変化があったんだろう。まあ、真人間になったなら、それに越したことはないけど。

「まあ、それはいい。いつ発つんだ？」

「特に急ぐわけじゃないですけど、一応、明日の予定です」

　挨拶回りの最後はコーネルさんの所だ。この後で行けば、明日ログインすると同時に動けるだろう。

「そうか。だったら、こっちに来な。クインも一緒にだ」

　そう言って、ボットスさんが作業場へと入っていく。よく分からないまま、クインを連れてそちらへと向かった。

　複数の獲物を解体できる大きな部屋。以前来た時と違って作業台がいくつか出されている。

　ボットスさんの指示で職員さん達が慌ただしく動いていた。作業台に布が敷かれ、酒樽がいくつも持ち込まれる。石を削って作られた排水路のような物が別の作業台に置かれたかと思うと、その中に炭が投入され、金網が被せられた。あれ、焼き肉用だろうか。

　見ている間にもあれこれと持ち込まれ、動きが止まった時にはそこに宴会場ができていた。

「えー、と？」

「急ごしらえで悪いが、お前の送別会だ」

「いや、その、何でそこまで？」

「騒ぐ口実ができたからだっ！」

　腕を組み、胸を張ってボットスさんが言い切った。職員さん達が喝采を上げる。おい……。

「ってのはまあ冗談だがよ」

「はあ……」

「真面目な話、お前に感謝してる奴は大勢いるってことさ。さっきも言ったが、割り込みの件だな。それから獲物を持ち込んでくれるのもそうだ。肉じゃなく、獲物をな」

　プレイヤーの仕様上、狩りで動物を倒してもドロップアイテムとしての肉や毛皮しか入手できない。それ自体が悪いわけではないんだろうけど、ギルドとしてはより大きな毛皮や肉を確保できる方がいいのだろう。

「それに、アインファストを守ってくれた異邦人として、ってのもある。お前より活躍した異邦人もいるんだろうし、当然そっちにも感謝してるけどな。よく知らねぇ連中より、見知ったお前への感謝の方が大きいのは当たり前だ」

　そこまで言って、ボットスさんはジョッキを手にして、酒樽の中身をすくい、差し出してきた。中身はエールだ。

　防衛戦で戦ったプレイヤーは俺だけじゃない。でも、狩猟ギルドを利用するプレイヤー全員が参加していたわけでもない。参加していたのがはっきりしている俺は、感謝を向ける相手として都合がいいんだろう。そういうことにしておこう。

　ジョッキを受け取る。空のジョッキはたくさんあるが、皆が飲む様子はない。俺が飲むのを待っているようだ。こういう会って全員に飲み物が行き渡ってから乾杯して始めるもんじゃないのかと思うのは、現代のそれに慣れきってるからだろうか。

ジョッキを一度掲げてみせて、口を付ける。途中で離さず最後まで飲みきって、空になったジョッキを逆さにして再度掲げてみせた。ドッ、と作業場内が沸き上がる。

「よーし、肉出せ肉！」

肉を持ち込んだ職員さんが、網に肉を置いていく。種類も豊富だ。職員さん達のテンションが上がっていく。

クインはやっぱり大人数は苦手なのか、用意されていた肉を適当にくわえて隅っこの方へと移動していた。

「おい、フィスト。猟師仲間が来たぞ」

別のジョッキをこちらに渡しながらボットスさんが入口の方を見た。こちらに手を挙げて入ってきたのは、馴染みになった近隣の猟師さん達だ。顔が赤いのが何人もいるから、他の店で飲んでいたんだろう。

「わざわざ呼びに行ったんですか？」

「おう。多分、もう少し来るぞ」

「ちょっと大袈裟じゃないですかね？」

呆れはしたが、声掛けで集まってくれたのは事実で。嬉しいような、こそばゆいような、そんな奇妙な感覚に戸惑いながらも、俺は歓迎の意を示すように手を挙げた。

第四四話　旅立ちの前に　二

ログイン五一回目。

結局、昨日は遅くまで飲んで終わってしまった。

ボットスさんら狩猟ギルドの面々にはとても惜しまれたし、顔見知りの狩人さん達も結構集まってくれた。

俺が食ったことのない動物の肉なんかも振る舞ってくれたし、狩人さん達からは干し肉等の保存食を餞別にもらったり。極めつきはツヴァンドとドラードの狩猟ギルドへの紹介状までくれたことだろうか。この人達の俺に対する好感度ってどこまで上がってたんだろうかと、嬉しかった反面、少し怖いくらいだった。

そんなわけで日が明けて。今日は最後にコーネルさんの所へ。本当なら昨日のうちに行くつもりだったんだけど、あの騒ぎと勢いに呑み込まれてしまったからな。

「こんにちはー」

コアントロー薬剤店を訪れると、今日は店主のコーネルさんが出迎えてくれた。

「いらっしゃいフィストさん。今日はどのようなご用件で？」

「ちょっと挨拶に伺った次第です。実は、アインファストを離れることにしました」

俺の言葉にコーネルさんは驚いたようだったが、そうですか、と頷いた。

「異邦人の冒険者でいらっしゃる以上、いつまでも留まってはいないと思ってはいましたが、それでも予想より早かったですね。しかし、わざわざそのために訪ねてくださるとは……ありがとうございます」

「いえいえ、コーネルさんには大変お世話になりましたから」

様々な薬やポーションの製作にアドバイスをしてくれたし、材料となる薬草類の調達にも力を貸してくれた。俺の【調薬】スキルが上がったのもある意味コーネルさんのお陰だ。

「それで、ですね。ここを出る前に、お願いがありまして」

「お願い、ですか。私でお役に立てることならいいのですが、どのようなことでしょうか？」

俺は【空間収納】を使って木箱を取り出した。小さな瓶が詰まったそれをカウンターの上に積み上げていく。

「これをここで取り扱ってほしいんです」

「ポーションですか？」

「はい、以前お話しした性病用ポーションです」

先日作り上げたポーションだが、あとは彼らに提供するだけとなったところで問題が一つ。どうやって提供するかということだ。

いちいち全員に売り付けるのは手間だし、ずっと供給し続けるわけにもいかない。それで俺の本来の活動ができなくなっては意味がないわけで。

そこで薬屋を頼ることにしたのだ。そして俺が信頼できる薬屋となると、コーネルさんの所以外にはあり得ない。

「今後、この店にこれを買いに異邦人達が訪ねてきます。俺はもうこの街を離れますし、彼らへの対応ができなくなるんです。そこでコーネルさんにこれらの販売をお願いしたいんです」

続けて俺は紙束を取り出す。

「それから、以前コーネルさんから聞いたことを踏まえた上で、これも受け取ってほしいんです。これらのポーションのレシピを」

「フィストさん……ですが……」

驚きから困惑へと表情を変えるコーネルさんに、俺は続ける。

「これらのポーションのレシピは偶然手に入れたもので、俺自身が苦労して調合を見出したものじゃありませんし、これによって誰かに不利益が生じるものでもありません。それに流れの冒険者が販売するより、正規の薬屋で販売する方が信頼性も増しますし、買う方も安心できると思うんです」

だから、お願いします、と俺は頭を下げた。ある意味、これは今まで世話になった恩返しでもある。大書庫で見つけた薬物関係の情報は確かに役立つものだったが、コーネルさんとの付き合いで得ることができたものも決して少なくはない。そして俺には、これくらいしかできることがないのだ。

「分かりました」

少し考え込んだようだったが、コーネルさんが首を縦に振ってくれた。

「頂いた調合法、有り難く使わせてもらいます」

「よろしくお願いします」

よし、これで販路の目処が付いた。掲示板を立ち上げ、俺は蜂蜜街スレに店の名と場所を書き込んでおいた。

「ところで、今日はローラさんとジャン君はどこに？」

「家内は今日は調薬師ギルドの方で事務をしていまして、戻ってくるのは夕方になりますね。ジャンは遊びに出ていますが、いつ戻ってくるか」

あの二人にも挨拶しておきたかったんだけど、いないものは仕方ないか。

「じゃあ、よろしく伝えておいてください。それと、いくつか欲しい薬草があるんですけど」

使った薬草は補充しておかないとな。

「ええ、どうぞ。このポーションは買い取りということで、好きな物を持っていってください。差額は後ほど精算ということで」

性病用ポーションの詰まった木箱を叩いて言うコーネルさん。別に高価な薬草が大量に必要ってわけでもないけど、釣りがゼロになるくらいで調達しておくか。

さて、必要な薬草は、っと——ん？

薬草の物色を始めようとした時、店に入ってくる者がいた。数は四。ここは薬屋だから客が来ることは珍しい話じゃない。それでも俺が手を止めたのは、入ってきた四人が全員、フード付きのマントを纏っていたからだ。フードを目深に被って顔がよく見えない。ただの客や冒険者なら放っておくが、何というか異常な雰囲気を持っていた。鬼気迫るというか逼迫（ひっぱく）しているというか。ここまで走ってきたんだろうか、息も荒い。

「い、いらっしゃいませ……何をお求めでしょうか？」

一応は客ということで接客するコーネルさん。

ぼそり、と一人が呟いた。男のようだが声が小さくて聞こえない。薬草を選ぶふりをしながら【聴覚強化】を発動させて聞き耳を立てる。

「あの、何をお求めです？」

コーネルさんも聞き取れなかったのか、再度促す。

「せ……性病用のポーションが入荷したと聞いてきたんだが……」

「蜂蜜街スレの住人かよっ⁉」

スレに書き込んでまだ数分しか経過してないぞ⁉　常駐してたのかっ⁉

思わずツッコミを入れてしまった俺の声に反応して、びくりと震えながらフード達がこちらを見た。うわ、気まずいな……。

「すんません！　ポーションくださいっ！　性病用っ！」

そこへ別の客――プレイヤーがやって来た。こいつは顔を隠そうともせずにオープンって、こいつ、この間のモルモット勇者じゃねぇかっ！

「何でもう別の病気をもらってんだよ⁉　早すぎだろう お前っ！」

そしてやっぱり反射的に叫んでしまった。性勇者がこっちを見る。

「お前、確か中型魔族をワンパンで倒したっていうフィスト……ん？　その声どこかで……」

あぁ、あの時の俺はマントのフードで顔を隠してたっけ。

訝しげな顔の性勇者が他の客を見て、コーネルさんを見て、カウンターのポーションを見た。そしてコーネルさんに視線を戻し、ポーションを指した後でその指をこちらへ向ける。頷くコーネルさん。あ、やばい、ばれるなこりゃ。

「貴方が救性主だったのかっ！」

突然、性勇者が土下座した。

「神よっ！」

「ありがとう！　ありがとうっ！」

フード共も性勇者が何を言ってるのか理解したのか、土下座したり膝をついて俺を拝んだり――

「やめろ恥ずかしいっ！　店の迷惑になるから騒ぐ

なっ！」

ちくしょう、忘れないうちにとすぐに書き込んだのがまずかった。一日くらい空けるべきだった……。

「大人気ですね、フィストさん」

「やめてくださいコーネルさん……」

生温かい視線を送ってくるコーネルさんに、肩を落として答える。あー、こうなったもんは仕方ない……。

「とりあえず薬はこの店で販売してもらえることになった。俺はアインファストを離れるけど、これでお前らの性活に不自由が出ることはないはずだ。それから！」

これだけは念を押しとかなきゃならない。

「スレで俺の名前を出すなよ！　絶対に出すなよっ⁉　フリじゃなくてガチだからなっ⁉　もしも出したら、ここでのポーション販売を中止してもらうからなっ⁉」

ここまでやっておいて何だが、こんなことで知名度を上げたくない。他の調薬師プレイヤーに詮索されるのも面倒だし、何より色々と誤解されかねない。

「しかし、神よ。貴方の偉業は――」

「神じゃねぇっ！　俺を神とか救性主とか呼ぶなっ！　俺は一レイヤーだっ！」

フードその一の言葉を遮って叫ぶ。つか、大袈裟すぎるだろうよっ⁉　どんだけエロに情熱傾けてるんだお前らっ⁉

「あー、分かった、フィスト殿。貴方の名前はスレでは決して出さないことを誓うよ。だが、貴方が俺達にとっての救性主であることは変わりないんだ。それだけは覚えておいてくれ」

いや、忘れたい。今すぐに。

真剣な顔で訴えてくる性勇者から顔を逸らし、俺は大きく溜息をついた。

薬草類を調達し、紳士共には重ね重ね言い含め、俺はコアントロー薬材店を出た。

その後は市場で食材を買ったり、旅に必要な物資を購入して今に至る。定番のティオクリ鶏の屋台へ立ち寄るのも忘れない。しばらく食えなくなるから、しこたま買い込んだ。

「クイン……俺、もう疲れたよ……」

街を歩きながら、隣を歩く相棒に語りかける。当然、クインからの返事はないわけだが。

でもまあ、気を取り直していかないと。でないと勿体ないってもんだ。

さて、今回の旅については、駅馬車を利用せずに行くつもりでいる。つまり徒歩だ。

三日も歩けばツヴァンドには着く。ということは当然途中で夜になるし、野宿も必要になる。街の中とは違い、道中は危険も伴うだろう。獣が寄ってくるとか、盗賊が襲ってくるとかが実際にあるようだ。以前は駅馬車で駆け抜けたのでそういうのはなかったが、今回は想定しておくべきだろう。それもまた、旅の醍醐味だと割り切ろう。

アインファストの南門が見えてきた。ツヴァンドへ向かう人達はこの門から旅立っていく。プレイヤーらしい集団も住人達も数が多い。俺と同じように歩いて行くプレイヤーもそこそこいるようだ。いや、南の平原で狩りをするプレイヤーがほとんどか？　ストレージがあるから、格好だけじゃ狩りなのか旅なのか判断できないか。

「よし、行くか、クイン」

さて、どんな旅路になるのやら。楽しみだな。

第四五話　旅路～一日目朝～

　空は快晴、吹く風は心地よい。昼寝したら気持ちいいだろうなと思いながら俺はクインと街道を歩く。

　街道といっても舗装されてるわけじゃないが、地均しはされているので馬車の往来にも支障はない。馬用の道の両端が歩道になっていて、俺達はそこを歩いている。確か昔のローマの街道もこんな感じになってたんだっけか。あっちは舗装もされてたはずだけど。

　何台もの馬車が人や物を乗せて俺達を追い抜いていく。時間帯が時間帯なので、アインファストへ向かう馬車とすれ違うのは当分先だろう。

　街道を行く人の数は、思ったよりも減った。南門に集まっていたプレイヤーのほとんどは、そのまま狩りに行ったみたいだ。こっち側には馬や牛が出るらしいしな。牛の方は白黒模様のあれではなく、気性が荒いバイソン系のもっさりした姿の奴らしいけども。うむ、毛皮に肉と、おいしそうな獲物だ。あと、こいつも剝製で人気があるとかボットスさんが言ってたっけ。

「もし馬や牛を見つけたら狩ろうな、クイン」

　のんびりと歩きながら相棒に語りかけると、尻尾を大きく揺らした。そうかそうか、お前も食いたいか。食いたいよな。馬はそのままとして、バイソンの剝製は……まぁいいか。あの大鹿に匹敵する大物なんて、出てくるはずないし。


　自分の歩く速度は速い方なんだろう。結構な数の旅人を追い抜いてきた。こうして見てみると、プレイヤーはともかくとして、住人の旅人達の装いも様々だ。ただ共通しているのは武器を携行していることだろうか。戦いが得意そうに見えない女性ですら小剣や短剣を持っていた。気休めにしかなりそうにないけど、やっぱり危険は付きものという認識でいるんだろう。

　そして、通り過ぎる時に耳に入ってきた会話から察するに、顔見知りではない旅人同士で小集団を形成しているようだった。これも危険を避けるための対策なんだろうなと思う。質のことを挙げればキリがないが、一人より二人、二人より三人の方が襲われにくくなるだろうし、護衛を雇うなんて余裕は一般の人にはそうそうないだろうから。

それにこうした出会いが今後も繋がったりすることもあるかもしれない。さっき通り過ぎた時の行商っぽい人は、商品の売り込みとかもやってたし。

うん、そういう旅路も楽しそうだよな。進行速度が合えば、だけども。生憎俺もクインも健脚だ。それに急ぐ旅ではないにせよ、途中で好き勝手に狩りとかするなら、彼らと一緒にというわけにもいかない。牛を諦めればあるいは……いや、しかしそれは惜しいし。

そんなことを考えながら歩いていると、前方に人だかりが見えた。人だかり、というのは語弊があるか。何か、進行速度が落ちているような感じだ。前がつっかえて渋滞しているというか。

そう時間をかけずに集団へと追いつく。原因はすぐに分かった。数は一〇人か。歩行者用の道一杯に広がって歩いてる一団があった。一部は馬道にはみ出してすらいる。本人らは楽しそうだが、はっきり言えばやかましい。こいつらが邪魔で、他の旅人が前に進めないでいる。

街道といっても道の外が歩けないというわけじゃないので、避けて通れば問題ないいんだが、何をとち狂っているのか手にした武器をおもちゃのように振り回したりしてチャンバラごっこをやっている。結構派手に動いてるので、大きく迂回しないと偶然でもこっちに武器が当たるかもしれない。何故かって？　こんな状態になってなお、あいつらは渋滞の原因になっていることに気付いてなさそうだからだ。

ふざけ合うのはいいが時と場所くらい考えてほしいものだ。口調といい態度といい、何より聞こえるのが日本語なのでプレイヤーだ。狩猟ギルドでの件とか、コーネルさんの所での件とか、何かこういうのばっかり遭遇する気がする……俺、何か悪いことしたかな？

誰かが注意してくれるだろうかと思ったが無理そうだ。今ここにいる旅人は、全員一般人っぽい。傭兵の一人でも交じってれば一喝してくれただろうに。仕方ない、か。

俺は断りを入れながら旅人達の間を抜けて前に出た。

「すまないが！　道をあけてくれないか」

そしてそのまま、小集団へと声をかける。こちらに確実に気付くように大声で呼びかけ、意識がこちらに向いたところで普通の音量に戻して訴えた。足を止めた連中が訝しげに俺を見る。

「なに、あんた？」

「見てのとおり、旅の途中の者だ。先に進みたいんで道をあけてくれないか」

邪魔だ、とははっきり言わないでおく。過敏に反応して因縁つけてくるかもしれないしな。いや、現時点でもその可能性はあるんだけど。

「人を邪魔者みたいに言いやがって……気に入らねぇな」

はい、駄目でした。革鎧を着た男が一人、こちらを睨み付けてくる。何でこう、喧嘩腰かね？　こりゃ何を言っても駄目だな。方針変更だ。

「邪魔者みたい、じゃなくて、邪魔なんだ。お前達が道一杯に広がってじゃれ合ってるせいで通れないんだよ」

一応、馬道は歩いてはいけないということになっている。交通量は多くなく、馬車がすれ違えるほどに広くは作ってあるが、速達の郵便馬が全力疾走することもあるからだ。だから徒歩の人達は歩行者用の道を歩く。それが自分達の身の安全のためでもあると知ってるから。

一方で、歩道一杯に広がって歩いてはいけないという決まりはどこにも明文化されていない……と思う。でもそんなことをする住人はいない。

「喧嘩売ってんのか？　あぁ？」

「売ってるのはお前らの方だろう。俺達はお前達が道を譲ってくれればそれでいいんだ」

なぁ、と後ろを振り返る。当然、足止めされていた他の旅人達だってこの状況に甘んじていたいわけじゃない。きっかけさえあれば、当然自分達の意志を示す。それでも無言の圧力というのは伝わったようで、渋々ながらもプレイヤー達が道をあけた。ほとんど武装はないとはいえ、人数はこちらの方が多いのでびびったんだろう。だったら最初から粋がるなって話なんだけど。

俺は頷くことで旅人達を促す。会釈して、あるいは感謝の意を言葉にして、旅人達は通り過ぎていった。

あっという間に渋滞が解消する。遅れた分を取り戻すためか、あるいは早々に離れたいのか、結構早足で旅人達が去って行く。

よし、全員通り抜けたな。それじゃ俺も――

「待てよ！」

行こうとしたところを呼び止められた。こうも予想どおりの行動をしてくると笑えるな。本当に笑ったら火に油を注ぐことになるけど。

面倒くさいんだが振り向いてみると、不機嫌一色の顔が並んでる。気に食わないんだろう。でもな、それはこっちも同じだ。

「よくも恥をかかせてくれたな、えぇ？」

まるでチンピラのように凄んでみせる男達。その後ろでは女達が無駄に煽り立ててるのが見えた。

「恥は今まさに、現在進行形で、かいているまっ最中だろう？」

言ってやったが意味が分からないのか、は？ と訝しがるチンピラ達。

「数で劣ってるうちは大人しくしといて、相手が一人になった途端にコロッと態度を変えるその性根こそが恥だろうに」

注意をした時点では恥をかかせたつもりはない。馬鹿を晒していたことを自ら恥じたというなら話は別だが、そんな殊勝な考えはこいつらにはないだろう。単に言い負かされたことを、旅人達に屈した（と思い込んでる）ことを、勝手に恥だと解釈してるだけだ。

「死にてぇのか、あぁっ⁉」

男達が手にした武器を見せびらかすように構える。さっきも思ったが、街の外とはいえ往来で武器を振り回すことをこいつらはどう考えてるんだろうか。

思わず溜息をついてしまった。馬鹿にされたと思ったのか、男達の不快なにやけ顔が怒りのものへと変わる。まったく、面倒な。

「武器をこっちに向けてる時点でやる気満々じゃないか。言い負かされた憂さ晴らしのために武器を向けるとか、恥ずかしいと思わないのかお前ら」

「ごちゃごちゃうるせぇっ！　調子に乗ってると痛い目に遭わすぞコラ！」

「何だ、お前ら犯罪者志望だったのか？」

　簡単に痛い目に遭わせるとか言いやがって。それがどういう意味を持ち、どんな結果を引き起こすのか分からないんだろうか。

「俺に危害を加えたら、お前らのやったことを役人NPCに言うぞ。そうすりゃその時点で当事者は賞金首になる」

　実際は喧嘩程度の争いだと注意くらいで済むことがほとんどらしいが、正式に犯罪として取り扱われる可能性はゼロじゃないので嘘は言ってない。

「それにPKをした時点でそいつが賞金首になってしまうのは承知の上だろう？　当然、その後で賞金稼ぎの住人やプレイヤー達に命を狙われることになる。その覚悟があっての『死にてぇのか』なんだろうな？」

　住人相手ならともかく、プレイヤーの殺害に関しては、正当防衛でない限りはそれが成立した時点で賞金首認定されることが確定している。つまり俺がこの場でこいつらの中の誰かに殺されたなら、その瞬間にそいつは賞金首になるのだ。

「街に入ることもできなくなるし、賞金首として討伐されたらペナルティがでかいぞ？　最低ランクの五級賞金首でも戦闘系スキルのレベルと所持金は半減するし、ステータスもダウンする。一時的じゃなく、永久にだ。おまけに一定期間ログインすらできなくなる。それを理解した上でなら好きにするといい。だがその場合、俺は全力で抵抗するがな」

　ガントレットを打ち鳴らし、威嚇してやる。まぁ、ここで襲ってはこないだろうけど。そこまでの度胸があるようには見えんし。数が多いから粋がってるだけのガキ共だ。

　一瞥（いちべつ）するも、やはり掛かってくる様子はない。言いたいことはないわけじゃないが、これ以上はやめておこう。正直なところ、ガキの相手をするのは疲れる。

今後、どこかでまた住人やプレイヤーに迷惑を掛けているのを見かけたら、その時はその時だ。このまま調子に乗ってれば、いずれは荒っぽい連中とトラブって痛い目を見るだろうし、今回の件で少しは考えてくれればいいな。

さて、それじゃ俺も行こうか。そう思ったところで。

「きゃあぁぁぁぁっ⁉」

突如、悲鳴が響き渡った。そして吹っ飛んでいく女プレイヤーが見えた。おー、よく飛んだなぁ……じゃない。即座に思い当たった原因に目をやると【暴風の咆哮】をぶっ放したクインがいた。

しかし一体何があった？　クインが分別なしに人を襲うなんて考えられないんだが。

「どうした、クイン？」

問うと、不機嫌そうなクインがこちらを見て、顎を上げた。そこにあるのは俺が買ってやった、紫水晶のペンダントトップが付いた首輪。そして、何やらキラキラと輝く光の輪のようなもの。それは魔力の光で、光はさっき吹き飛ばされたプレイヤーへとうっすら伸びていたが、次第に消えていく。あの女がクインに何かしたのは間違いなさそうだ。

ただ、何をされたんだろうか。特に異常が見られるわけでもないし。

困った時のログ頼み。設定変更してログ表示をオンにし、俺はクインのログを見てみる。

今更だが、俺はクインとパーティーを組んでいる形になっている。ＧＡＯではイベント云々は関係なく、ＮＰＣともパーティーを組めるのだ。動物と組めるのかは疑問だったが、クインは自分の意志で参加を了承し、システム的にそれは受け入れられたので問題ないようだ。

で、パーティーを組んでいると、パーティーメンバーに起こった事柄はログ表示されるようになる。だからそれを見れば、クインに何が起こったのか分かるはずだ。

ログにはこう記されていた。

クインは【テイム】を受けた

クインは【テイム】に抵抗したか？

……まさかあの女、クインをテイムしようとしたのか？

確かにクインはNPCだ。マーカーはNPC表示のままで、テイムアニマルのように色が変化してはいない。そういう意味では野の獣と同じだ。

でもな、クインは首輪もしてるし、腕輪だってしてる。実質はともかくとして、明らかに野生であるようには見えない。にもかかわらず、あの女は俺が連れていたクインをテイムしようとした。正気か？

「てめぇ、よくもやってくれたなっ⁉」

吠える連れを無視して、俺は吹っ飛ばされた女に近づく。クインも俺に続いた。

仲間に助け起こされていた女が、こちらを憎々しげに見る。

「何すんのよっ⁉」

そして第一声がこれだった。

「何すんのよじゃないだろう。他人の持ち物である動物にテイム仕掛けるとかどういうつもりだ？」

後ろからクインに腰を突かれたがとりあえず無視だ。いちいち突っ込まなくても分かってるから。お前は誰の物でもないよ。

「はぁ？　そいつ誰のテイムアニマルでもないじゃん！　何わけのわからないこと言ってるわけ⁉」

おいおい、誰の物でもないって思ってるなら、俺に文句言ってる時点でおかしいだろう。俺がやらせたと思ったから俺に文句付けたんじゃないのか？　そっちこそわけが分からんわ。

「マーカーはNPC表示でも、首輪と腕輪を着けた動物が、誰の庇護下にもないなんて本気で思ってんのか？　というより、プレイヤー以外のテイムアニマルは全部NPC表示だろうが。まさか、今までも他の住人の動物を強奪したりしてないだろうな？」

プレイヤーのいないキャラクターは全てNPC。GAO運営の意見は変わっていない。テイムアニマルとして表示が変わるのは、プレイヤー支配下の動物だけで、NPC支配下の動物はマーカーが変化することはない。テイムするってことはこいつは【調教】スキルを持ってるんだろうけど、それを知らないんだろうか？

「今お前がやったことはな、首輪を着けて歩いてる犬猫を、飼い主の前から勝手に自分の家に連れ帰るのと同じことだ。リアルに照らし合わせるなら……動物泥棒だな」

法律では動物はもの扱い、と聞いたことがあるので、そんな感じだろう、多分。迷子の動物を保護するのとは明らかに違うのだ。俺の言い方が合っているかどうかは分からないが、こいつらにそれを判断する頭はないだろう。泥棒、って部分が強調できてればいい。

しっかし、遭遇してすぐの動物をいきなりテイムしようとするかね、普通。テイムの条件は色々あるみたいだが、その動物が相手を認めるかどうかが重要らしい。それが愛情による信頼関係でも強さによる順位付けでもいいわけだが。

で、今回の場合、クインとさっきの女に信頼関係などあるわけがなく、力を見せ合ったわけでもないので順位付けができるはずもない。クインにしてみれば顔を合わせるなり『つべこべ言わずに屈服しろ』と言われたようなものだろう。そして当然、女王様がそんな命令に従うわけがない。

「自分が使ってるスキルの特性くらい理解してから使え。今のお前がこいつをテイムしようとしても一〇〇パーセント無理だ。で、お前らはこの泥棒女の片棒を担ぐつもりか？」

俺達を取り囲んでいたプレイヤーを一瞥する。さすがに先に手を出したという気まずさはあるのか、何も言わない。

これでカタが付いただろうと、俺はクインを連れて踵を返した。はぁ、疲れた……。

一応【気配察知】で探ってみるが、後ろから俺達をどうこうしようという動きは見られない。できればこれ以上あんな連中に関わりたくない。そう思ったのに、

クインは【テイム】を受けた

クインは【テイム】に抵抗した

まだ閉じていなかったウィンドウに、どこかで見たようなメッセージが新たに表示された。俺は足を止める。クインも低く唸りながら足を止めた。あの女、本当に人間なんだろうか。脳の代わりにプリンでも詰まってんじゃないのか？

「独りで大丈夫か？」

問いに答えず、クインが後ろを向く。システム上、俺があいつらに攻撃するとどういう判定を受けるか分からない。パーティーメンバーが攻撃を受けたようなものなんだから、正当防衛は成立すると思うんだが……確かめる時間もないしな。後で運営に問い合わせてみるか。

もう、いい。自業自得だ。

「お前の意志で、お前の好きなようにしろ」

そう言って一呼吸おき、俺も振り返る。その時には既に、クインは調教女の腕にかぶり付いていた。

空は快晴、吹く風は心地よい。しかし気分はあまりよくない。

結局あの後、クインは調教女の腕に噛み付いたまま散々に引きずり回し、地面に叩き付けた。連れのプレイヤー達はクインの速さに追いつけず、調教女は泣き喚いていたが最後に頭を噛み砕かれて散った。やりすぎ、だとは思わなかった。クインも相当ご立腹だったみたいだ。

あんまりマナーがどうとか言いたくはないが、明らかに度が過ぎてる奴がいる。俺が遭遇したのはそういう一例で、実際はあちこちで同じようなことが起きてるのかもしれない。プレイヤー間で馬鹿をやるのはどうでもいいが、住人には迷惑をかけないでほしい。

さっきの連中はどうするんだろうか。死に戻った調教女と合流するのか、それとも無視して先へ進むのか。願わくば、二度と顔を合わせたくない。

「一日目からこれじゃ、先が思いやられるなぁ」

せっかくの旅だというのにテンションが下がる。まったくどうしたものか。

「ん、どうしたクイン？」

ふと、クインが立ち止まった。鼻をヒクヒクさせながら道の外へと向けている。

この辺りはひらけているとはいえ、なだらかな丘の間を縫って街道が通っている。クインが向く先にも特には何も見えないんだが……丘の向こうか？

道を外れてそちらへと向かう。クインは先行していたが、丘の頂に近づいたところで身を低くし、ゆっくりと動くようになった。俺も近くまで行くと身を屈め、そっと様子を見る。

丘の向こうには群れがいた。薄茶の体毛をしたバイソンのような動物の群れが草を食んでいる。【動物知識】で確認すると、ファルーラバイソンと出た。しかし何だ、俺の知ってるバイソンと違う。特に頭の毛がすごい。まるでアフロだが、重要なのはそこじゃない。

「……肉！」

まだ狩って食ったことがない、牛系の動物。特殊個体はいなくても、そこそこ大きい奴が何頭かいる。ただ、身を潜める場所がないから近づくのは難しいだろうか？

「クイン、足止め頼めるか？」

問うと、尻尾が背中を叩いた。任せろ、ということだろうか。

「よし、頼む。今晩はバイソン肉だぞ」

クインが一気に飛び出した。翠玉色の毛色が草原に対してカムフラージュ効果を得たのか、バイソンまでの距離を半分以上走破したところでバイソンが頭を上げた。混乱する群れの中からクインは一番大きい個体を選んだようだ。そいつは暴風狼に追いやられ、こちらへとやって来る。

よし、狩りの時間だ。テンション上がってきた！

第四六話　旅路～一日目夕方～

日が低くなり、空が橙に染まっていく。うーん、すごく綺麗だなぁ。記念に写真を一枚、と。

今の俺は街道沿いにいくつも設けられている休憩所の一つにいる。高速道路のサービスエリアみたいなものだ。とはいえ、建造物の一つすらなく、あくまで水が確保できるだけのキャンプ場、といった感じだ。それでも水があるだけで、野営する人には大助かりなわけで。

これから日が落ちるとこちらの世界は闇の時間だ。たいまつや魔法の明かりだけで進むには心許なくなる。それに獣達の動きが活発になる時間でもあった。危険を避けるため、そして休息をとるために、旅人は滅多なことでは夜の旅は行わない。

そんなわけで俺も他の旅人達の中に交じって野営の準備中だ。

かまど用の石をストレージから取り出して組み上げ、薪を取り出して設置。それからおがくずを少し盛り、火口箱から火打石と火打金を取り出して打ち合わせる。何度かやっておがくずに火花を散らせ、点いたところで息を吹いて火を大きくし、細く裂いた木切れを加える。木切れが燃え、薪に火が燃え移る。よし、かまど完成。

調理セットの携帯コンロならもっと簡単に火をおこせるんだが、野外で火を点ける時はいつもこうしている。手間を楽しむためだ。ちなみに普通のプレイヤーがこれをやるとかなり苦労するらしいと掲示板のサバイバルスレで見かけたことがある。魔術師なら発火の魔法とかで簡単らしいけど。

ちなみに火打ち石の打ち方は、リアルで爺さんに教えてもらった。木の棒をこするやり方もやったことがあるが、俺はあれはうまくできなかったんだよな。マッチやライター、ファイアスターターの有り難みが幼少の頃ながらよく分かったなぁ。でもその苦労を、今は楽しんでるんだから、おかしな話でもある。

「あの、すみませんが」

今晩の献立を何にするかと考えていると、旅人さんがそばに来た。年齢は二〇代半ばといったところの女性だ。ちょっとふっくらとした、美人ではないが可愛い系の人だった。

「どうかしましたか？」

「よろしければ、火種を頂けないでしょうか？」

ああ、あっちも野営の準備か。ふと後方を見ると、こっちに視線を送る男性と子供が一人。この女性の連れだろう。

「ええ、どうぞ」

俺は火が付いた薪を一本抜いて、女性に手渡した。礼を言って女性は俺に一本の薪を差し出してくる。頷き、それを受け取ってかまどに投入する。この程度の助け合いはごく当たり前のことだ。野営地ではお互いに助け合えと教官殿も仰っていたし、こういう助け合いはリアルでキャンプをした時にも経験済なので全く抵抗はない。

鍋に麦と水を入れて火に掛ける。麦は大麦だ。ゲームの中でも米的なものを食いたいという欲求から、市場で買ったものだった。つまり麦一〇〇％ご飯である。これに、アインファストを出る時に思わずその場で焼いてるのを全部買い込んでしまったおやっさんの屋台のティオクリ鶏をおかずにする。あとは野菜を塩で茹でよう。

飯盒炊さんや釜炊きの経験もあるので鍋で飯を炊くのも苦にならない。あ、箸がなかったな。後で薪を削って作るか。

野菜も切って、別の鍋に掛ける。さて、それじゃバイソンの解体に移ろうか。

「クイン、誰か来たら――って、どこ行った？」

気付けばクインの姿がない。あちこち見てみたら、川向こうの森から大きめのチャージラビットをくわえたクインが姿を見せた。とっとこっちへ駆けてくるクイン。それに気付いた旅人達が慌て、武器を手にする者達も出たが、クインが俺のそばに来てチャージラビットを離したことで危険はないと判断したようだ。

ここまで近づけば装飾品も見えるしな。

「クイン、ちょっと作業に入るから、人が来たら教えてくれな」

精霊魔法を使い、土の壁を三方に形成し、周囲から見えないようにする。ちょっと広めに空間を確保しておいた。他の野営者には迷惑になるかもだが、これからすることを晒すのもちょっと、ということで。多分、プレイヤーほどの忌避感は持たないだろうけど念のためだ。

ストレージから取り出したのは途中で狩ったファルーラバイソンだ。狩ったその場で解体せずに後回しにしていた。

壁の向こうからバリバリと咀嚼音が聞こえてくる。晩飯の前のおやつですね分かります。

んじゃま、こっちはこっちで始めるとしますか。


「ノーッ!?」

気付いた時には遅かった。何か焦げ臭いなと思って作業を中断してみたら、大麦を炊いていた鍋から煙が出ていたのだ。

慌てて蓋を開けると焦げた臭いが広がった。どうも底の部分が焦げているようだ。おこげってレベルじゃないなこりゃ……。

一旦火から取り上げて、木製のへらでかき混ぜてみる。底の方は真っ黒け、上の方もほとんど炊けていないというか生煮え状態だ。おかしいな、水加減は完璧だったはずなのに。

炭化した部分を排除しながら原因をウィキ先生に求めてみた。麦飯で検索してみたところ、麦は米より炊く時の水分が多く必要らしい。あぁ、そういうことか。そりゃあ米を炊く水分じゃ足りないよな。麦だけで炊いたのは初めてだったからなぁ……下調べをしておけば良かったか。

炭になった麦を火にくべて、残った麦を見る。このまま捨てるのは勿体ないよな……。

「よし、メニュー変更」

俺は無事だった麦を、野菜を茹でていた鍋に投入した。それから携帯食である干し肉をいくらかちぎって追加する。麦飯じゃなくて麦粥（むぎがゆ）になるだろうけど仕方ない。食べ物は大切に、だ。どんな味になるか予想が付かないが、食えないことはないだろう。

「クイン、変な臭いがしたら次は教えてくれるか？」

そこまでクインに求めていいものかとも思ったが、クインは頷いてくれた。よしよし、解体途中だがモツをやろう。存分に食らうがいいさ。


辺りはそこそこ暗くなってきたが、かまどや暖を取るための火で野営地の中は比較的明るくなっている。あちこちで食事をしている光景が見えた。

解体は無事に終わった。後片付けをして、剥いだ皮は土壁に掛けておく。さて、それでは肉だ。せっかく狩った肉を食べないのはバイソンさんにも申し訳ない。ティオクリ鶏をおかずにする予定だったが、解体しているうちに気が変わった。次の機会にして、今晩はバイソン肉祭りといこう。

バイソンの内臓はいくらかクインにやったが、結構な量が残ってる。ホルモン焼きとかいけそうだが、今日のところは普通に肉だ。

熱した鉄板に脂をひいて、まずは取れたてのレバーをスライスしたものを焼く。それからバラと肩ロースだ。

肉の焼ける匂いはたまらない。こうしてるだけでも口の中に唾が溜まっていく疑似感覚が湧き上がる。クインも上機嫌に尻尾を振っている。こいつ、生でも普通に食うけど、焼いた肉も結構お気に入りになったようだ。こればかりは人間の手を介さないと食えないしな。

早く焼けないかなとソワソワしながら見守っていると、複数の足音が近くで止まった。顔を上げるとそこにいたのは三人の男だ。装備は革鎧や金属鎧とまちまちだが、人相は悪い。一人は眼帯、一人はモヒカンだし、一人は左頬に大きな火傷がある。道中で出くわしていたら野盗だと判断したかもしれないくらいにはコワモテだ。というか、この世界にモヒカンってあったのかよ。

「よう、兄ちゃんよ。いいもん持ってんじゃねぇか」

リーダー格の、右目に眼帯をした男がニヤニヤ笑いながら話しかけてきた。その視線は鉄板の上の肉に注がれている。

「うまそうな匂いを撒き散らしやがってよぉ。こちとら保存食で細々やってるってのになぁ」

やれやれ、とモヒカンが溜息をついた。しかし視線は鉄板だ。

「いやぁ……羨ましいねぇ……」

金属鎧の火傷男が唾を飲み込みながら以下略。

周囲の旅人達が不安げにこっちを見ているのが分かる。普通に考えたら俺に絡んでるようにしか見えないしな。はぁ、飯の前に荒事か……。

「で、何の用だ?」

肉をひっくり返しながら、一応聞いてみる。気構えだけはしておこう。

「へっへっへ……分かってんだろ?」

眼帯男が腰に手をやった。来るか？

「どうだい、いくらか譲っちゃくれねぇか?」

しかし予想に反して、眼帯男が取り出したのは剣ではなく財布であろう革袋だった。まぎらわしいんだよお前らっ！　強盗かと思ったじゃねーかっ！　いや、見た目で判断した俺が悪いんだろうけどさっ！

「そりゃ構わんけど、どの部位がいるんだ？　部位によって食い方とか違うぞ？　それにお前ら、調理器具は?」

「いや、焼いたやつを譲ってもらおうと思ったんだが……色々あるのか?」

「そりゃあ……」

俺は土壁に掛けてあるファルーラバイソンの毛皮を指した。

「一頭丸ごとあるからな」

「こいつを狩ったのか。すげぇなお前。傷もねぇみてぇだし、こいつはいい値で売れるぜぇ」

モヒカンが感心したように毛皮を見ている。へぇ、そういうの分かるのか。意外だ。

「つっても、俺ら、肉に詳しいわけじゃねぇからな。適当でいいんだが」

「そっか。それなら、今焼いてるやつをやるよ。お代は……そうだな、ただ焼いただけだし、皿ひと盛りで五〇ペディアだ」

「五〇？　こんな場所で出すにはちょぃと安すぎじゃないか？」

「おう。もうちょっと出すぜ？」

火傷男がそれでいいのかと疑問の声を上げ、眼帯男がそう言った。

旅の最中は保存食が主流だ。ストレージを持っているなら、出来合いの料理を準備している人もいるが、当然それは少数派であり、新鮮な肉や野菜を食べられる機会は滅多にない。だから、こういう場所でそういうものを供するとなると、結構な値段になるらしい。

とはいえ、俺も商売してるわけじゃないからあんまりその辺、拘りがないんだよな。何なら近くの人を全員巻き込んで焼き肉パーティーでもいいわけだし。

「ああ、構わんよ。金を取るような料理じゃないしな」

焼けた肉を一枚摘まみ、軽く塩を振って食べてみる。うん、うまい。肉は正義だな！

他の肉にも塩を振り、それを木皿に盛って眼帯男に渡してやった。ありがとよ、と眼帯男は受け取った木皿をモヒカン男に渡すと、財布から硬貨を取り出す。

「ところで、追加を頼むのは構わねぇか？」

一〇ペディア大銅貨を五枚受け取る。すると眼帯男がそんなことを言った。連れでもいるのか、それとも足りなくなるのか。別に構わんが。

「せめて、俺がメシを終わらせてからにしてほしいな。俺も腹ペコなんだ」

「あぁ、悪いな。じゃ、しばらくしたらまた来るぜ」

「ありがとよ、兄ちゃん」

「また後でな」

口々に言って、眼帯男達は去って行った。さて、早めに食ってしまおうか。他の旅人達もこっち見てるし、客が増えるかもしれん。

とりあえずクインの肉を焼いてやりながら、麦粥の方を見てみる。うん、匂いがおかしいとかはない。米を炊いた時よりは匂いが強いけど。野菜から水分が出たせいか、麦が吸ってもまだ結構水気が多い。

少しすくって味見をしてみると、思ったより味はある。塩もそうだが、干し肉からダシが出たのか？　もう少し煮込んで水分を飛ばしたらおじやっぽくなるかもな。

ともあれ食おう。木の椀にすくい、手を合わせて口にする。粥といったが結構大麦の形が崩れてないから、歯ごたえが残ってる。あぁ、でもこのくらいの方が俺は好きだ。野菜もよく火が通ってるし、それぞれの味がきちんとしてる。干し肉もやわらかくなっていいアクセントだ。これは当たりかもしれない。一応レシピ登録しておこう。

「ほら、クイン。焼けたぞー」

大きめにしておいた肉を差し出すと、クインが嬉しそうにかぶり付いた。いい食べっぷりだ。

それじゃ、俺も自分用の肉を焼くかな。

あれから肉は結構売れた。値段が安かったらしいこともあるし、温かい物を食えるのがよかったのだろう。他の旅人達もちょこちょこやってきたのだ。

普通に代金を支払う者もいれば、それに加えて酒をくれた人もいたり、作った料理を持ってきてくれた人もいた。そうしているうちに眼帯男達も酒を片手にやって来て、そのまま飲みへと突入していたりする。一緒に飲むなら商売抜きということで、俺は追加で肉を提供してやった。

「しかし旅の最後の日にこうも楽しい夜になるとは思わなかったぜぇ」

ぐいっと酒を呷って、モヒカンが陽気に笑った。焚き火に照らされた顔がすっげぇ怖いです。

「ああ。普段なら膝を突き合わせて、干し肉を齧りながら酒を飲むしかないからな」

火傷男も上機嫌だ。彼が言う光景を想像してみたが、すぐにやめる。山賊が次の獲物を狙う相談をしている図にしか見えない。

「偶然の出会いに感謝だな。ほら、もっと飲めよ」

眼帯男が酒袋を差し出してきたので、俺は遠慮なくそれを受ける。

「でもそうか、あんたらは明日でアインファスト入りか」

眼帯男達はツヴァンドから来たそうだ。傭兵をしていて、アインファストを拠点にしているらしい。今は仕事の帰りというわけだ。

「ちょうどいい依頼がなかったから手ぶらでの帰還だがな。まぁ、アインファストに戻って少しゆっくりするのもいいだろうって考えてたところさ」

「まぁ、とりあえずは蜂蜜街だがな」

火傷男の発言に、うむ、と頷く眼帯男とモヒカン男。

「ツヴァンドにも色街はあるんだが、やっぱアインファストだよな」

「街の規模が違うからな。ドラードも結構粒揃いだ。そういう意味じゃツヴァンドは一歩劣る。あくまで規模の話であって、いい女がいないわけじゃないけどな」

「いやいや、でも最高はどこかって言ったら王都の店だろぉ?」

「料金も最高だったがな！」

だっはっは、と笑う悪人面達。やっぱりこの手の人種は酒と女の話で盛り上がるんだろうか。周囲の男衆も笑ってるが、奥さんがいる人も交じってるだろうに、いいのか？

「おぉ、そうだ。この先、次の野営地辺りの話なんだがな」

眼帯男が焼き肉をもしゃもしゃやりながら言った。

「俺達の時は問題なかったんだが、ブラウンベアの目撃情報がある」

「珍しいな。あいつらが森の外に出るなんて」

ブラウンベアは森を入ってしばらくした辺りに出没する獣だ。街道まで出てくるって話はプレイヤーからも聞いたことはない。

「あぁ。しかも三頭だってよ。つがいとその子供だろうな」

「普通なら小熊なんだろうが、結構成長してるらしくてよぉ。一度に襲われたらやばいぜぇ？　ちゃんと見張りを立てるのもそうだがよぉ、次はあんまり騒ぎ立てない方がいいぜぇ？」

「ん？　騒ぐと寄ってくるのか？」

熊って、人のいる方には近づいてこないんじゃないのか？　って、それはリアルの話か。

モヒカン男の言葉に俺が反応すると、

「そりゃあな。餌が近くにいるのに、狙わない手はないだろう」

事もなげに火傷男が答えた。なるほどと納得する。こっちの熊さんは怖い物知らずの武闘派らしい。そういや俺が以前倒したブラウンベアも、逃げずに襲ってきたもんな。

「てことは、料理も避けた方がいいか？」

熊の嗅覚は犬よりも上だとか。GAOの熊も同じなら、今日みたいに肉を焼いたりしたら引き寄せかねない。というか、ここで料理したこともまずいんじゃなかろうか？

「念を入れるなら、やめた方がいいかもな。でもまぁ、普段はそこまで神経質になることはねぇよ。ここで料理するくらいなら問題ないさ。やばかったら注意してる」

ごもっとも。教官殿も特にこの件については触れてなかったし、大丈夫なんだろう。

「さて、と。もう少し楽しみたいところだが、そろそろカタギはお休みの時間だろ。騒がしくちゃ寝られねぇだろうから、そろそろお開きとするか」

眼帯男が立ち上がる。この人相で発言が常識的だとすごく違和感があるな。外見が普通でも中身がアレな集団と遭遇したばかりだから余計にそう感じてしまう。

ちなみにそのアレな集団は、野営地の隅っこの方に陣取っていた。かなり暗くなってから到着してたから、調教女と合流したんだろう。姿は見てないけど。まぁあれだけ離れてれば我慢できそうだ。

「あ、そうだ。見張りはどうするんだ？」

この手の野営地での集団での野営は、そういう面で協力するのが常だそうだ。大体は荒事が得意な奴が率先してやるらしいが、今回はどうなるんだろうか。

「まぁ、俺らが三交替するとして、もう少し協力してもらえりゃ問題ねぇな」

「ああ、だったら俺らからも出す」

眼帯男が言うと、商人の護衛で参加していた傭兵の男が挙手した。

「こっちは四人いる。合わせて七人もいれば十分だろう」

「見張りだけでいいなら、私でも何とかなるでしょう」

荒事には向いていそうにない、ごく普通の旅人っぽい男も手を挙げた。ふむ、それなら。

「俺と、相棒も出るよ。いいよな？」

土壁の陰に隠れているクインに声を掛けると、ひと吠え返ってきた。九人と一頭。うん、交替で回せば十分な気がするな。

「いっそあいつらからも出してもらうか？　全員、戦闘向けみたいだしよ？」

傭兵の一人がアレな連中を見やる。

「やめとけ。役に立たん」

俺はきっぱりと言い切った。というか、あいつらが信用できない。安心して任せられない見張りなど、いない方がマシだ。それ以前に、話を持ち掛けても乗ってくるとは思えんけどな。

「そんなに使えん奴らなのか？」

「実力は知らんが、往来で武器を振り回してふざけるくらいの程度だ」

「要らんな。俺達だけでやろう」

俺の言葉に傭兵も即座に返した。無言で頷く眼帯達。ともかくまぁ、そういうことになった。

第四七話　旅路～二日目朝～

朝。目は自然と覚めた。今回初めてＧＡＯ内で寝たが、感覚的にはリアルと何ら変わらなかったな。本当に、ＧＡＯの技術はどうなってるんだか。

目を閉じて【聴覚強化】を使ってみると、外ではもう何人かが動いているようだ。朝食や出発の準備だろう。ぐ、っと伸びをして身を起こすと、そばにあったぬくもりが離れた。翠玉色の塊がもぞりと動く。

「おはよう、クイン」

俺に寄り添って寝ていた相棒に声を掛ける。うん、もふもふの毛と体温がとても心地よかったです。夏場は勘弁だけど。

テントを出ると、日が昇りかけだった。空に雲はほとんどない。いい天気になりそうで何よりだ。

動いている人もいるが、まだ寝ている人もいるようなので静かに移動する。この野営地の水場は、すぐ横を流れる川だ。そこへ出て顔を洗う。ＧＡＯでは汗をかかないから、洗顔とか意味はないんだけど気分の問題だ。

同じく顔を洗いに来ていた旅人さんと挨拶を交わし、川の水を手ですくう。冷たくて気持ちがいい。それで顔を洗うと、まだ少しぼんやりしていた意識が完全にクリアになった。よし、今日も一日頑張ろう。

テントに戻ってまずは防具を身に着ける。さすがに寝る時には上半身の防具は外してあったのだ。鎧等を着込むとまだ肌寒い気温設定だったので、フード付きマントも羽織っておく。ただしガントレットだけはまだだ。これからメシの準備もあるからな。

「クイン、メシはどうする？」

何か肉を出そうかと思って問うと、首を横に振ってクインは森の方へと歩いて行った。自分で調達するつもりのようだ。その辺はクインの自由意志に任せているので、こちらには何の不満もない。俺は俺のことだけをするか。

テントを畳んでストレージに収納し、朝食の準備。かまどの火はとっくに消えているので再度火をおこして、フライパンを掛けて、と。

朝食のメニューはパンケーキもどきだ。木製のボウルに小麦粉を入れ、水と卵を加えてよく混ぜ合わせて。ドライフルーツを小さく刻んでそれも混ぜ、熱したフライパンで焼く。色々足りないのでふっくら甘めのパンケーキにはならないだろうけど。

「よし、完成」

パンケーキもどきが焼けたので木皿に移して、今度はベーコンを取り出した。薄く短冊状に切ってフライパンで焼く。カリカリになるくらい火を通した後で卵を落とし、塩胡椒を加えてかき混ぜてスクランブルエッグに。これでおかずも完成。あとはチーズと牛乳、蜂蜜を用意して、と。

「いただきます」

手を合わせて朝食を頂く。まずはパンケーキもどきをそのまま食べてみる。少しぼそっとしてるが、まずくはない。ちゃんと火は通ってるし。パンそのものに甘みはないが、ドライフルーツが入ってるから味はあるし。蜂蜜を少し付ければ十分すぎるくらい甘い。

こっちの蜂蜜、俺がリアルで食ったことがある物より濃厚なんだよな。甘い物が好きな女性プレイヤーとかは飛び付くんじゃなかろうか。蜂蜜街に買いに行く度胸があるかどうかは分からんけど。他の店とかでも扱ってるんだろうかね。

濃厚といえば牛乳も濃くてうまい。リアルの牛乳が薄く感じるくらい。そういや搾りたての牛乳は味が濃いとか聞いたことあるけど、そういう理由だろうか。でもうまいは正義なので細かいことは気にしない。

軽く平らげて後片付けをする。食器や鍋は川でそのまま洗っていいようだ。他の人達もそうしてるし。洗剤とかないから簡単に水洗いだけど。こうして見ると、野営地の人達もほとんど起きてるようだ。

食器を洗って片付けて、ストレージから樽を取り出す。俺は常時、水を入れた樽を四つ持ち歩いている。一つは飲料用兼料理用、あとの三つは解体用と道具や獲物の洗浄用だ。昨日使ったやつを補充しておかないとなな。

水汲みは結構重労働だが、俺は精霊魔法で水を操ってそのまま流し込んでいる。単純に水を移動させるだけなら難しくないし、普段の狩りであまり魔法を使わない身としては、こういう機会で経験を積み重ねるわけだ。しかし精霊魔法の使い方が生活関連ばっかりってのはどうなんだろうね。

「おはようございます」

そんなことを考えながら作業をしていると、声を掛けられた。

「おはようございます」

そちらを見て挨拶を返す。立っていたのは二〇代前半に見える、薄い金色の髪をオールバックにした男だ。格好は旅姿。男は俺のしてることを興味深げに見ている。

「なるほど、水汲みもそうすれば早く終わりますね。これは便利だ」

「横着なだけですよ」

やっぱりこういう使い方は一般的じゃないんだろうなぁ、と思いつつ、そう言っておく。

「いやいや、こういう発想ができるのは素晴らしいと思いますよ。さすがは異邦人、それも名が売れている人は違いますね」

俺のことを異邦人と言った。ってことはこの人、住人か。

「名が売れている、ですか？　人違いでは？」

「何を仰いますやら。ストームウルフと行動を共にする異邦人なんて、私は一人しか知りませんよ、フィストさん」

樽に水が溜まったので魔法を解除。蓋をしてストレージに収納し、改めて男に視線を向ける。

「あんた、何者だ？」

住人の間で名が知られ始めてるのは知っている。防衛戦での活躍がきっかけだ。その後、クインを連れてアインファストを歩いたりしてるのでそれで目立ったのも分かる。しかしどうにも引っ掛かる。何が、とはっきり言えないのがもどかしいが、この男が俺に向ける興味はそういうのと違う気がするのだ。

「これは失礼。私、こういう者です」

男は懐から一枚の紙切れを取り出した。俗に言う名刺である。こっちの世界にも名刺があるのか、と妙なことに感心しながらも、それを受け取った。

ゴッドビュージャーナルの記者の、ライアーね。

ゴッドビュージャーナル。通称、神視点新聞と呼ばれるGAO内広報誌だ。GAO内の事件や出来事を載せている新聞で、公式HPで閲覧可能になっている。そしてこの新聞、事件だけでなくプレイヤーの行動なんかも取り上げることがあり、GAO内でも販売されていて、住人達がそれを購読して読んでいることになっている。ある意味、プレイヤーと住人達を繋ぐ新聞とも言えるわけだ。ちなみに防衛戦関係の記事では死傷者や被害のことが載ってたが、ルーク達【シルバーブレード】とレディン達【自由戦士団】の活躍も大きく掲載されていた。

「で、その新聞記者が、俺に何の用だ？」

しかも名前が嘘つき(ライアー)ときた。偶然かもしれないが、嫌な予感しかしない。


「いやいや、話題の人であるフィストさんがどんな方なのか、一度、直接お会いしたかったのですよ。色々と噂は聞きますので」

どんな噂だ、と聞きたくなったがやめておいた。

「で、あんたの目に、俺はどう見えた？」

だから別のことを聞く。

「いい人に見えます」

笑顔の男の口から出た答えは簡潔だった。

「いえ、実際、本当にいい人なのでしょう。アインファストであなたと接した人に話を伺ったことがありますが、悪く言う人はいませんでしたから。狩猟ギルドや狩りを生業にしてる人達とは仲が良いようですね」

こいつ、どこまで俺のことを嗅ぎ回ってるんだろうか。知られてまずいことはないけど、何やかやと取り上げられるのは勘弁だ。ただでさえ防衛戦とクインの件で他のプレイヤーに比べて目立ち気味なのに。

「そっとしておいてもらえると助かるな」

「あなたが渦中の人にならない限りは大丈夫ですよ。

難しいでしょうけどね」

さらっと不吉なことを言いやがったなこいつ……。

「まぁ、一つだけ言わせてもらうなら」

さっきまでニコニコと愛想を絶やさなかったライアーが真顔になり、

「自身の評判というものには気をつけた方がよろしい。大きな声、多くの声というものは、時に真実を塗り潰してしまいます。そしてそれが、周囲にとっての真実になってしまうことも珍しくない。何も知らない者は、その色に染まりやすいものです」

それだけ言うと再び笑みを浮かべ、一礼すると去って行った。

「何が言いたかったんだ?」

正直、よく分からない。有名になって尾ひれが付いた噂が流れると、変な認識をされる、ってことでいいんだろうか。とはいえ、俺にどうこうできる問題でもない気がするんだけどな。

「よぉ、起きたか」

ライアーと入れ違いで眼帯男達がやって来た。既にフル装備だ。

「どうした、何か問題ごとか?」

「いや、出発するんで挨拶にな。お前には世話になったからよ」

と眼帯男が言った。何とまぁ律儀なことだ。世話といっても一緒に飲んだ、一緒に見張りをした、それくらいだろうに。

「ところでフィスト、お前、何かやったのか?」

「何か、って?」

「いや、さっき新聞記者が来てお前のこと聞いていったからな」

火傷男の言葉に、俺はライアーの姿を探す。アレな連中の方へ歩いて行ってるな。あいつらももう起きてるようだ。あいつらにも俺のこと聞く気か? 止める権利なんてないけど、ろくなことは言わないだろう。

「別に一般の方々の迷惑になるようなことはしてないぞ」

「そんなこた、分かってるさぁ。おめぇはそういうことやる奴じゃねぇってよぉ」

うーん、モヒカンに御墨付きをもらうってのは何だか違和感あるなぁ。見かけどおりのチンピラじゃないってことはよく分かってるけどさ。

「ところでよぉ、フィスト。ちぃと、頼みがあるんだけどよぉ」

モヒカンが言いつつ視線を動かした。その先には、土壁に掛けてあったバイソンの毛皮がある。

「あの毛皮、譲ってもらうわけにはいかねぇか？　当然、金は払うぜぇ」

「譲る？　別にいいけど、どうするんだ？」

「決まってんじゃねぇか。加工するのよぉ」

「見て分かると思うが、こいつ細工物が趣味でな。休みには自分で色々作ってるのさ」

……いやいや、どこをどう見たらこのモヒカンが細工師に見えるってんだ眼帯男？　いや、よく見たら着ている革鎧は上質そうではあるけどさ。それにアクセサリーの類も色々身に着けてるが、これまさか全部手作りなのか？

「お、おぅ……」

「ありがてぇ！　大事に使わせてもらうぜぇ！」

よく分からないままに頷いてしまった。こっちに布袋を放り投げ、小躍りしながらモヒカンが毛皮に向かっていく。ヒャッハー、とか聞こえてきそうな勢いだ。

袋を開けてみると結構な額が入っていた。ギルドで確認してた相場より若干多めな気がする。そういや高く売れそうだなんて昨日言ってたから目利きは確かってことなんだろうけど、あいつの懐、大丈夫なんだろうか？

「ま、それじゃ俺らは行くぜ。お前のことだから大丈夫だとは思うが、ブラウンベアだけは気を付けろ。あっちの野営地で会った奴らにも教えてやってくれや」

「あぁ。情報ありがとうな」

眼帯男と火傷男が歩いて行くと、上機嫌のモヒカン男と合流し、こちらを見た。眼帯男が手を挙げる。

「そうそう！　アインファストにまた来ることがあれば、いつでも訪ねてきてくれ！　俺達は『難攻不落の廃墟亭』ってところを常宿にしてるからよ！　会えたらまた飲もうぜ！」

　何だその、崩れるのか崩れないのか曖昧な宿は……って、そうだ！　名前！

「分かった！　でもな、今更だが、俺、お前らの名前、聞いてないぞ！」

　そう言うと、眼帯男達は顔を見合わせ、大笑いした。

「そういやそうだったな！　俺はパーチだ！」

　眼帯男が親指を自分に向けて言い、

「俺はクラウンだぜぇ！　覚えときなぁ！」

　毛皮を頭上に掲げながらモヒカンが名乗り、

「バーンだ！」

　火傷男が手を振りながら言った。

　三人はそのまま去って行く。何とも奇妙な連中だったが、いい奴らだったな。ん？　あいつら、どうして俺の名前知ってたんだ？　俺の方も名乗ってなかったのに。ライアーあたりに聞いたんだろうか。

　ま、いいか。それよりクインはまだ食ってるんだろうか。


帰ってきたらすぐ出発できるようにしとくかな。

第四八話　旅路～二日目夕方～

夕方になったので、休憩所で野営の準備をする。

今日は解体がないからのんびりできる。夕食の献立は……そうだな、大丈夫とは言われてたが、念を入れて肉を焼くのはやめておこうか。出てきたら狩ってしまえばいいんだけど、俺とクインだけならともかく、他の旅人さん達もいるわけで。巻き込んでしまう可能性を考えると不安要素は極力排除だ。

クインにはバイソン肉を骨ごとやって、俺は買っておいたパンとティオクリ鶏で済ませることにする。

あぁ、ティオクリ鶏、うまし。

料理の手間が省けた分、時間がたっぷり余ってしまった。さて、どうするかね。

休憩所では前日一緒に野営した人達のいくらかがいる。数が減ったのは、ここへ来る間の村に進路を変えた人達がいるからだろう。

それからツヴァンドから来た人達。この休憩所の位置的に、朝出発していればもう少しアインファスト寄りの休憩所に辿り着けるから、昼以降に出てきた人達だろう。馬車の数がそこそこあるのは、商人が多いからだろうか。護衛の傭兵らしい人達もちらほら見られる。

そうやって野営地を見渡していると、不愉快なものを視界に入れてしまった。アレな連中だ。相変わらず隅っこの方ではあるが、向かう先が同じである以上、同じ野営地になるのは仕方ないか。

しかし時間が経ったからか、悪い意味で調子を取り戻したようだ。あの調教女も普通に話をしたりしてるな。でも何だ？　あちらも俺に気付いてるのはいいとして、時々こっちを見てはニヤニヤ笑ったり、声を上げて笑ったりと。脳の配線が更にアレしたんだろうか？　誰にも迷惑掛けないなら構わんけど。

でも暇だ……一人じゃ何もできないし。クインも夜食を獲りに行ったみたいだし。道具の手入れとかも昨日のうちに済ませてしまったし。

「お？」

アインファストの方からやって来る馬車に気付いたのはそんな時だった。結構な数だ。ここから確認できるだけでも八台はいる。単独の商人にしては大規模だから、隊商だろうか。

　そんな集団の中に、見覚えのある馬車を見つけた。あれは【自由戦士団】のものだ。馬車は俺の前を通り過ぎ、少し進んだところで止まった。団員達と、それっぽく見えない人達が野営の準備を始める。

　それをぼんやりと眺めていると、こちらを見ている男に気付いた。全身鎧を装備した金の髪を角刈りにした男だ。【自由戦士団】の団員のようだが、特に見覚えはない。以前の宴会の時にもいたのかもしれないが、全員の顔なんて覚えていないしな。

　俺が見ていることに気付くと、男は顔を逸らして作業に戻った。何だったんだろうか。

　あぁ、そうだ。そろそろブラウンベアのこと、みんなに教えておいた方がいいか。この集団で話をするならやっぱり【自由戦士団】がいいだろう。戦力としては一番大きいだろうし。

　立ち上がって、忙しそうにしている方へ向かう。すると見覚えのある男が見えた。

「レディン、ちょっといいか？」

「おぉ、フィストじゃねぇか。ここに陣取ってたか。こりゃ好都合だ」

　振り向いたレディンが俺を見てそんなことを言った。好都合？　何の話だ？　まぁ、いいか。それは後回しにして用事を優先しよう。

「実はツヴァンド方面から来てた傭兵に教えてもらったんだが、この辺、ブラウンベアが三頭ほどうろついてるらしい」

「あぁ、そうらしいな」

　ん、知ってたのか？

「途中で傭兵仲間に会ってな。それでお前がいることも聞いたんだが、パーチって言えば分かるか？」

「あぁ、昨晩、一緒になった。知り合いだったのか？」

「以前仕事で何度かな。あんな風体だがいい奴らだろ？」

楽しそうにレディンが笑う。うん、気が合ったんだろうなというのは容易に想像が付く。

「まぁ話を戻すが、都合がいいってのの一つはその熊さんのことだ。とりあえず野営地の連中を全部囲って夜間警戒をしようかと思ってる。その件がなくてもそうしただろうけどな」

少し難しい顔をして、レディンが商人達の方を見て、声を小さくした。

「今回の護衛は訳ありでな。ちょいと商人達が狙われてるみたいでよ」

「狙われてる？　どういう状況だ？」

「商売敵からの嫌がらせというか妨害みたいだな。昨晩は何もなかったが、今回は街に入る手前だから何かしら動きがあるんじゃないかと睨んでる」

でだ、とレディンが視線をこちらに戻す。

「そのことで周囲に迷惑掛けるわけにはいかないってことで、他の旅人達も一緒に守ってくれって話になってな。そういうわけで、手を貸してくれると有り難い」

「あぁ、それは構わない」

どうせ俺もここで寝るんだ。助け合うことに否はない。

「で、もう一つのことなんだがな。フィスト、お前今回の旅で何かトラブったか？」

その問いに該当しそうなことは一つしかないな。

「プレイヤーの集団と少し揉めた。でも誰から聞いた？」

プレイヤー間の争いで、しかも揉めた時は他のプレイヤーはいなかった。あの場にいた旅人からでも聞いたのか？

「誰から、って。この件でスレッドが立ってるぞ？　フィストとかいう外道がむかつく、ってスレタイで」

……馬鹿っぽいスレタイだなぁ、というのが一番に思い浮かんだ感想だった。だがそれで納得がいった。あいつらがこっちを見てニヤニヤしてた理由はそれか。

「盛り上がってるのか？」

「そこそこだ。擁護もぼちぼちあったけどな。意外と味方も多いぜ？　日頃の行いがものを言ったんだろうな」

どうなってるのか興味はあったが、いちいち見るのも馬鹿らしい。気分が悪くなることだけは確実だし。

「で、一応団員にはそっちに手出しするなってことで指示を出してるんだが……っと、ちょっと待て」

会話を中断し、レディンが誰もいない方を向いた。多分パーティーチャットだろう。少ししたら再びレディンがこちらを見る。

「で、そのスレ主共だと思うんだがな、お前についてあることないこと、吹いて回ってるみたいだ。今、ここでな。どいつらか分かるか？」

「多分あっちの外れに固まってる奴らだ。数は一〇」

やることが幼稚すぎる。本当にあいつら、あれで中学生なんだろうか。ＧＡＯのアカウント取得には年齢制限があって、中学生以上となっている。つまり『あの程度』でも中学生ってことだ。高校生以上だとは思いたくない。

「それについても適当に流しておけって指示を出した。ついでに証拠の動画を撮っておくように言ってある」

「動画？　何の？」

「決まってるだろ、嘘を吹聴してるところのだよ。お前の無実を証明するためだ。あいつらの言い分だと、道を歩いてたら因縁付けてきた挙げ句、狼をけしかけて仲間を殺したってことだが、そんな事実はねぇだろ？」

あぁ、そういう風にでっちあげたのか。あそこにいたプレイヤーが俺とあいつらしかいない以上、声が多い方が優勢だもんな。

ん？　そう考えたらあの時のライアーが言ったとってこの件か？　でもあいつ、住人だったなら掲示板の閲覧なんてできないだろうし。

「だから、嘘を吹いて回ってるって事実を動画で残してるわけだ」

「別にそこまでしなくても放っておけばいいんじゃないか？」

相手にするだけ無駄だと思うんだがなぁ。スルー推奨でいいんじゃなかろうか。

しかしそう言うと、レディンが不機嫌になった。

「馬鹿ぬかせ。ダチが悪く言われてるのを放置しておけるか。事実があるならともかく、言いがかりレベルで悪く言われてるのを知って黙ってられるほど、俺は人間ができてねぇよ。それに放っておくと、その評価が定着しちまうぞ？　お前を知ってる奴なら騙されやしないだろうが、ああいうのを鵜呑みにする奴ってのはどこにでもいる。そうなりゃ、ＧＡＯ内での活動にも支障が出るだろ？」

あー、そうか。初対面のプレイヤーはそういう評価を頭に入れた上で接してくるってことだもんな。こりゃ俺の考えが浅かったか。リアルの匿名掲示板と違って、ＧＡＯ内じゃそれを閲覧した奴と直接出会う機会がゼロじゃないんだった。

「ありがとな、手間を掛ける」

「なぁに、いいってことよ。まぁこの件については……お前は直接発言しない方がいいってことで話を詰めてる。それでも、一応知っといてもらおうと思ってな。後は俺らに任せてくれ」

礼を言うと、なかなかに頼もしいことをレディンが言ってくれた。しかし、俺『ら』だと？

「俺ら、って他に誰を巻き込――」

「団長！」

俺の声を遮るように、別の声が走った。

「どういうことですか一体⁉」

やって来たのは全身鎧の男だ。あれ、こいつさっき俺の方を見てた奴か。そいつは俺に気付いて硬直したが、それでも再起動してレディンに食ってかかる。

「どうしてあいつらを野放しにするんです⁉」

「それは説明しただろ。あいつらにはしっかり墓穴を掘ってもらうんだよ。絶対に這い上がれないレベルまでな」

「で、ですが、それまではずっとあのままにしておけとっ⁉」

多分、俺の件でこの剣幕なんだろうけど、どうしてこいつが、ここまで必死になってるんだ？　それにこの声、どっかで聞いたことがあるような。

「今は我慢の時だ。あいつらには然るべき報いを絶対に受けさせる。だからそれまでは我慢だ。いいな、ブルート？」

……は？

「ブルート……？」

その名前には覚えがあった。以前、狩猟ギルドで割り込みの常習だったプレイヤーだ。俺が注意した日の夜に闇討ちを仕掛けてきたので、デスマッチで痛い目に遭わせてやった男。あの時はフルフェイスのヘルムを被ってたから顔まで見てなかったんだよな。

で、何でそんな奴が、俺が掲示板で叩かれてることに腹を立ててるんだ？　普通、尻馬に乗って叩く側じゃないのか？

俺が名前を呟いたのが聞こえたのか、男——ブルートは気まずそうな顔をして、

「あ、あの、その……お久しぶりです……」

と丁寧に頭を下げたのだった。

話を聞いてみると、どうも当時のブルート、リアルで色々あったらしく、憂さ晴らしも兼ねてＧＡＯをプレイしてたんだそうだ。そんな時に俺が説教したからあんなことになってしまったんだが、その後もしばらく荒れてたらしい。ただ住人相手に何かしたら俺に殺されると思い、フィールドで獣相手に暴れてたところを、偶然レディン達と一緒になることがあって、その時に色々あった挙げ句に【自由戦士団】に所属したとのこと。それ以降は落ち着いてるようだ。

「あの時は、本当にすみませんでした」

「もう終わったことだしな。それにあれ以降、住人に迷惑掛けてないんだったら、俺がとやかく言うことはない」

深々と謝罪するブルートを見ながら、闇討ちまで仕掛けてきたプレイヤーがこうも丸くなるものかと不思議な気分に包まれる。

「ほぉ、お前らの間にそんなことがあったんだな」

レディンも興味深げにブルートの告白を聞いていた。

「実際俺を拾って導いてくれたのは団長ですけど、そのきっかけを作ってくれたのはフィストさんです。あの時にフィストさんに注意されてなかったら、俺、今

もあちこちに迷惑掛けてたろうし、そうなってたら団長に拾われることもなかっただろうし……だから今では俺、フィストさんに感謝してるんです。それをあいつら……」

悔しそうに声を絞り出すブルート。うん、言っちゃ悪いが勘弁してくれ……強いとかすごいとか賞賛されるのもそうだが、全身むずむずして死ねる。今のブルートが更生してて、一連の言動に悪気がないのはよく分かったから。

「そんな過去がありゃフィストに肩入れしたくなる気持ちも分かるがな。今は我慢だ。フィストのためにも、だぞ？」

「……分かりました。今は仕事に集中します」

レディンに諭され、ようやくブルートは落ち着いたようだ。再度一礼し、ブルートは立ち去った。持ち場に戻るんだろう。

「しっかし……変われば変わるもんだな。別人みたいだ」

「あんまり立ち入ったリアル事情は聞いてないし言えないが、あいつまだ若くてな。家庭内のゴタゴタがあってかなり参ってたみたいなんだが、そっちも今は落ち着いたみたいで、精神的な余裕が戻ったんだろうな。傭兵稼業も真面目にやってるし、あれで住人の子供らの面倒見もよかったりするんだ」

思わず呟くと、優しい目をブルートの背中に向けてレディンが言った。あいつ、本当に生まれ変わったんだなぁ。いや、元があぁだったのか。

俺としてもリアルを詮索する気はないけど、そういった要因で荒れてしまうというのは分かる気がする。うちの会社にもそういう人がいたしな。ただまぁ、その事情というのは他人には全く関係のないことで。それを理由に周囲に当たり散らしていいというものでもない。とはいえ、自分がその当事者になってしまった時には、こんな綺麗事を言えないかもしれないけど。当事者の気持ちなんて、そうなってみないと分からないし。

「アオリーン、フィストの件は団員に徹底しとけ。それからあいつらに気付かれないように、住人達に声かけろ。護衛絡みのことは伏せて、ブラウンベア出没の情報を流してこっちの保護下に入るように説得して回るんだ。その時にフィストの件のフォローも忘れるな。アインファストの住人なら、フィストの悪評を鵜呑みにする奴もいないとは思うが念のためだ」

「分かりました。で、問題の屑共はどうします？」

綺麗な顔で辛辣な言葉を吐くアオリーン。ほっとけ、とレディンが鼻を鳴らした。

「住人を集めてることに気付いてこっちに来たら相手にせずに追い返せ。懐に蟲を入れる趣味はねぇ。フィストと狼ちゃんにビビって何もできない玉なし共だ。コワモテの団員数人で威圧すりゃケツまくるだろ」

「分かりました。その時は団長を呼びます」

「どういう意味だよっ⁉　いい男だろ俺っ⁉」

「冗談ですよ。では行きます」

微笑を浮かべてアオリーンが動き始めた。何かレディン、アオリーンに頭が上がらないんだな。尻に敷かれてるというか。他の団員もそれ見て笑ってるし。

「てめぇら何笑ってやがるっ⁉　とっとと作業しろっ！」

レディンの怒声に、ひゃーとかわざとらしい悲鳴を上げながら団員達が散っていった。

さて、俺も守りを固めるのを手伝うかね。

第四九話　旅路～二日目深夜一～

休憩所にいる旅人達は、全員こちらと合流した。商人達の馬車で大雑把な円陣をつくり、その内側で過ごしてもらっている。【自由戦士団】の馬車はその外周に配置。囲えない部分は簡易の柵や土壁でフォローして、戦闘要員で周囲の警戒をするという態勢だ。

ちなみに馬鹿共はこちらの動きを見てやって来たが、【自由戦士団】に追い返されていた。その時、俺がいることに気付いたようで、憎々しげな視線を送ってきた。きっとこれもスレのネタになるのだろう。どうでもいいけど。

「で、あれからアーツの方はどんな感じだ？」

警備態勢は外周の警戒組、自由にしていい待機組、そして仮眠組の三つに分かれる。本来、この待機組というのは仮眠組に含まれるが、今日のように襲撃が高確率で予想されている場合には有事即応できるようにと完全装備のままでいることにしているらしい。起きている以上、警戒組と変わらないようにも思えるが、気を張らずに済むという意味で、睡眠時間はともかくとして気分的にはかなり楽だという。そしてこの時は、仮眠組も装備解除を許されず、防具等は着けたままで寝るようにしているそうだ。

「【魔力制御】と【跳躍】を修得した。マニュアル発動目指して精進中」

俺は今の時間は待機中で、同じく待機のレディンと話をしている。周りでは他の旅人達が寝ているので小声だ。

中型魔族を屠った必殺技（仮）の強化と汎用性向上のため、俺は追加でスキルを修得した。【魔力制御】は威力上昇等が見込めるし、【跳躍】は瞬発力というか脚力増強の一環だ。

【魔力制御】は結構便利だった。拳への一点集中、肘への展開もできたし。うまく使えばピンポイントで防御力の強化もできそうだ。操作に時間がかかるのが難点なので今後の課題だけども。

【跳躍】は必殺技（仮）の突進力にも転用できた。

【脚力強化】と重複してるような気もするが、【跳躍】は落下耐性のボーナスが付いたりするので、どこかから落ちた時なんかは生存率の向上も見込めるスキルだ。

「素直にアーツ発動させるのは嫌か?」

「どうも引きずられるみたいで気持ち悪いんだよ」

無意識のうちに身体が動くというのではなく、明らかに身体を『動かされている』のは勘弁してほしい。

これも慣れればどうってことないのかもしれないが、やはり主導権は自分にあってこそだと思う。

「レディンはその辺、どうも思わないか?」

「まぁ俺の場合、リアルじゃ剣なんて振ってないわけだからな。スキルのアシストは重宝してるし、アーツについても慣れた」

「そっか。でもオート発動だと発動後のキャンセル不可ってのはデメリットだろ。突進系のアーツなんてカウンターの餌食だし」

「あー、それはあるな。マニュアル発動だったらその場の判断でキャンセルもできる。とはいえ、使いどころを間違えなければそこまで気を遣うものでもないと思うぞ。そういやルークもお前と同じ理由でマニュアル派だったか」

言われて以前の模擬戦を思い出す。まぁルーク相手の場合、マニュアルだろうとオートだろうと、アーツが特殊だったり繰り出すタイミングが絶妙だったりで、カウンター狙いやアーツ後の硬直狙いなんて一度も成功しなかったんだが。【覇翔斬】へのカウンター?きっと死んでしまいます。あ、でも一度くらいは必殺技(仮)で真っ向勝負してみてもよかったかも。

「……ちと、まずいか?」

レディンが眉をひそめながら呟いた。その後、少しして周囲で音が生まれ始める。待機中の団員は即座に立ち上がって他の傭兵達を起こし始め、仮眠組のいる馬車の中からも人の動く気配がした。

「来たのか?」

マントをストレージに片付けながら問うと、あぁ、とレディンが頷く。ただ、浮かない顔だ。

「だが数が多い。こりゃ異常だな」

「ブラウンベアじゃないのか?」

「熊さんが三〇頭以上は、勘弁願いてぇなぁ」

……そりゃ俺も勘弁してほしいな……でもこの数ってことは、レディン側の客か。

「詳細は？」

「種別までの識別はできねぇが、森側からと街道側からそれぞれ来てるようだ。数は森側が多いな。ん、街道側の敵が加速したらしい」

耳を澄ませていると、遠くで獣の声と人の悲鳴が聞こえた。あの方向は確か……。

「街道側は馬鹿共に食い付いたみたいだな。総員戦闘準備！」

レディンの号令で馬車周辺が一気に明るくなった。魔術師が【ライト】の魔術を使ったんだろう。ここで旅人達や商人達も飛び起きたが、団員達が状況説明に回って落ち着かせようとしている。

「アオリーン、街道側の指揮を任せた。餌が生きてる間は時間が稼げるだろうから、少しは楽ができるだろ」

「一頭でも減ってくれればいいですけどね」

レディンの指示に、まるで期待していないという風に答え、馬車から飛び出してきたアオリーンが団員達をいくらか連れて行った。

「野郎共、狩りの時間だ！　馬車の外側で獲物を待ち受ける！　所定の位置へ動け！」

命令にそれぞれ了解の意を声にして返し、団員達が森側へと向かう。それからレディンは旅人達へと視線を動かした。

「客人達にはしばらくの間、緊張を強いることになるが勘弁願いたい。ただの獣の群れのようだから、そう心配することはないが、数が多いんで万が一、俺達の布陣を抜ける奴が出るかもしれない。その時は、少し手間を掛けさせることになるかもしれんがよろしく頼む」

旅人達、その中に交じっている、別口の傭兵へと目を向けるレディン。

「あんた達の腕を疑うつもりはないが、俺達も外で戦った方がいいんじゃないか？」

傭兵の一人がそう提案してくる。他の傭兵もやる気になっているようだ。

「それも考えたが、旅人達の安全第一ということで、あんた達にはここの非戦闘員を守ってもらいたい。なに、俺達だけでうまくやるし、こっちには頼もしい味方もいるしな」

言うなりレディンが俺の背中を叩いた。

「あんたらはツヴァンド方面から来たみたいだから詳しく知らんかもしれないが、異邦人フィストって言ったら、そこそこ有名だぜ？」

傭兵達の値踏みするような視線が俺に集中する。くそ、レディンの奴め……。

「あー……中型魔族より強い獣じゃなけりゃ、確実に狩る自信があるから安心してくれ」

真っ向勝負で倒したわけじゃないけどな、と心中で付け加える。傭兵達は半信半疑だったみたいだが、アインファスト方面からの旅人は俺のことを知ってる人もいたようで、安堵の表情を浮かべる旅人を見て納得したようだった。知名度って、こういう時に役立つのな。これが悪い意味での知名度なら逆効果になるんだろうけど。

森側の戦闘はまだ始まっていない。ここも前回の野営地と同じで川が手前にある。膝くらいまでしか水深のない川だが、そこでいくらかの足止めが可能だ。こちら側へ渡ってくる前に飛び道具で数が減らせるだろう。

俺は【遠視】と【暗視】を併用して森を見やる。木々の陰に見えるのはウルフの群れだ。しかし解せないのは、こちらの様子を窺っているってことだ。まぁ、予想は付くんだが。

「どう見る？」

「多分、テイマーが交じってるんだと思う」

レディンの問いに、そう答えておく。

普通の動物の群れなら、あんな感じで待機してるとは思えない。襲うつもりならとうに襲ってるだろうし、やる気がないなら立ち去っているはずだ。それが留まっているというなら、連中をそうさせる何かがいる、ってことになる。

で、テイマーが使役できる使役獣の数は、レベルが高いほど多くなる。具体的にはレベルの半分（端数切り上げ）だったはずだ。だから一〇頭の獣を使役するには【調教】レベルが一九以上必要ということになる。

「街道側のも含めて、複数のテイマーがいるんだろうな。そういう傭兵に心当たりないか？」

「獣使いの傭兵か……ＧＡＯ内の連中で【人獣傭兵団】っていう、使役獣を率いる傭兵団がいるが、連中はこっち方面には展開してねぇはずだ。こっちに来てるのはどっちかってと『裏』の方面じゃねぇか？」

俺は直接関わったことはないが、ＧＡＯ内には『裏』と称される非合法組織も存在するらしい。盗賊ギルドはＴＴＲＰＧではお馴染みだが、盗賊団の連合、暗殺教団などもあるとか。後者はあくまで噂程度だが、その出所が住人であるため、本当に存在するんだろうなと勝手に思っている。

「単に俺が知らないだけで、使役獣を使う別口の傭兵もいるかもしれねぇがな」

「可能性を挙げても意味なし、か。いずれにせよ、戦うべき敵だしな。ん……？」

森の方に動きがあった。森から出てきた個体がいる。しかしそれは狼ではない。熊だ。ただ俺が知ってる熊と違う。【動物知識】にも引っ掛からない。ただ、唯一と言ってもいいだろう特徴がある。そいつの目は、顔の中央に一つしかなかった。

「一つ目熊か、あれ。実物は初めて見たな……」

「一つ目熊だとぉ⁉」

俺の呟きにレディンが反応し、その言葉で団員達に動揺が広がっていった。はて、何だろうこの反応は？

「一つ目熊に嫌な思い出でも？」

「昔、訓練中に遭遇してな。全滅したことがあるんだよ」

苦虫を嚙み潰したような顔になるレディン。あらら、そんなことがあったのか。

「てことは……いいリベンジマッチになりそうだな？」

俺がそう言ってやると、レディンは一瞬呆けた顔になった後、ニヤリと笑った。とても獰猛な笑みだ。違いない、と小さく呟いたのが聞こえた。

「野郎共！　復讐の時が来たぞ！　護衛優先だが、一発ブチかましてやりたい奴は声を出せっ！」

鬨の声が上がった。みんなやる気に満ちている。いや、殺る気か。以前殺られた奴も交じってるんだろう。

しかし一つ目熊か……できればとどめを刺したいな。そうすりゃ解体できるし。いや、余裕があるならともかく、こんな時に欲張っちゃ駄目か。

「フィスト。悪いが一つ目野郎の撃破に協力してくれ」

そう思っていたところでレディンから提案があった。

「他のウルフは団員達でどうとでもできるが、あいつだけは厄介だ」

「分かった。まぁ、そんなにでかくないから大丈夫だろ」

以前ミリアムから聞いた話では、一つ目熊の体長は三メートルくらいだった。でもここにいる奴は三メートルを超えたくらいだから多分小熊なんだろう。

「それと、狼ちゃんは戦力に数えていいのか？」

レディンがいつの間にか俺の横にいるクインを見下ろす。どこに行ってたのかは知らない。どうも周囲に他の人間がいると抵抗があるのか、隙を見せようとしないのだ。

どうだろな、と俺もクインを見た。何ですか？　みたいな表情で見上げてくるクイン。戦力といっても俺の命令に忠実に従うわけじゃない。どう動いてくれるのが一番俺達にとって有利だろうか。

「そうだ。クイン、俺達以外の人間がいるかどうか、分かるか？」

問うと、クインはあちこちを向いてしばらく匂いを探るような様子を見せ、馬鹿共の『いた』方角へと頭を向け、ひと吠え。それから森の方を見てふた吠えした。つまり、街道側に一人、森側に二人ってことか。それを再度確認すると、今度は首を縦に振る。間違いないようだ。

「そいつらを片付けてほしい。できれば生け捕りが望ましい。できるか？」

今回の件の黒幕を吐かせる意味でも、できれば確保したいところだ。それにうまく引っ張ってくることができれば、獣共を無力化できるかもしれないし。予想ではそいつらがテイマーだろうから。

クインが、じっと俺を見る。できない、と首を振らなかったので、できるのだろう。

「一人生け捕りにつき鹿一頭。殺したら半減。どうだ？」

そう言うと、クインは去って行った。うむ、契約成立だ。

「そういやお前の使役獣ってわけじゃなかったんだよな、狼ちゃんは」

「ああ。命令は聞いてくれないし、俺のもの的な扱いすると異議を申し立てる」

申し立てると言っても、鼻先で突いたり噛み付いたり足を踏んだりと、態度で示すんだけど。

「あくまで対等、ってことか。いいパートナーだな」

前に歩きながらレディンが笑う。森の方にも更なる動きがあった。一つ目熊を先頭に、ウルフ達が前進してきたのだ。向かってくるのは一つ目熊が一、あとはウルフが二〇頭くらいだろうか。

「森の熊さんは俺とフィストで殺る！　お前らはウルフを片付けて、余裕があれば俺達の援護だ！　川に進入したところで射撃開始！」

レディンがバスタードソードを抜いた。鋼製で色々なエンチャントを施した逸品らしい。エンチャントできる鍛冶プレイヤーは数がまだ少ないようなので、結構な値打ちものだそうだ。レイアスがエンチャントできるようになったら、ガントレットの強化とか頼んでみようかね。

「無事に生き残ったら、フィストが熊鍋を御馳走してくれるぞ！」

「ちょっ⁉　待てレディ――――！」

俺の反論は形になる前に【自由戦士団】団員達の咆哮で掻き消された。一つ目熊、瘴気毒を除去しないと食えないんだがなぁ……食ったら死ぬかもよ？　俺、まだ瘴気毒の解毒法を知らないぞ。

「団長、先ほどストームウルフが街道の向こうへ疾走していったのですが何かあったのですか？」

背後からロングソードと盾を手にアオリーンがやって来た。あれ、もうあっち片付いたのか？

「ああ、多分いるだろう獣共の飼い主をシメに行ってくれた。そっちの首尾は？」

「ウルフ一一頭、殲滅完了です。負傷者なし。第二陣を警戒して、団員達は残しています」

「ご苦労。なら熊さん退治を手伝ってくれや」

「了解しました。熊の手はコラーゲンが豊富らしいですし楽しみですね」

あ、女性団員が何人か反応した。こっちで美容に拘っても仕方ないと思うんだがどうだろうか？

あー、これで一つ目熊が食えないって分かると士気が落ちるかもしれんな……仕方ない、後で事情説明して、保管してるブラウンベアの肉を出すか。

さて、とりあえず熊退治だ。俺とレディン、アオリーンの物理攻撃トリオで、何とかなるといいが。

第五〇話　旅路～二日目深夜二～

攻撃は【自由戦士団】による射撃から始まった。弓や弩を持っている団員が、川を渡ろうとして速度を落とした一つ目熊とウルフに狙いを定め、矢を放つ。何頭かのウルフが矢を受けて砕け散ったのを見て一瞬驚いてしまったが、それがGAOの普通だったっけと思い直す。【解体】スキルを得てから、倒した獲物はずっと残ってたからすっかり忘れてた。

一方、一つ目熊はそのほとんどの矢を受け付けなかった。刺さっているのは二本ほど。それも表皮に浅く刺さっただけで、ダメージを与えているようには見えない。

「長柄持ち、前へ！」

レディンが前に出ながら次の指示を出す。槍やハルバードを持った団員が前に出て、川から上がる前のウルフに対して突きを繰り出す。地上なら軽やかに動けるであろうウルフも、脚が完全に水の中ではろくに避けることもできずに次々と身体を貫かれては消えていった。

「まずは一撃っ！」

接近しながらレディンが剣を振るった。その軌跡が光となり、一つ目熊へと突き進む。確か刃物系の遠距離攻撃アーツ【リープスラッシュ】だったか。魔力刃による飛ぶ斬撃だ。アオリーンも同じアーツを一つ目熊に放った。

どちらも命中し、皮膚を裂く。しかし一つ目熊を怯ませるには至らない。咆哮を上げて魔獣はこちらへと進み、上陸した。

そばにいた団員達が慌てて退避する。近くにいた団員に魔獣は敵意を向けようとするが、レディンとアオリーンが攻撃している間にも俺は間合いを詰めていた。【魔力撃】を両足に発動。【跳躍】も併用して跳び、一つ目熊の横っ面に思い切り蹴りをぶち込んだ。一瞬その巨軀が揺らいだが、一つ目熊がその豪腕を俺に向けてくる。ダメージ入ってないのかよっ⁉

反撃が来る前に、俺は熊の顔を踏み締めて跳んだ。

急いでいたために力加減ができず、思った以上に俺の身体は高く遠く跳ぶこととなる。

「跳びすぎたっ⁉」

数秒の空中浮遊の後で着地する。【跳躍】スキルがなかったら着地時にダメージ受けてたかもな。次から気を付けよう。

俺が着地する間にもレディンとアオリーンが直接一つ目熊を斬り付けている。二人の剣が閃く度に鮮血が飛ぶ。二人には出血は見えてないいんだろうけど。

しかし、あの二人の攻撃があんまり効いてないように見えるのが恐ろしい。ダメージは入ってるはずなんだが、倒しきるまでにどれだけの攻撃を加えればいいんだろうか。そう考えたら、装備用に一つ目熊を狩りまくってたルーク達が異常なのか。でもルーク達にはウェナがいるから、急所攻撃で仕留めたのかもしれんし、魔法職が三人もいるわけだからそっちメインで倒したのかもしれん。

実はGAOの仕様では、急所攻撃がとても有効だったりする。どんなに表皮が頑丈でも脳を抉れば死ぬし、心臓を破壊すれば死ぬ。当然、狙うのはハイリスクだし、そう簡単にはいかないんだが。いや、ウェナは簡単に魔族相手にそれやってましたけどね？　アレを普通だと思ってはいけない。

で、一つ目熊の場合、急所といえるのはやはりその目玉だろう。あそこを潰せば一撃で仕留められなくても視覚を奪うことができる。ただ、後ろ足で立ち上がっているために剣の間合いからはやや遠い。肉薄すれば届きはするが、それは一つ目熊の間合いに入るということでもある。

だったら、間合いの外からでも届く攻撃をすればいい。

俺はダガーを一本抜き、狙いを定める。熊がレディン達に意識を向けた瞬間を――今！

魔力を纏ったダガーを投擲する。その一撃は狙いどおりに一つ目熊の目に突き刺さった、なんてことにはならず、叩き落とされた。

「うっそ……」

思わずそう呟いて、動きを止めてしまった。避けら

れるとか、狙いが外れるとかは想像の範囲内だが、叩き落とすってのはどうなのよ⁉　本当に熊かこいつ⁉　中の人はどこだっ⁉

「くっそ！　以前の奴よりプレッシャーは小さいが、手強さは大差ねーぞこいつっ⁉」

　振り下ろされる爪をかいくぐり、レディンが一つ目熊の横を抜けた。手にした剣に魔力の光が宿る。多分、【強化魔力撃】だ。

「どりゃあっ！」

　レディンの一撃が一つ目熊の右後ろ脚に叩き付けられた。刃が深々と足首に埋もれ、魔力が閃光となって弾けると共に鮮血がほとばしる。足首を半分以上断たれた一つ目熊は、巨軀を支えきれずに体勢を崩した。

「ふっ！」

　その隙を衝いてアオリーンが長剣を繰り出す。狙いは完全に無防備になっている一つ目熊の目だ。剣先が真っ直ぐに大きな一つ目に吸い込まれた。

「もう一押し……っ！」

　一つ目熊の咆哮が響き渡る。視覚を奪うことには成功したが致命傷には至っていない。そのままとどめを刺そうとしたのだろう。盾を捨てて長剣を両手で持ち、更に剣先を押し込もうとするアオリーン。

　しかしその時には、一つ目熊の腕がアオリーンに迫っていた。

「アオリーンっ！」

　その間に割り込むものがあった。それはレディンの身体だ。愛剣を手放し、足に溜めた魔力を地に叩き付けて一気に加速した彼はアオリーンを突き飛ばす。アオリーンは一つ目熊の間合いから離れたが、その代償がレディンを襲った。

　プレートメイルを装備しているレディンの身体が、真横に吹っ飛んでいく。数メートル先で地面に落ち、しばらく転がってようやくレディンは止まった。

「レディンっ⁉」

　悲鳴に近い声で名を呼ぶアオリーン。

「アオリーン！　レディンの保護！」

　一応この場の指揮権はレディン達にあるんだが、そんなことを言っていられる場合でもない。アオリーンは一瞬迷ったようだったが、無言で頷いてレディンに駆け寄っていく。

さて、唯一の目を失った一つ目熊は俺達を見失ってる。今が好機と俺は一気に間合いを詰めて――って、何でだっ⁉

俺を狙って振り下ろされた爪を、横に跳んで回避する。何だ今のは？　偶然振り回した腕が俺に迫ったって感じじゃなかったぞ？

死角に回るように動くが、一つ目熊は若干の遅れを見せたものの俺を追尾してる。目は見えてないはずだ。だとしたら、嗅覚か？　そういやリアル熊さんの嗅覚は犬以上なんだって爺さんが昔教えてくれたっけ。GAOの熊類も同じじってことか。

だったら嗅覚を潰せばいいか。その手段を持ってはいるが……後でクインに怒られそうだ。熊の嗅覚を潰すほどの匂いってことは、それより弱い嗅覚の狼にもそれなりにダメージいきそうだからな。というか、人間の俺にも結構キツイからなるべく使いたくない。

仕方ない、正攻法でいこう。右腕に【強化魔力撃】を三重掛けし、獲物の右側へ回り込む。右後ろ脚が使い物にならない上に目も潰れてる以上、いくら匂いで追えるといっても動きが鈍るのは避けられない。その隙を狙って、打つ！

右脇腹に叩き付けた拳の一撃は、一つ目熊の口から絶叫と血を吐き出させた。手応えあり、だ。打撃そのものは毛皮やら皮下脂肪やらに吸収されて威力が落ちたみたいだが、その後の魔力爆発は結構効いたと見える。

俺は即座にその場から離れる。苦痛にうめきながら、一つ目熊はその場から動こうとしない。いや、動けないのか。さて、ここからどうするか。

すると後方から悲鳴が聞こえてきた。敵の増援に襲われたのかと思ったがどうも違う。悲鳴というか声は次第にこちらに近づいてくる。一体何だろうと思っていたら、その主が俺のすぐそばに転がってきた。

そいつはボロ雑巾のようになった男だった。引きずられたのか全身土だらけの傷だらけだ。誰だこいつ？

「たっ、助けて……ぶぎゃっ⁉」

何やら命乞いをする男の顔を、翠玉色の閃光が叩いた。あぁ、クインか。ってことは、こいつがあっちにいたテイマーか。無事に確保してきたんだな。

「よくやってくれた、クイン。まずは鹿一頭だな」

頭を撫でてやると、嬉しそうにクインが尻尾を振った。特に負傷した様子もない。

とりあえずクインを待機させ、俺は男の胸ぐらを摑んで吊し上げる。

「正直に話せば命だけは助けてやる。ここを襲撃してる他のテイマーはあと何人いる？」

「あっ！　あと二人ですっ！」

散々クインに痛め付けられたのか、男はあっさりと吐いた。

「次だ。あの一つ目熊はお前の使役獣か？」

「ち、違います……違います！　本当に俺の使役獣じゃありませんっ！」

嘘を言ってる可能性もあるので指を男の右瞼に添えてみたが、恐怖に顔を歪ませた男は必死に否定する。こいつに止めさせるのは無理、ってことか。使えない奴め。

「ここの襲撃に参加した人間の数は？　お前以外は何人いる？」

指に少しだけ力を加えながら、聞く。

「俺以外には二人だけですっ！」

「次。そいつらの使役獣の戦力は？」

「一つ目熊一頭にブラウンベア一頭！　あとはブラックウルフが一頭にウルフが三〇頭！　それから馬が二頭！　本当です！　本当ですから抉らないでっ！」

ん、ブラウンベア一頭だけか？　じゃあこの辺に出るブラウンベアって別口か。まぁいい、それだけ分かれば今は十分だろう。

「誰かこいつを拘束しておいてくれ！　後で聞きたいことがあるから、ソフトにな？」

男を団員の一人に引き渡し、レディンの方を見る。アオリーンが回復措置をとったんだろう、身体を起こしていた。

「レディン、大丈夫か？」

「おお、何とかな。しっかし強烈だったが、即死してないってことは、やっぱあいつ、小熊なんだなぁ」

その言い方だと、以前は一撃で殺されたのか。大人の一つ目熊に会うのが怖くなってきたぞ……。

「アオリーン、剣を貸せ」

副官から長剣を受け取り、レディンが一つ目熊へと向かう。一つ目熊は俺が与えたダメージからようやく動けるくらいにはなったようだ。とはいえ、さっきみたいに戦える感じじゃないけど。ふむ、さっき攻撃した位置、急所的な部分なのかもしれない。覚えておこう。

近づくレディンの匂いを嗅ぎ取ったのか、一つ目熊がそちらに顔を向ける。そして跳びかかった。おいおい、まだあんな動きができるのかっ⁉

しかしレディンは冷静だった。自分から懐へ跳び込み、長剣を一つ目熊の喉へ突き立てる。そして反撃が来る前に剣を離して即離脱。その際に自分のバスタードソードを回収するのも忘れない。一つ目熊はその場に崩れ落ちた。今のが致命傷みたいだな。

やっぱり強いよなぁ。さっきあれだけダメージ受けて、過去には殺られたこともあるっていう相手にあの思い切りのよさは見事だ。

「ふむ、機動力を殺した後は、失血で弱るまで時間かけて、鈍ったところで一斉攻撃すりゃ安全に倒せそうだな。俺らにゃ血は見えんが、【失血】による弱体化はあるようだし。それに鼻があるといっても目を潰すのは有効か」

油断せず一つ目熊に注意を向けたまま、そう分析するレディン。

「【失血】ってそんなバッドステータスがあるのか？」

「ああ。倫理コードのせいで出血が見えねぇから、相手の怪我だけ見ての判断が難しいのが難点だがな」

あー、普通の人なら分からんわな。今の一つ目熊がその状態なのかは分からんけど、俺の目には結構な出血が見えている。ん、てことは出血多量で死亡とか、そういうのもあるのかもしれない。

「さーて、そんじゃフィスト先生、とどめをお願いしやす。これで熊肉ゲットだな！」

言いながらレディンがその場を移動する。おいおい、まだ戦闘中だろうに。と思いながら周囲を見ると、既にウルフの姿はない。あれ、攻めてきてた奴は全滅か？

「みんな、何頭倒したか覚えてるか？」

確認してみると団員達がとどめを刺した数を申告してくる。数は二〇ちょい、か。森の方を見てみるが、まだ潜んでるウルフがいるようだ。

「レディン、他のテイマーどうする？」

「できれば全員捕まえときたいところだが、いけるか？」

「深夜の森の中で活動可能な団員が何人いる？」

川を越えて森へ追撃するにしても、連中を逃がさないようにするのは難しいだろう。捕虜の言葉が事実なら、まだブラウンベアとブラックウルフもいるようだし。そいつらを捨て駒にすればテイマー二人は馬で逃げ出せるだろうし。人数を繰り出しても厳しいな、多分。

「……クイン、どうにかなるか？　条件はさっきと同じだ」

クインは俺を見上げたまま。何だ、できるのかできないのかどっちだ？

「できない、んじゃないよな？」

そう言うと首を縦に振る。

「じゃあ、頼めるか？」

今度は動きがない……まさかのストライキか？　今回は敵戦力が多いからそのせいか？　確かにさっきは、邪魔する使役獣もいなかったしな。

「……条件は同じだが、人間二人を生け捕りにできたら鹿一頭追加だ。ついでに、使役獣も倒した数と質に応じて肉追加。どうだ？」

条件を追加してやると、頷いてクインが川へと向かう。交渉成立、だな。

「クインに任せよう」

レディン達に言って、とりあえず俺は一つ目熊にとどめを刺すことにした。念のために四肢を土の精霊魔法で拘束する。

「おい、フィスト。狼ちゃん、川の上を歩いてるように見えるんだが」

「ああ、風の精霊魔法でも同じことができるけど、瞬間的に風で足場を作ってるだけだから。実際には水の上を歩いてるわけじゃないぞ」

レディンの声にそう答えて、作業を続ける。今回は魔獣の解体だからな。そういや血も売り物になるんだったか。できるだけ集めてみるか。

クインの咆哮が聞こえた。それからウルフたちの悲鳴も聞こえた。出てきたところを【暴風の咆哮】で一掃したんだろう。効率が良くて結構なことだ。

金属杭をストレージから出して、動けなくなった一つ目熊に近づく。以前ロックリザードにやったようにそれを眼窩に突っ込み、【魔力撃】込みの一撃で打ち込んだ。びくんと震えた一つ目熊はそれで動かなくなった。

再び土を操作し、一つ目熊を腹の下から持ち上げると、レディンが断ち斬った右後ろ脚の部分と、喉の下に空の樽と桶を置いて流れる血を受け止める。うーん、既に結構多くの血を流してるから、そんなに回収できんかもなぁ。

ぎゃん、と一際大きい鳴き声が聞こえた。頭を上げてみると、ブラックウルフがクインの爪で首を裂かれたようだ。犬系なのに爪攻撃が鋭いってのもすごいよな。

森からはブラウンベアも出てきたようだ。さて、クインはどう攻めるんだろうなどと思って見ていたら、一気に跳躍してブラウンベアの背後へ着地。跳びかかって首の後ろに噛み付いて、そのまま捻るように身体を回転させる。まるで小さな竜巻みたいだ。

そのうち限界がきたのか、ブラウンベアの首の肉がちぎれた。ブラウンベアはしばらくその場でもがいていたが、やがて倒れる。何とも豪快な倒し方だ。そのうちどこかの熊犬のように、縦に回転しながら相手を斬り裂いたりするんじゃなかろうか。

クインはとどめとばかりに首の同じ箇所を噛み砕いてから森の奥へと消えた。

しかし使役獣を殲滅か。報酬、どうするかなぁ。森から響いてきた悲鳴を聞きながら、俺は【解体】

の作業を続けるのだった。

第五一話　旅路〜二日目朝一〜

一つ目熊は俺がまるまるゲットすることになったが、解体作業は血だけ抜いたところで中止した。魔法の明かりがあるとはいえ夜だったし、皆が襲撃の事後処理をしてるところで解体作業をするのも躊躇(ためら)われたからだ。それに他の襲撃がないとも限らない。

一つ目熊の肉については、魔獣の肉は毒を持っていてすぐに食えないことを説明。ブラウンベアの肉が手持ちにあるが、鍋にするには俺の経験不足と材料・調味料不足を理由に諦めてもらった。熊焼き肉ならすぐに可能だったんだが、どうしても鍋がいいということだったので、料理できるようになったら必ず振る舞うという約束をすることに。とりあえず味噌と醬油の替わりになるものか別の味付けを見つけなくてはならない。ネットで簡単に調べたら、熊鍋ってほとんどこの辺の味付けなんだもんなぁ。もっとじっくり調べたら色々あるかもしれないので後で調べてみるか。

クインが仕留めたブラウンベアとブラックウルフ、他のウルフもこっちでもらった。正確にはクインのものだけどな。これは俺が後で処理して売却し、クイン用の財布を作って保管することにする。

今後の方針についてだが、テイマー三人の処遇は【自由戦士団】に丸投げした。元々、商人の護衛自体に俺は無関係だったからだ。生き残っていたテイマー達の所有する馬二頭も一緒に引き渡した。馬は欲しいかもと思ったが、世話とかうまくできそうにないし、無手での狩りがメインの俺には向かない。とりあえずはテイマーからの押収品ということでお上に引き渡すようだ。没収されるかもしれないが、払い下げられたなら【自由戦士団】の新たな戦力へと変わるだろう。

そうそう、この辺に出没するといわれていたブラウンベアは、その死体が森の中で見つかったそうだ。損傷から見るに、恐らくテイマーらの一つ目熊に殺られたんだろうとのこと。いずれにせよこの辺の安全が確保できたならいいことだ。

そんなわけで襲撃から明けた翌朝。俺は騒ぎの声で目を覚ました。毛布にくるまったままで【聴覚強化】を使ってみると、聞き覚えはあるが二度と聞きたくなかった声が混じっている。あのアホ共、今度は何だ？ 俺を出せとか言ってるみたいだが。

身を起こすとクインの頭が上がった。今回は一緒に寝た覚えはないんだがいつの間に……む、昨晩は気付かなかったが、ブラウンベアの返り血浴びて酷いことになってるなお前。後で洗ってやるか……って待て。その身体で俺のそばにくっついてたのかよ。あーあ、毛布にも血が。これも洗濯しないとだ。

念のために武装を整えて、マントを羽織ってフードを被り、自分のテントから出る。騒ぎで起きてしまっている人がほとんどのようだが、対応は見張りで起きていた団員達がしてるみたいだ。

さて、どうなってるのか近くの奴に話を聞いてみるか。お、ちょうどいいところにブルートが。

「よ、おはよう」

「あ、おはようございます」

声を掛けるとブルートが駆け寄ってきた。そして騒ぎから壁になるように立つ。俺があいつらに見つからないようにって配慮なんだろう。

「あいつらが来てるんです。フィストさんは奥へ」

「いや、だから出てきたんだ。あいつら一体何を？」

「ふざけた話ですよ」

表情を苦々しいものに変えて、ブルートが説明してくれた。

何でも昨晩、あいつらは刺客のテイマーがけしかけたウルフの群れに襲われて全滅したらしい。何の冗談だ、と思ったんだがどうも事実のようだ。というか、一〇人もプレイヤーがいてどうしてウルフ一一頭に全滅させられるんだよ？ 見張りを立ててりゃ当然接近には気付くだろうし、気付けば仲間を叩き起こして迎撃できるだろう？

普通のＧＡＯプレイヤーならそう考えるが、どうもあいつらは、セーフティエリアだから安全だと思い込み、見張りの一人も立てていなかったようだ。本気で馬鹿かあいつら。

ＧＡＯのセーフティエリアは『安全にログアウトできる場所』であって、ログアウトと同時にプレイヤーのアバターが消えてしまうエリアのことだ。間違っても敵が襲ってこない場所じゃない。これはＧＡＯの取説にも、掲示板の野宿スレでも注意事項として明記されてるのに。

で、結局全員ここへ死に戻ったらしいのだ。死亡後は最後にログアウトした場所に戻るので、連中はここで一度ログアウトして再度ログインして野営をしていたんだろう。

そこまではいい。それでどうしてあいつらが俺を出せと叫んでいるのかというと。

「そのウルフをけしかけたのがフィストさんだって言うんです」

「はぁ？」

それを聞いて、俺は自分の耳がおかしくなったのかと思った。あいつらと俺が会った時、俺はクインしか連れてなかった。そしてクインのマーカーはＮＰＣ表示であり、俺のテイムアニマルでないということを知っているだろうに。

「あの後で俺が調教スキルを修得して、ウルフをテイムしまくって、それを夜になってあいつらにけしかけた、とでも言うつもりかね？」

「単なる言いがかりでしょう。ストームウルフっていうんですか、あれを連れてたから他の狼も連れてるに違いないとか、あいつに他の狼を操らせたんだとか好き勝手言ってます」

「クインが他のウルフ系に命令とか下せるなら俺としても楽でいいんだけどなぁ」

そんなことができるなんて話は聞いたことがない。大書庫にあった書物にも載ってなかった。大体、そんなことができるなら、クインは森でブラックウルフに襲われたりはしてないだろうし、昨晩だって仕留めずに退散させることができただろうに。

「話は分かった。あとは出せ出さないの話でしかないだろうから、俺がきっちり話をつけるわ」

「いや、しかし団長は、フィストさん本人は何も言わないようにと」

「それは掲示板のことで、ＧＡＯ内で直接のやり取りをしないようにって意味じゃないだろう。それにあんまりお前達に迷惑掛けたくないしな。馬鹿の矛先は俺だけに向いてりゃいい」

【自由戦士団】が色々気遣ってくれるのは嬉しいが、自分のせいで人に迷惑が掛かるのは心苦しいのだ。俺だけが叩かれてるならともかく【自由戦士団】まで中傷の的になってはたまらない。

「ここで俺とあいつらのやり取りを記録しとけば、材料も増えるだろ？」

「それはそうですけど……」

まだ何かブルートは言いたげだったが、それを放置して俺は騒ぎの方へと向かった。

「朝から何だ一体？」

事情を飲み込めてない風を装って前に出る。【自由戦士団】の団員達は意外な顔をしつつも道をあけてくれた。馬鹿共は何が楽しいのか笑みを深くする。不快な笑みだ。

「まだ寝てる人達もいるのに、何やってるんだお前ら？　リアルだったら騒音苦情で通報されてるぞ？」

ちゃんと撮っとけよと、団員にしか聞こえないくらいの声で伝え、俺は馬鹿共と対峙した。

「出てきやがったな人殺しが」

にやけ顔をした馬鹿の一人の言葉に対し、事実を述べる。

「人殺し？　俺のステータスのどこを見ても殺人罪は表示されてないが？　寝ぼけてるならとっとと目を覚ました方がいいぞ」

「なに言ってんのよ⁉　緑の狼をあたしにけしかけたのはあんたでしょ！　言い逃れできるなんて思わないでっ！」

今度は調教女がキツイ目で俺を睨んできた。なるほど、そういう路線で押し通すつもりなんだな。だったら言ってやる。

「あいつは俺のテイムした動物じゃない。よって、俺の命令で動くことは一切ない。それは、あいつのテイムを二回も失敗したお前が一番よく分かってるだろ？

それに俺は、お前を襲えなんて一言も言ってない。俺はあいつに、自分で思うようにしろとしか言ってない。つまり、あいつはあいつの意志でお前を食い殺した。お前なんかに二回もテイムされそうになったんだ。腹を立てるのは当然だわな」

　あ、調教女の顔が真っ赤だ。でも言い返せないよな。俺が言ったとおりなんだし。お前は勝手にＮＰＣを怒らせて、そいつに反撃されて死んだんだ。自業自得だ。

「適当なこと言ってんじゃねぇ！」

　すると馬鹿共の一人が代わりに声を上げた。

「昨晩だって俺達に狼の群れをけしかけただろうが！　お陰で俺達は全員死に戻ったんだぞ⁉」

「え⁉　お前ら一〇人もいて狼の群れなんかに全滅させられたの⁉」

　そこで大声で、馬鹿共がウルフに負けたことを強調してやる。

「狼ってレベル一の戦技スキルがあれば十分倒せるだろ？　それなのに全滅？　一〇人もいて？　嘘をつくにしても、もっとマシな嘘をつけよ。昨晩、街道の方からこのキャラバンを襲った狼は一一頭だけってのは確認が取れてるんだぞ？　お前ら本当に、一〇人もいながら一一頭程度のウルフに負けたの？　そりゃ恥ずかしいから他人のせいにもしたくなるよな」

　やれやれ、と肩をすくめてみせる。

「それに、狼に襲われたって言うが、見張りはどうしたんだよ？　セーフティエリアは敵に襲われない場所じゃないってのは、ＧＡＯの説明書に書いてある常識だろうに。あれ？　まさか説明書も読んでない上に、野営の時に見張りも出してなかったのか？　おいおい、自分達の備えの悪さを、俺のせいにしないでくれるか？　大体だな」

　俺はウィンドウを立ち上げて、自分のスキル一覧を表示した。所持スキル情報というのはＧＡＯでは結構重要な個人情報として扱われる。手の内を見せることになるからだ。でも俺の所持スキルは【解体】以外に特殊なものはないし、防衛戦の動画やらである程度は公表同然になっているのであまり意味はない。それにルーク達曰く、俺の強さはリアルスキルの影響なのか、スキルレベルそのままの強さじゃないらしいし。

「お前らの目が節穴じゃなけりゃ、俺のスキル一覧に【調教】スキルがないのが見えるよな？　つまり、俺に動物を使役する能力はない。お前らに狼をけしかけるのは不可能だ。それからさっきも言ったが、あのストームウルフ――翠の狼は俺の命令は聞かないし、そもそもあいつに他の狼を使役する能力はない」

おーおー、段々と、さっきの勢いがなくなってきてるな。もう一押ししてみるか。こいつらが昨晩のことで嚙み付いてきた場合、本来の事情を話してもいいってことで話はできている。嚙み付く理由が想定したのとは少し違うけど。

「お前らは知らんことだがな。昨晩お前らに狼をけしかけた犯人は、俺達にも狼や熊をけしかけてきた奴の一人でな。とっくに全員捕まえて縛り上げてるし、そいつらに俺達が護衛してる商人もろとも襲うように依頼した奴がＮＰＣだってことまで聞き出してる。お前らがいくら嘘を重ねても無駄だよ。これ以上恥を晒してもお前らの評価なんて既に地の底だろうけどな、相手にするのも面倒だから、とっとと尻尾巻いて帰れ」

「何の騒ぎだお前らっ⁉　清々しい朝を何だと思ってやがる！」

そこへ突然、レディンの声が乱入してきた。何だ、こっちに来たのか。

「……またお前か。騒ぎが起こるところにはいつもお前がいるな？」

レディンが俺を睨み付けてくる。え、何だこの態度？

「で？　お前、ここに来てる人達に何か迷惑を掛けたのか？」

言いながら馬鹿共に視線を移すレディン。その反応で、レディンが俺に対していい感情を持ってないと判断したのか、馬鹿共に勢いが戻った。あぁ、そういうシナリオか。

「そう！　そうなんです！」

「こいつ、俺達に散々酷いことをしときながら適当ばっかり言いやがるんですよっ！」

レディンが味方してくれるとでも思ったのだろう。

さっき俺が否定したことを繰り返しレディンに訴える馬鹿共。さて、レディンはどうするつもりかね？

「なるほど！　そりゃあ許せんな！」

大袈裟に声を上げて、レディンがこちらを見た。

え——……？

「そんな非道なことをする輩を許すわけにはいかん！　おい、何か申し開きはあるか⁉」

いかん、思わず笑いそうになってしまった。腹筋がやばいから勘弁してくれレディン。団員達も必死で無表情を貫いてるが、肩が震えてる奴もいるぞ？

「俺はやってない。潔白だ」

こっちに凄んでみせるレディンに対し、何とかこらえてそれだけを言った。

「この期に及んでまだ誤魔化そうというのか⁉　断じて許しがたい！　よって！」

大袈裟な身振りで嘆き、俺と馬鹿共を交互に見て、レディンが言った。

「この場でどちらが正しいか、はっきりさせようじゃないか！」

え、と馬鹿共が固まった。何を言い出すつもりだと俺も少し不安になる。

「正義は勝つという言葉がある！　ならば戦ってそれを証明すればいい！　お前らは全員でこいつ一人と戦い、打ち負かすんだ！」

俺を指しながらレディンは馬鹿共を焚き付け、次に馬鹿共を指して俺に言う。

「もしもお前に正義があるなら、たとえ一〇人を相手にしても負けることはないはずだ！　お前が正しいなら勝ってそれを証明してみせろ！」

おいおい、何て脳筋理論だよ。レディンの奴、ノリノリだな。

「いや、ちょっと……」

「どうした⁉　お前達が正しいなら、何ら問題はないはずだ！　何を迷うことがある⁉」

何やら言いかけた馬鹿共の一人がいるが、それを遮ってレディンが持論を展開する。

「それとも……さっきお前らが主張したことは嘘か？　まさか俺達を騙そうとしたなんてことは……ねぇだろ

うなぁおい？」

そしてドスの利いた低い声で馬鹿共を威圧する。

あーあ、ここで嘘でしたなんて言える雰囲気じゃないわな。あいつらはもう、嘘を貫き通すしかない。そしてそのためには一〇人かがりで俺を倒さなくちゃならないわけだ。仮に俺を倒したところで正しいことの証明にはならんのだけどな。勝てば正義なんて理屈が通用するわけないだろうに。

何やらヒソヒソと話し始める馬鹿共。とはいえ【聴覚強化】を使ったら筒抜けだ。一〇人なら負けることはない、大勢の前で思いっきり叩きのめして憂さを晴らしてやろう、これも掲示板のネタになる等々……あー、おめでたい思考だなぁ。負けることを微塵も疑ってない。

プレイヤー一〇人相手なんて普通なら勝ち目がないからそう思うのかもしれないが、ウルフ一一頭に負けるプレイヤー一〇人なら話は別だ。レディンもそれが分かってるからそう誘導したんだろう。そして恐らく、これもレディンの『仕込み』だ。でなけりゃこんな回りくどい演出なんてしないだろうし。

もう勝った気でいるのか、馬鹿共が活気付いている。普通に考えりゃ、一〇対一なら一〇が勝つもんな。

レディンの様子を見ると、あいつらに気付かれないように首をかっ斬る仕種を見せた。つまり、思う存分やれ、と。

「それじゃあ始めるとしよう！　ＰｖＰで一〇対一だ！　勝利条件は相手を戦闘不能にすること！　それ以外は制限なしとする！　異存がある奴はいるか⁉」

当然馬鹿共からは文句も出ない。俺としても文句はない。

向こうからＰｖＰの申請が出された。即座に内容がレディンの言ったとおりのものであることを確認し、それを受ける。

馬鹿共はそれぞれの武器を手に展開する。前衛と後衛の区別くらいはあるらしく、術士系は後方だ。といっても半数以上が前衛だな。調教女は後衛か。

ＰｖＰ開始と同時、大剣装備の男が斬りかかってきた。

「正義の一撃を受けてみろっ！」

調子に乗ってそう叫び、大剣を振り下ろしてくる男。他の奴と連携してくる様子もない。最初は俺を包囲してくると思ってたんだがな。こいつら一〇対一じゃなくて、一対一を一〇回するつもりだろうか？　その方が俺には好都合だからいいんだけど。

俺はマントの下で既に【強化魔力撃】を起動済。重ね掛けは二回。【筋肉痛】のバッドステータスが出る一つ手前だ。

包囲を崩すために準備していた一撃は、カウンターの一撃となった。真っ直ぐ振り下ろされる大剣を半身をずらすことで回避し、懐へ跳び込んで無防備の顎に全力で拳をぶち込む。突き上げた拳は男の身体を打ち上げ、その後の魔力爆発は男の顎を吹き飛ばした。顔の一部が肉と骨の破片となって飛び散り、鮮血が噴き出す。しかしそれは一瞬で、男の全てが光の粒子となって消えた。

さっきまで浮かれていた馬鹿共に沈黙が落ちる。目の前で起きたことが理解できた様子はない。

俺は俺で、このレベルの一撃で人間の顔を砕けるという事実に驚いた。以前ブラウンベア相手に叩き込んだ時は、ダメージは通ったけどこんなことにはならなかったんだが。相手が人間で、狙った部位が脆かったからだろうか？　【魔力制御】で一撃の威力が増加したことが影響したんだろうか？　それとも相手の弱さが原因か？

っと、検証は後にするか。とりあえず、こいつら全員叩き潰さないとＰｖＰも終わらないし。

多分全員、俺より格下だとは思うが、最後まで油断せず、きっちり始末をつけよう。それも二度とこんな馬鹿なことをしないように徹底的に心を折るつもりで……気が重いけど。そしてこれが片付いたら、ツヴァンドのグンヒルトの所でうまいものを御馳走してもらってリフレッシュしよう。

こっそり溜息をつき、俺は一歩を踏み出した。

第五二話　旅路～三日目朝二～

　馬鹿共はまだ固まっている。一撃で仲間が死んだんだから無理もないか。正直、俺もあれには驚いたが、やられた側の衝撃の方が大きいだろうし。

　俺が近づいているのに何の反応もない。こりゃもう一人二人は痛め付けることができるかな。とりあえず【強化魔力撃】四倍はもう使わないようにしよう。気分的にはあっさり片付いていいんだが、目的を考えるとあれは効果が薄すぎる。

「なっ、何やってんのさっ⁉　さっさとやり返しなよっ！」

　後衛にいた魔術師らしき女が叫び、ようやく前衛達は我に返ったようだ。慌てて武器を構える様子が滑稽に見えた。あ、後衛が更に後ろに下がったな。

「おらあぁぁぁっ！」

　槍を手にした男が一人だけ掛かってくる。何故か得物を振り上げて……槍は基本、突く武器だろうに。ハルバードやグレイヴ、ポールアックスなら分かるけど、そんな使い方されても全く怖くないんだが。

　【魔力撃】を起動した左手で柄を掴んでやるとあっさり止まった。掴まれたことに驚いて槍を取り戻そうとするので、手を離してガントレットの甲で柄を押しのけながら前に出る。そして再度掴んで固定すると、槍を持つ手を蹴り上げた。俺のブーツと槍の柄でサンドイッチされた男の指があっさりと折れた。ガントレットでも装備してりゃ結果は違ったかもしれないが、指先なしの薄い革グローブじゃ防げるもんじゃない。

　片手になったところで槍を奪い取り、そのまま横へスイング。頬を張ってやって離脱する。他の連中が動き始めたからだ。一人は片手剣と盾を装備した男、もう一人はメイスと盾を装備した男だ。あと短剣を両手にそれぞれ持った女も俺の後ろに回り込もうとしてるな。大剣を持った男と手斧を二丁持った男は動かず、か。

　さて、誰から相手にするかと意識を広げていると、視界の端からこちらに迫ってくるものに気付いた。魔力弾だ。避けようとしたが叶わず、魔力弾は俺の左肩に直撃した。防具越しとはいえダメージはしっかり入ってる。あー、魔術は厄介だな。さっきのは多分、最初期の攻撃魔術である【エネルギーボルト】だと思うが、あれって必ず命中する類の魔術だったはずだ。あれで削られるのはまずい。

そう考えた時には手にした槍を女魔術師に投げ付けていた。【投擲】スキルによる補正もあり、槍は女魔術師に突き刺さる。狙いは腹だったんだが逸れて太腿(ふともも)の辺りになってしまったけど仕方ないか。しかもそんなに深くは刺さっていない。距離があったから勢いも落ちたし、HPもたいして減っていない。

「なっ⁉　何で血が出るのよおっ⁉」

でも多少の痛みはあるだろうし、それよりも出血したという事実で女魔術師が混乱している。

そりゃあ普通なら倫理コードが掛かってて出血表現はカットされるからな。でも俺は【解体】スキル持ちだ。このスキルを修得している者はその制限が解除される。そしてこのスキルは【解体】を修得するための条件として他者にもそれを見せる効果がある。戦闘行為そのものにおいても、そして一八歳未満相手でも効果は有効のようだ。それでいいのか運営、と一瞬考えたが、とりあえず置いておく。その仕様が今は好都合だ。

まずは完全に魔術師を無力化しよう。近接要員を無視して俺は後衛へ向かって走った。当然それを阻止しようと前衛は追ってくる。だからそれを阻むために俺はウエストポーチから取り出した物を前方に撒き、それを踏まないように、そしてそれが不自然に見えないようにしつつ進む。

「痛ぇっ⁉」

「何だっ⁉」

そんな悲鳴が背後から聞こえてきた。一瞬だけ背後を見ると、足を上げて飛び跳ねている男が二人。どうやら撒菱(まきびし)をうまいこと踏んでくれたようだ。以前ツキカゲの所で購入した物だが、こういう時に役立つな。

何かあると気付き、他の追っ手の足も止まる。その間に諸々強化した脚力でもって後衛に迫る。魔術師は混乱中、もう一人いる革鎧装備の男はこちらに弓を構えていた。ガントレットを盾のようにして顔を護り、左右に揺れてフェイントを掛けながら接近を続ける。男は矢を放ったが、それは命中せずに後方へと飛んでいった。

　魔術師より前に弓兵を無力化した方がいいかと考え直し、腿に差してあるダガーを抜く。

　次の矢を番(つが)えようとしている男に向かってそれを放とうとしたところで、その手に衝撃が走ってダガーを取り落としてしまった。何が起こったと確認する前に次の矢が飛んできて右肩に当たった。衝撃のダメージは僅かに入ったが、刺さってはいない。優秀な防具のお陰だ。パーフェクトだよ、シザー。

　さてさっきの現象だがようやくその正体に気付けた。後衛の最後の一人、調教女が手に鞭(むち)を持っていたのだ。結構長い鞭だな。狙ったのか何かのアーツだったのかは分からないが、鞭は厄介だ。確か先端は音速を超えるっていうし。見切って避けるなんてできそうにない。

　鞭の攻撃は甘んじて受ける覚悟で俺は弓兵に突っ込んだ。調教女はそれでも俺に攻撃しようとしたようだが、位置的に弓兵が邪魔になって攻撃できないでいる。その隙に、三矢目を放とうとしていた弓兵に肉薄し、手にした長弓を右手で摑んだ。そして左手で剣鉈を抜いてその弦を斬り飛ばす。弓を無力化するにはこれが一番だ。続いて剣鉈を弓を持っている弓兵の左手首へと振り下ろした。斬り落とすことはできなかったが革手袋ごと深々と裂かれた手首から真っ赤な血が噴き出す。

「ひいいいぃぃっ⁉」

　悲鳴を上げて混乱する弓兵の首根っこを引っ摑み、盾にする形で今度は調教女へと向かう。

「こっ、来ないでっ！」

　それは俺に対してか、それとも出血している仲間に対してか。拒絶の色を顔に浮かべて後ずさる調教女へ向けて、俺は弓兵を押し付けた。躱せず弓兵が調教女にぶつかる。

「ひゃあっ⁉」

　そして調教女は弓兵から噴き出す血を浴びて悲鳴を

上げた。仲間を突き飛ばして浴びた血を振り払おうとする調教女は俺を気にする余裕すら失っていた。だから正気に戻る前に鞭を摑んで取り上げて、剣鉈で適当なところを切断して放り捨てる。その時には調教女の注意がこちらに向いていたので頬を平手で張り飛ばす。一度、二度、三度、四度。拳ではなくあくまで平手打ち。打つ度に抵抗の声も小さくなっていくが構わず打ち続ける。やがて背を向けて膝をつき、身体を丸めるようにして震え始めたので、剣鉈で左足首を抉ってから仕置きをやめて、他の連中へと注意を向けた。

槍男は位置を変えぬままこちらを見ているが、折れた指を押さえて動こうとしない。完全に怯えてるな。

撒菱を踏んだ男二人はまだ刺さった撒菱を抜けずにいる。とりあえずは放置でいいか。

魔術師女は槍をようやく引き抜いたようだが出血に混乱中。

弓兵は手首を押さえてもがいてる。弓以外の武器は持ってないようだしこれも今は放置でいいだろう。

残った男二人と女一人は、撒菱の位置を把握してようやくこちらへ向かってくるところだ。あいつらを相手にする前に、魔術師は完全に無力化しておいた方がいいな。

魔術師女に向かうと、ポーションを取り出しているところだった。槍の傷自体は深くないのでＨＰはすぐに回復したようだ。当然出血も止まる。それに安堵の息を漏らしたようだが悪いな。これからもっと酷い目に遭ってもらう。

俺の間合いに捉えたところで魔術師女が気付いた。こちらを見つめる紅い瞳。そこに俺は右手の指を三本突っ込んだ。

「ぎゃあああぁぁぁっ⁉」

女とは思えない絶叫を上げる魔術師女。構わず指を引き抜いて、もう一方の目にも同じことを繰り返す。自分の行動に嫌悪を覚えるが、それを意識の奥へ押し潰して、俺に迫ってきていた男達を見やる。仲間の尋常でない悲鳴に三人の足も止まっていた。

何も言わずに血に染まった指を動かしながらそちらへと歩く。これから自分達の身に何が起こるのかを想像させるように、見せ付けるようにゆっくりと進む。

「ま、待て！　お、俺達の負けだ！」

手斧を二つ持った大柄の男が引きつった顔で後ずさりながらそんなことを言った。当然無視して進む。他の奴も俺に仕掛けてくる様子はないが、そんなの関係ない。戦意を喪失していようが何だろうが、ＰｖＰは継続中なんだ。だったら、続けなきゃな？

「頼むから勘弁してごっ⁉」

剣鉈を手放して、往生際の悪い斧男の顎に【魔力撃】を込めた拳を左右から同時に叩き付けた。まだ何やら言おうとするが、顎が砕けたせいで言葉になっていない。意味が通じないから聞く耳持たん。よし次。

二人の男女を無視し、撒菱に悪戦苦闘してる男二人の方へ向かう。こっちに気付いた男達は逃げようとしたが、別の撒菱を踏んで飛び跳ねた。剣を持った方はそのまま尻餅をつき、更に悲鳴を上げる。尻にも刺さったみたいだな。

自分で踏まないように気を付けながら進み、震える手でこちらに向けられた剣を蹴り飛ばし、足首を思い切り踏み砕いた。もう一人のメイス持ちにも同じようにする。倒れた拍子に撒菱がまたどこかに刺さったみたいだが気にしない。

さて、五体満足な奴はさっきの双剣女、それから大剣を持った男だけだな。

「ま、待ってくれ！　俺達が悪かった！　降参する！」

槍男が叫び、大剣男と双剣女も武器を捨て、両手を挙げた。降参？　ははは、何を戯れ言を。そんなことが許されると思ってるんだろうか？

「お仲間が酷い目に遭ったからって、自分達だけ無傷でいようってのは虫が良すぎると思わんか？」

槍男に近づきながら言ってやる。

「それに、ＰｖＰを終わらせるためには、全員倒さなきゃな」

「りっ、両方の同意があれば中断できるだろうっ⁉」

慌てて槍男がメニューを立ち上げる。ＰｖＰ中止の確認がウィンドウとなって俺の前に表示された。へぇ、中断ってシステム的に可能だったのか。やったことないから知らなかったな。あの時のブルートも中断できるって言わなかったし。彼もそれを知らなかったのかもしれない。それとも今回はデスマッチじゃないからその余地が残ってるのか？

まぁいい、とパネルを操作する。当然、了承するはずはない。

ＰｖＰが終了し、通常のフィールドに戻る。

途中ですっかり心が折れたあいつらに、俺は一切の情けを掛けなかった。逃げ惑い、泣き叫ぶあいつらに容赦なくエグい仕打ちをした。ＨＰがゼロになりそうになったらポーションで回復させ、延々と痛め付けた。その中で、あいつらが掲示板でやったことを、それが全て嘘だったことを含めて全部白状させた。最初の奴以外はこれでもかというくらいの苦痛を味わっただろう。最初の奴も死んだ時点でＰｖＰのフィールドからは脱出してる。その後は観戦してただろうから精神的にはダメージを受けてるだろうけど。

で、それを実行した俺の気分はというと最悪だ。弱い者いじめを通り越して拷問ってレベルの所業をしておいて楽しいわけがない。ポーズだけでも喜々としてやってりゃ、あいつらへの精神的ダメージも更に増したんだろうけど、俺の方が耐えられなかったし。途中からはかなりの仏頂面で痛め付けてたと思う。あぁムカムカする……。

大きく溜息をついて顔を上げる。俺を見る【自由戦士団】団員達の顔色は悪い。中には視線が合った途端後ずさる者もいた。レディンですら俺にどう声を掛けていいか迷ってる様子だった。うん、どん引きされるだけのことをした自覚はある。すまない。

「終わったぞ」

「お、おぅ……」

思っていたより低い声が俺の口から漏れた。びくりと肩を震わせてレディンが頷き、咳払いして馬鹿共を見やる。

ＰｖＰはデスマッチではなかったので連中のステータスは何の異常も残っていないしペナルティもないは

ずだ。装備の損傷もなくなってるし、返り血すら消えて綺麗なものだ。それでも最初に頭を吹き飛ばした男以外の全員がその場に座り込んでいた。呼吸は荒く、肩が大きく上下している。涙をこぼし嗚咽を漏らす者も多い。仮想現実とはいえ、嬲り殺しにされたのだ。それなりのショックは受けただろう。

「さて、お前らに言っておくことがある」

というレディンの言葉が耳に入っているのかどうか。最初の男以外は無理だろうな。何か最初の男って言い辛いな。髪が長いからロン毛と呼称するか。

「掲示板でお前らがこいつ、フィストの誹謗中傷をしてたことを俺達は知っている。で、実際にどういう状況だったのかもフィストから聞いてるし、お前らが街道で馬鹿やって通行妨害してたことも、旅人達に聞いて確認済だ」

え、とロン毛が驚きの表情を作る。そりゃあ驚くだろうな。何せ、全部レディンの掌の上だったんだから。

「その上で、お前らが住人達に嘘を吹き込んでる場面なんかの一部始終を俺達は証拠として録画してある。当然さっきのＰｖＰでお前らがゲロった真実も、このやり取りもだ。そしてこれら一連の事情と動画を、これからお前らが立てたスレにアップする」

ロン毛がみるみる青ざめる。これから起こることを想像するとどんな気持ちだろうな？　他の連中はまだ立ち直ってないからそんなことを考える余裕すらないだろうけど。

「もう誰も、お前らを信じやしない。ゲスな真似をした報いを存分に受けるがいい」

そう言ってレディンは踵を返した。【自由戦士団】の連中もその場を去って行く。俺もこいつらに用はない。ロン毛に目をやると視線に気付いたのか、俺を見て尻餅をついた。別に睨んだりしちゃいないんだが、ここまでの反応をするようになってれば十分か。これで二度と会うことはないだろう。

俺もその場を後にする。

もう一度溜息をつくと、前方からクインがやって来るのが見えた。ああ、そういや朝飯まだだったな。

「すまんすまん、とりあえず報酬の肉はちゃんと狩って渡すからな。今朝は以前獲った鹿肉を出すぞ」

　そう言ってやると、鼻先でこっちの足を小突いてくる。何だ、獲れたてじゃないと不満なのか？　足を止めてクインを見ると、じ、っとこっちを見つめてくる。何だろう、俺、何かしたか？

　そんなことを考えていると、顔を足に擦り付けて、小さく声を漏らした。か細く、切なげな声だ。おいおい、何だこの初めて見せる反応は？

「まさか、心配してくれてるのか？」

　こいつ、俺の心情を察しでもしたんだろうか。返事はない。ただ、もう一度俺に顔を擦り付けてクインは離れた。うーん、そういうこと、でいいのかね。

「ありがとな、クイン」

　頭を撫でてやる。逃げはしなかった。うん、段々と距離が近づいてきたな。より親しくなれたというか、それは嬉しいことだ。

　ただ、な。

「お前、返り血の付いた顔を擦り付けてくるのはいただけないぞ……」

　既に乾いているから俺に付くことはないんだけどさ。口元とか身体とか、まだかなりの血が付いてるぞお前。せっかくの美しい毛並みが台無しじゃないか。

「よし、川に行こう」

　しっかり身体を洗って、返り血を全部洗い流して綺麗にしてやるからな。メシはその後だ。それが終わったら……少しはモフモフさせてくれるだろうか。こんな時くらいは癒しが欲しい……。

第五三話　旅路〜三日目朝三〜

「痛っ⁉」

顔への衝撃で天国は一瞬にして消え去った。土の味がする。あれ、さっきまであったモフモフはどこ行った？

「何やってんだお前？」

顔を上げると足が見えた。上体を起こしつつ視線を上へと進めて行くと呆れたレディンの顔がある。

「……クインは？」

「狼ちゃんなら、あそこにいるぞ」

視線の先を見ればお座りしたクインがいる。お前、レディンが来たから離れたのか？　もう少しあの毛並みに溺れていたかったのに……土壁まで作って周囲の目が向かないようにしたのに。やはり四方を囲っておくべきだった。

「で、何の用だよ？」

その場に座って問うと、レディンが顔を歪めた。

「どうした？　まだ昂ってんのか？」

「あんなことして昂るとか、どんな変態だよ？　機嫌悪く見えるなら、お前が近づいたことでクインに逃げられたせいだな」

レディンに八つ当たりしても仕方ないか。僅かな時間とはいえクインが身体を預けてくれたのでだいぶ楽になった。最後のはいただけなかったが。

「で、改めて聞くけど何の用だ？」

「ああ、俺達はそろそろ出発するから、その前に様子を見ておこうと思ってな」

つまりは心配してくれたわけか。野郎に心配されても——なんて茶化す雰囲気じゃないな。嬉しいのは事実だし。

「心配掛けてすまなかったな。ありがとう」

「どってことねぇさ。ただ、どうしてあそこまでやったのかは気になるけどな」

素直に礼を言うと、レディンが肩をすくめながら言った。それをお前が聞くのか？　どうして、だなんて。

「お前がああいうお膳立てをしてくれたからな」

は？　と眉をひそめるレディン。

「あの場で俺とあいつらがＰｖＰをする意味は何もない。どっちが勝とうが関係ないからな。勝った方に正当性があるなんて通用するわけがないんだから。ということは、ＰｖＰ自体は目的じゃなく、手段ってことだろ？」

「え……？」

「目的はあいつらの嘘を暴いて公にし、俺への誹謗中傷の拡散をやめさせることだ。そのために必要な材料を揃えなきゃいけない。状況証拠としてのあいつらの行動は動画保存してるっていっても、それを直接スレ主に結び付けるには弱い」

あの件を知ってるプレイヤーは俺とあいつらだけなんだから、俺が立ててない以上、スレ立てしたのはあいつらにほぼ間違いないだろう。でもそれをはっきり言えるのは俺が当事者だからで。それに仮に俺がそれを指摘しても、他のプレイヤーにしてみれば、俺が本当のことを言ってるかなんて分からない。

「となると、一番有効なのは、あいつら自身による自白だ。でも普通に詰め寄ったって、あんな性根の奴らが素直に白状するわけがない。なら少々強引な手法が必要になるけど、通常フィールドであんなことしたら犯罪者まっしぐらだ。でもＰｖＰなら仕様上は双方合意の上での暴力合戦になるわけだからその心配がなくなる」

決闘（ＰｖＰ）はＧＡＯ内の法律で保障されている。その結果相手を死なせても罪には問われないし、始める時の条件付けで禁止されてなければ何をしてもいいことになっている。何をしても、とはいうが、実際は暗黙の了解がいくつかあるんだけども。

そして自白させるには俺が負けるわけにはいかないし、全員をゲロさせるまであっちに死んでもらうのも困る。抵抗力を残しておけば何かの拍子に一発で殺られる可能性もあるのがＧＡＯなわけだし。だから痛め付ける過程で手足を使えないように壊したし、なるべく武器も破壊したり遠くへ投げ捨てたりして一切の抵抗力を奪った。魔術師に関しては口はきける状態じゃないといけないので、喋れても魔術で俺を狙えないように目を潰した。顎を砕いた男は回復させて口をきけるようにした。

「あとは、二度とこんな馬鹿な真似をしないように、徹底的に思い知らせてやらなきゃならない。口で延々説教して通じるような奴らじゃないからな。身体に刻み込むしかない」

中途半端に痛め付けるのは駄目だ。喉元過ぎれば何とやらでまたろくでもないことをしそうな連中だったし。だから、俺を見かけたら即座に逃げ出したくなるくらいに、容赦なくやった。また同じようなことをどこかの誰かにやった時にはどうなるか分かってるだろうな、という呪いの意味もある。程度は明らかに違うが、以前ブルートにやったことと本質は同じだ。

実際、そこまでやる必要があったかどうかは分からない。本気で反省して、ブルートのように改心する可能性だってないわけじゃない。ブルートの改心自体、俺には意外なことだったし。

ただ、今までのこいつらの言動を顧みるに、まずないだろうと判断した。あいつらにもブルートのような事情があるのかもしれないが、どうもそういう風には見えなかったからだ。だから俺は見込みなしと決め付けた上で実行した。

「合法的に相手を痛め付ける場を整え、暴力による強要の末の自白だが証拠も一応は確保でき、こんな馬鹿な真似を二度とする気が起きないように刷り込むこともできる。まさに一石二鳥どころか三鳥ともいえる作戦。よくこんなえげつないお膳立てをしてくれたものだと――」

「待て待て待て！　お前、そんなこと考えてたのか⁉」

何故かレディンが慌てた。いや、だって仕向けたのはお前だろうに。

「何だよ？」

「いや、俺はただ、一方的に掲示板で叩かれてるお前が、平気な顔しつつもストレス溜まってるだろうなと思ってだな。あいつらをぶちのめして発散する場を提供してやろうか、くらいのつもりだったんだが……」

……レディンの言ったことがよく分からなかった。

いや、理解したくなかったのかもしれない。

「何だって？」

「だから、お前が考えたような意図はあの時にはなかったんだよ……」

その言葉を咀嚼して意味を理解し、俺はそのまま後ろに倒れ込んだ。手足を投げ出して目を閉じる。

「何だ、俺が勝手に深読みしただけってことか？　あの時の首をかっ斬る仕種も、憂さ晴らししろってだけだったと？」

俺、かなり我慢してあいつら痛め付けたんだけどな
……無駄骨？

「あー……すまん、本当に申し訳ない。ＰｖＰで気が晴れるまで俺を殴ってくれていい」

「お前、これ以上俺の気分を沈めたいのかよ……いいよ、意図を確認しなかった俺も悪いんだし……」

報連相は基本だ。それを怠った俺にも非はある。それに刷り込みとしての暴力そのものが無駄になったわけじゃないし。

「で、掲示板の方はどうなってる？」

行儀が悪いのを承知で、寝転がったままで尋ねる。今に至るまで、結局俺はスレそのものを見てないのだ。

「あぁ、書き込み自体は俺がやるが、文面についてはアオリーン達が編集中だ」

深々と下げていた頭を上げ、レディンが背後を振り返る。俺の位置からは見えないが、多分そっちにアオリーン達がいるんだろう。彼女なら分かりやすい文章を作ってくれそうだ。

「そっか。せっかく撮った動画だ。有効活用してくれ」

終わったこととはいえ、やったことを無駄にはしたくない。せめてあれを役立ててくれれば、そう思ったのだが。

「いや、ＰｖＰ動画はアップしないことが団員の総意で決まった」

「……何故に？　俺があいつらと問答してる辺りから含めて全部アップすれば、あれほど分かりやすいのもないだろ？」

「……お前の評判を戻すための活動で、別の意味でお前の評判を落としちゃ意味ないだろうがよ」

言われてみればそうか。俺、何でそこまで頭が回らなかったんだろうな……。

「動画そのものは使わんが、お前が吐かせた情報は使う。特に、あいつらが覚えてる限りの自分のレスは全部だ。照らし合わせした限りじゃおかしな部分はないらしいしな。しかし匿名とはいえ、低く見積もっても三分の一はあいつらの自演だったってのは笑えばいいのか呆れればいいのか」

本人が思い出せない分や故意に黙ってる分があるかもしれないことを除いてもそれか。スレがどれだけ進んだのかまでは知らないが、三割以上ってのは多いんだろうなきっと。某匿名掲示板とかと違ってＩＤとか表示されないし、自演し放題か。

「まぁ、あとはこっちでカタをつけるから安心しろ。多分これで終わるからよ」

「そうあってほしいな。で、もう一方の当事者達はどうした？　もう出発したか？」

最後にそれだけ聞いておこう。あとは全てレディン達に任せて、その後何かあったらその時はその時だ。

「さっきの場所にまだ固まってるぞ。掲示板の方が気になるんだろうな。お通夜みたいな雰囲気で、俺らの書き込みを待ってるような感じだ」

後はなるようになる、か。今後、あいつらがどうなろうが正直どうでもいい。懲りずに他のプレイヤーとトラブルを起こしても、どうなろうがあいつら自身の責任だ。

ただ一つ懸念があるとするならば、あいつらの矛先が住人に向かないか、という点のみだ。性根が曲がってて群れてる連中が標的にするのは、大体自分達より弱く見える人だし。プレイヤーはこっちの住人より基本スペックが高いしな。

元々の発端が住人への迷惑行為なわけだから、一応とどめを刺す時に、今後住人に迷惑を掛けたらこんなもんじゃ済まないぞと重々言い含めておいたから大丈夫だと思いたいけど。

「団長」

そこへアオリーンがやって来た。どうやら原稿ができあがったらしい。

が、近くまで来たアオリーンは俺を見て立ち止まり、レディンに冷たい視線を送った。

「団長が倒れているならともかく……団長、覚悟はいいですか？」

「俺が何かしたって前提で言わねぇでくれよ！　俺は何もやってねぇぞ⁉」

「犯罪者は皆、そう言うそうです。さあ、白状してください」

「いや、アオリーン。本当に何もされてないから」

妙な誤解をしているアオリーンにそう言って立ち上がると、彼女はクスリと笑った。あぁ、からかっただけか。でもレディンが倒れてるならともかく、って言い方をしたってことは、アオリーンもさっきのＰｖＰのことで思うところがあったんだろうな。

「ったく……で、原稿はできたか？」

「はい、あとは団長が書き込むだけです。それと、出発の準備も整いましたが、フィストさんの同行は決まったのですか？」

頭を掻きながらレディンが問うと、頷いてアオリーンがこちらを見た。俺の同行？　何の話だ？

「あぁ、それを言い忘れてた。ついでだから隊商に便乗しないか、って話だ。少しは早くツヴァンドに着くし、それまでは準団員待遇で報酬も出すぞ？」

「んー……いや、のんびり徒歩の旅を楽しむよ。途中、クインへの報酬も狩らなきゃいけないしな」

その提案を俺は断った。テイマーを生け捕りにしてくれたお礼を準備しなきゃいけないのだ。ツヴァンド着は夕方くらいの見込みで寄り道をするつもりでいる。それに何だ、今同行したら、さっきの件で色々と気を遣われそうだし。

「すまんな。そっちも俺達で手配できればいいんだが」

「隊商の護衛で雇われてるお前らが、個人的な理由でその足を遅らせるわけにはいかないだろ？　気にするな」

俺は自由気ままな旅だが、レディン達は仕事の途中

なのだ。優先すべきが何であるのかは決まりきっている。

「そうか。気を付けてな。俺らは今日中にツヴァンドを発つ予定だから、再会は当分先になるかもだが……その時には熊鍋が食えることを期待するぜ」

「あと、熊の手もよろしくお願いしますね」

「それまでに何とかできるように頑張ってみるよ」

調理法もだが解毒法もだよな。うん、ツヴァンド周辺にいる間に何とかしてみるか。

握手を交わして、二人は立ち去った。さて、俺の方もそろそろ動くか。あ、そうだ。その前に……うん、ログインしてるな。

『グンヒルト、今、いいか?』

フレンドチャットを立ち上げて、声を掛ける。

『フィスト？　ええ、大丈夫よ。どんな用かしら？』

『いや、今、ツヴァンドの手前まで来てるんだ。夕方にはツヴァンド入りの予定なんだけど、以前の約束、今日で大丈夫か？』

【解体】スキルを伝授した時、料理を御馳走してもらうと約束した件だ。

少しの無言の後、

『ごめんなさいフィスト。実は今、ドラードへ向かってる途中なのよ。以前ちょっと話したと思うけど、引っ越しの途中なの。この間会った時にはもう決まってたんだけど、言っておけばよかったわね』

何と……もう少し先のことだと思ってたが、もう新しい店の目処が付いてたのか。

『あー、そりゃタイミングが悪かったな。でも、おめでとう、かな。設備の整った店になったってことだろ？』

『ええ。だから、ツヴァンドでできた以上のおもてなしをさせてもらうわ』

『ああ。それに今度は、もっと前に連絡するよ』

考えてみたら訪ねる日に連絡とか、ちょっと配慮が足りなかった。もっと前に予約しておくべきだった。

『そうね。その方が、素材の吟味もできるし。腕によりをかけるから期待してて』

『楽しみにしてるよ。心配するだけ無意味だろうけど、ドラードまで気を付けてな』

『ありがとう。そっちもあと少しみたいだから大丈夫だと思うけど、最後まで気を抜かないでね』

チャットを終え、ゆっくりと息を吐く。残念だがこればかりは仕方ない。前もって確認しておかなかった俺のミスだし。

「仕方ない、そろそろ行くか」

土壁を崩して元に戻し、クインを連れて歩き出す。

さて、鹿四頭は確定として、他の獲物の分、どれだけ出してやればいいだろうな。

第五四話　結　果

夕方、ツヴァンドに着いたところで一度ログアウトして家のことを片付けた。旅のためとはいえ結構長い間ログインしてたからな。とはいえ、休みの日を利用しての旅だったので、リアルに支障があるわけではないんだけど。

そしてログイン五二回目。

とりあえずコスプレ屋に足を運ぶことにした。一度、装備のメンテナンスを頼もうと思うのだ。変更してから今まで、何やかやでダメージとか受けてるし。鹿魔族の蹴りとかクインの【暴風の咆哮】とか……耐久値的な余裕はまだあるが、素人目には分からない不具合が発生してるかもしれないので、本職によるチェックは必要だろう。

で、その店内で俺はのんびりとしていた。既に鎧は脱いでシザーに渡してある。ちなみにクインは外で待機している。理由はよく分からないが入りたがらなかった。

「ふむ、数値上はまだ余裕があるが、あちこち傷みがあるな。特にここなど」

言いながらシザーが指した箇所は、鹿魔族に蹴られたところだった。ぱっと見には目立たないはずなのに、さすが本職。

「そこはアインファスト防衛戦の時だな。そこに食らった攻撃で、ＨＰが八割以上持ってかれた。以前の革鎧だったら死んでたよ」

「フィスト氏はかなりの活躍をしたようだな。防衛戦の動画は見たぞ」

「動画になってない部分で地獄を見たけどな」

「掲示板によると、かなりの無茶であったようだな」

言いつつシザーはロックリザードの革の切れ端のような物をさっきの損傷部分に乗せて手を押し当てた。すると魔力の光が生じる。それが消えて手をよけると、そこにあった端材がなくなっていた。

「シザー、今、何したんだ？」

「【錬金術】スキルで、傷んだ部分に無傷の革を融合させて馴染ませたのだ」

「革鎧ってそうやって修繕するのか？」

スキルがあることは知ってたが、どういう風に使うのかはよく知らなかった。そもそも今の俺の修得可能スキルリストには【錬金術】が載ってない。

「【錬金術】は応用の幅が広いスキルでな。生物素材の融合や修復、高位調薬、金属素材の合金作成や不純物除去等、生産系スキルとの相性が良いアーツが多いのだ。確かフィスト氏は【調薬】を持っていたな。より高位のポーション等を作成するなら、素材の精製や処理に役立つであろうから修得をお薦めするよ。関連スキルがレベル三〇を超えたら選択可能になるので【調薬】をそこまで上げるとよい」

なるほど、それは便利だ。【調薬】は今後も使っていくし、便利な薬が作れるならいずれ【錬金術】が必要になることもあるだろう。いっちょ狙ってみるか。

「【錬金術】での修繕は一般的ではない特殊な方法だ。革鎧などは、損傷した部分を取り替えるのが普通であるな。それができるほどの素材量がなければ、特殊な薬剤で融解した素材を使って穴埋めをする。割れたプラスチックをボンドでくっつけるような物だと思ってくれればいい。が、その触媒が結構な値でな。まぁこの方法は、素材が稀少で取り替えがきかない場合であるがな。並の魔獣素材あたりまでなら、そんなことはせずに取り替えるのが普通だ。【錬金術】による補修の場合は補修材なしでも修復できるが、その分、周囲を削ることになって強度が落ちるのでお薦めできん。そして、【錬金術】を使った修繕をする住人は聞かぬな。今のところはプレイヤーの専売特許といってもいいであろう」

普通は職人ってその道一筋って感じだもんな。その道に関連することは取り込むんだろうけど、皮革職人が錬金術に手を出すのはイメージが難しい。

「ところでスティッチは今日はどうした？」

いつもなら接客でいるはずのスティッチがいない。特に用事があるわけじゃないんだが、来た時はいつもいたから気になる。

「買い出しに行っている。もうじき戻って来るであろう」

「買い出しか。材料の調達か?」

「いや、リアルの方だ」

リアルの買い出し?　ああ、そういや夫婦だったっけ。あ、材料といえば。

「シザー、一つ目熊の毛皮があるんだが要るか?　小熊だから小さいし、俺だけで倒したわけじゃないから裂傷も多いけど、背中は無傷で済んでるはずだ。まだ剝ぎ取ってはないんで、引き渡しは後日だけど」

「ほう、それは装備強化の依頼ということでよいか?」

「いや、今回は純粋に引き取り依頼だ。装備は、まだしばらくそいつで十分さ」

話している間にもシザーの手によって修繕や調整を施されて、新品同然に見えるくらいになった革鎧を指す。強い装備は欲しいが、そうこまめに新調を繰り返さなきゃならないほど、防御に不安があるわけじゃない。基本的に俺は、攻撃は受けるより躱すがメインだし。

「ただいまー。あ、フィスト君、いらっしゃい」

店の入口からスティッチが入ってきた。今日の彼女の格好は、某魔法少女アニメに出てくる風の癒し手の騎士服だった。髪が短くなってるが、ウィッグだろうか。それともこっちが地毛か。

「今日はどんなご用事?」

「防具のメンテ。しばらくはツヴァンドを拠点に活動するから、その前に万全にしとこうと思ってな」

「そっかそっか。それならしばらくは良質な素材を期待してもいいのかな?」

「狩猟ギルドへの納品もするから、要予約ってことで頼む」

店の奥に入っていきながらそんなことを言うスティッチに、以前と同じ回答をする。了解だよー、と声が返ってきた。

「あ、そうそう。フィスト君、表にいる綺麗な狼さん、確かフィスト君の仲間だよね?」

「あぁ。あ、もしかして邪魔になってるか?」

まさか、いるだけで客が寄り付かなくなってたりするんだろうか。だったら申し訳ないな。しかしスティッチはあははと笑った。

「そんなことないよー。お行儀良く座ってたから問題なし。外も暗くなってきてるし、そんなに目立たないところにいるから大丈夫ー」

「そうか、ならいいんだけど」

営業妨害になってないならいい。大きい上にあの毛並みだ。かなり目立つからな。

『フィスト。今、空いてるか？』

フレンドチャットが飛んできたのはそんな時だった。レディンか。どうしたんだ急に？

『ああ、特に作業はしてないけど』

『そうか、ならちょっと出てきてくれねぇか？』

店の名と位置を告げられてレディンからのチャットは終わった。あいつ、まだツヴァンドにいたんだな。

指定された店は酒場兼宿屋という、特に珍しくない所だった。店に入るとすぐにレディンを見つけることができたので、近づいて席に座る。他の団員達の姿はない。

「よぉ、すまんな急に」

「いや、別にいいさ。それにしても、今日中にツヴァンドを発つんじゃなかったのか？」

エールを注文して尋ねると、レディンが溜息をついた。

「その予定だったんだがな。例のテイマー共を突き出した関係で、事情聴取なんかがあってな。結局、今日中の出発は無理になったわけだ」

「そんな面倒事になってたのか。そりゃ災難だったな。でもそれって、お前らの都合は大丈夫なのか？」

ＧＡＯ内での仕事が延びたら、その分ログイン時間が延びる。場合によっては団員達もリアルの都合でログアウトしなきゃいけなくなったりしないんだろうか。

「その辺は頼りになる副官がしっかりしてくれてるさ。リアルに支障が出ないように、不測の事態が起きて多少の延長が入ることも視野に入れて依頼の管理をしてくれてる。当然限度はあるけどな」

さすがに敏腕副長さんは格が違った。

「その苦労に報いてやれよ？　お前が一つ目熊にふっ飛ばされた時なんて結構取り乱してたぞ？　団長じゃなくて、名前呼びだったしな」

「うるせーよ……そんなに羨ましいか？」

ニヤニヤ笑いながら言ってやると、一瞬だけ渋面を作った後、からかうように言いやがった。こ、この野郎……。

「……羨ましくはないな。俺にはクインがいるし」

当然、癒し的な意味で！　……うん、別に悲しくなんてないよ？

ちなみにクイン、今はコスプレ屋で留守番中だ。この外で待ってもらうのも考えたけど、こっちの方がトラブル率が高いからな。

そうしているうちにエールが運ばれてきた。それを受け取ってレディンへと向ける。レディンも置いてあったジョッキを掲げた。

「そんじゃ、今日はお疲れさん」

互いのジョッキがぶつかって音を立てる。俺達は同時に中身を喉に流し込んだ。ふぅ、今日は色々あったけど、何かしら片付いた後の酒はやっぱりうまい。

「そういや、結局あのテイマー達、背後関係とかゲロったのか？」

「その辺の詳しいところは、こっちには下りてきてねぇんだよなぁ」

骨付き鶏を齧って、興味なさげにレディンが言う。

「まあ、捜査情報だから簡単に教えてもらえるとも思えんが。あとは官憲に任せるさ。当然、ドラードまでにまた仕掛けてきたら徹底的に潰すしな」

うん、刺客に同情したくなる。とはいえ、今回ので失敗したってことは、次はそれ以上を揃えなきゃならないってことだ。手配の難易度も上がるだろうから、再度の襲撃の可能性は低いか。それに既にテイマーを捕縛済だ。これ以上の手出しは更に首を絞めることになりかねないし。

「で、それはともかくとしてだ。今回呼び出したのは掲示板の件だ。一応、顛末（てんまつ）は全て書き込んで、使える動画はアップした」

あとは見た連中がどう判断するかだが、動画があるから多分大丈夫だろう。

公式掲示板には外部のデータはアップできず、GAOで撮った無加工のものしか使えないようになっている。つまり編集したもののアップは不可能ということだ。公式掲示板に掲載された時点で、その動画やスクリーンショットはGAO内で実際にあったことを保障してくれる物になる。

ちなみにGAOで撮った動画等を自分のPCへ移すこと自体は可能だ。そういった動画に字幕やBGMを加えて動画投稿サイトへアップするプレイヤーは多い。

「で、自白についてはは証拠動画を使えなかったんでちと弱かったんだがな。そんな時にこれが出回った」

レディンが一枚の紙をテーブルに置いた。それを受け取り、目を通す。

「神視点新聞か？　これがどうしたって――!?」

ゴッドビュージャーナルの最新号。記事はいくつかあるが、その中に目を引く記事があった。

記事の内容は、異邦人同士の一連の揉め事についてだ。街道で馬鹿をやってた異邦人達に対し、それを別の異邦人が諌めたことが発端だというところから始まっている。プレイヤーの名前こそ伏せられてるが、どう見てもこれは俺達の件について書かれた記事だ。翠の幻獣の狼を連れた異邦人って時点で俺以外にいるとは思えない。見る奴が見れば誰のことかすぐに気付くだろう。

調教女が首輪と腕輪をした幻獣をテイムしようとして痛い目に遭わされたとも書いてある。

その後の俺に対する掲示板での誹謗中傷行為や、野営地でのネガキャンにも触れている。ただ、掲示板のことについては『異邦人限定の独自情報網』と記してあったり、プレイヤーの死亡についてぼかして書いてあるあたり、あくまでGAO内の事件をGAO住人の目線で書いてるという設定なのだろうか。それとも本当に、GAOの記者が書いてるとか？　……まさかな。

記事はそこから、今朝の騒動について書かれてるが、俺のやりすぎともいえる暴力行為については書いてない。決闘の中であいつらの非を認めさせたということになっている。

記事の締めは、異邦人全体のモラルについての問いかけだった。普通に住人と接するプレイヤーの方が多いが、酷い奴がいるのも事実だ。

しかし、記事の最後にあった名前を見て疑問が生じる。この記事を書いた記者はライアーとなっていた。野営地で俺に声を掛けてきた奴だ。でも俺、ライアーの姿を見たのは二日目の朝だけなんだがな。二日目の夕方以降、野営地にあいつはいなかったはずだ。発端のトラブルの時も同様。なのにどうして、ここまでの記事が書けるんだ？　まるで一部始終をその目で見てたかのようだ。それに俺の行為について無視してるのも変な話だった。

「読んだか？」

確認してくるレディンに、頷くことで答える。

「つまりはそういうことだ。俺達が行動を起こした後でもスレの方はしばらくあーだこーだ盛り上がってたわけだが、その記事で俺達の主張が補完され、それ以上騒ぐ奴はいなくなった。そりゃそうだわな。公式がこの件について事実だって認めたことになるんだからよ。で、フィスト。お前、こっち方面で何かコネがあるのか？」

「全くない。ただ、この記事を書いた奴は知ってる」

野営地での出来事を簡単に説明すると、腕など組んでレディンが唸った。

「その記者、何モンだ？」

「分からん。俺はマーカー表示を切ってるから、今思えば本当にNPCだったかどうかも疑わしいな」

エールを一口して考える。ひょっとしたらライアーには中の人がいて、それは運営の人間なのかもしれない。NPC表示だったとしても、そんなの運営にしてみればどうとでも誤魔化せるだろうし。

ただ、それにしては俺の拷問行為は不問、ってのが腑に落ちないが。あれも良識ある人間の行動からは外れてる行為だろうから、記事内で触れていてもおかしくないのに。あくまで住人に対するプレイヤーのモラルについての記事だから無視したのか。それとも、プレイヤー同士でしかも決闘におけることだったから目こぼしがあったんだろうか。俺が贔屓される理由もないだろうし。何かモヤモヤする……。

「まぁ、これでこの件は解決だ。おう、ねーちゃん。エールのおかわりだ」

色々と思うところがないわけじゃない。でもこれ以上はできることもない。運営に問い質したところで答えが返ってくるとも思えないし。これ以上気にしても仕方ない、か。

ジョッキを呷り、疑問も違和感もエールと一緒に呑み込んで、

「お姉さん、俺もエールのおかわりを。それと何かつまむものも一緒に」

俺は色々と手を尽くしてくれたレディィン達に感謝しつつ、今を楽しむことにした。

明日からは、また狩猟ライフだ。

外伝　暴風狼

見知らぬ木々。覚えのない匂い。ここは私が過ごしていた森とは違う場所。父も、母達も、兄弟姉妹達の姿も見えない。ここにいるのは私だけだ。

　次第に記憶がよみがえってくる。いつもどおりに縄張りで過ごしていたあの時、何の前触れもなく私の周囲の景色が歪んだのだ。

　目まぐるしくねじれる景色の中、身体の自由が奪われ、力が抜けていった。感覚が曖昧になり、どれほどの時間が経ったのか分からないまま、気が付けば私はここにいた。

　何が起こったのかは分からない。ただ、私だけが群れからはぐれてしまったのだ。

　じっとしていても始まらない。ここがどこかも分からないが、群れに戻らねば。

　そう思い、家族の匂いを探ったところで、忌まわしい臭いを鼻が捉えた。不快な臭い。これは穢(けが)れだ。生きるものを穢し、歪めるものだ。

　確かめねばなるまい。そう思った時には足が動いていた。身体は重いが動けないほどではない。臭いのする方へと進む。

　見つけたのは穢れの獣の群れ。どこかへと向かっていた穢れ共に、私は見つかってしまった。

　私だけでどうにかできる数ではなかったし、体調も万全ではなかった。あの時、私は逃げるべきだったのだろう。迎え撃ってしまったのが失敗だった。

　それなりに倒しはしたが、腹に爪を受けてしまい、まともに戦うことは無理と判断し、その場を離脱した。

　何とか逃げ切り、樹上で数日ほど身を休めていたが、回復する様子もなく、具合は悪くなるばかり。傷が癒えやすくなる草も食べたが効果はなかった。

　そのうちに穢れた黒狼共が私のいる木を包囲していた。血の匂いを嗅ぎ付けたのだろう。

　こうなっては戦うしかなかった。いずれにしても、そろそろ何かを食べねば身が保たない。こいつらは論外だが。

　弱っているとはいえ、穢れた黒狼共に後れを取ることはない。牙で、爪で、襲ってくる黒狼共を始末していく。ただ、すべてを片付けた時にはそれなりに消耗してしまっていた。全く情けない。この忌々しい傷さえなければ、この程度の相手に手こずることはなかったというのに。

　ふと、気配を感じた。まだ仕留めていない奴がいたかとそちらを見ると、そこにいたのは穢れた黒狼ではなかった。黒の毛に褐色の皮膚をした人間の雄だ。ただ、私が見てきた人間達とは何かが違うような気がした。人間のようで、人間ではないような。

　立ち上がり、頭を向ける。弱っていると侮られるわけにはいかない。

　人間の雄がこちらへと踏み出してきた。こちらが威嚇しても気にした様子はない。ゆっくりと前脚を空へ向け、近づいてくる。

　だから、私は吠えた。暴風と化した咆哮が、人間の雄を吹き飛ばす。地に落ちた人間は顔を歪めながらも立ち上がり、再びこちらへと歩いてくる。あれでは懲りなかったらしい。

　先ほどよりも近くに寄せたところで再度吠えてやった。一度目よりも強くだ。人間はまた空に舞い、落ちた。

　それなのに、まだ逃げようとしない。座り込んだまま、こちらを見て何やら考えている。よく分からない奴だ。

　やがて、人間が立ち上がった。刃物を全て地面に落とし、腰に巻いていた革を外し、背負っていた物も置いた。前脚に着けていた金属の覆いも捨て、背中から下ろした物の中から平らな木と、水が入った透明な物を取り出す。それを手に、人間はまた近づいてきた。

「何も危害は加えないぞー。ちょっとお前を助けてやりたいだけだからなー。攻撃しないでくれると助かるなーというかしないでください」

　そんなことを言いながら、近づいてくる。私を害するつもりはないようだ。それどころか、助けたいと言う。何なのだこの人間は。

すぐ近くまで来ると、人間はその場に座り、平らな木に水を掛けた。平らだと思っていた木は中ほどに向かって窪みがあり、そこに水が溜まる。いや、水だと思ったそれからは、知っている匂いがした。食べると傷が癒えるのが早くなる草と同じ匂いがする。

「ほら、舐めろ。傷を癒す薬だ」

他に危険な匂いがないのを確認してから舐める。あの草の味がした。

草の水を舐めていると、人間は一旦離れ、背負っていた物を持って戻ってきた。そしてその革の袋から色々と取り出していく。

「汚れを拭くが、いいか？」

水に濡れた白い物を指し、私の身体を指す。今度は何をする気なのだ？　今までの反応から、私を害するつもりはないようだが、気を許すわけにはいかない。

妙な真似をしたら嚙み殺すつもりで、その動きに気を配る。人間は近づいてきて、白い物で私の毛を撫で始めた。白い物が動く度に、毛に付いた血が取れていく。汚れを落とすつもりのようだ。何故こんなことをするのかは分からないが。

「お前……これ、何にやられたんだ？」

手が止まり、傷を見ながら人間が聞いてくる。言ったところで通じはしないので意味がない。

黙っていると、人間はまた透明な物を取り出した。

「毒を消すぞ。我慢できるか？」

人間がそれを指し、私の傷を指す。傷を治すために必要なことなのだろう。我慢、ということは何かしらの苦痛があるのかもしれないが、必要なことなら構わない。ここまでしておいて、私を傷付ける気などないであろうし。

人間が透明な物に刺さっている木を抜くと、嗅いだことのない匂いが漏れた。それを私の傷へと振り掛けてくる。瞬間、傷が熱を持ち、痛みが増した。何も言われぬまま掛けられていたら声を上げていたかもしれない。

傷に残っていた穢れが白いもやとなって薄れていく。それは次第に少なくなっていき、最後には穢れと共に完全に消えた。

　人間がまた板に草の匂いのする水を垂らす。それを舐めると、傷がみるみる塞がっていった。あの草を食べてもここまで早く回復することはなかった。この水は何か特別な物なのだろう。私にこれを与えてよかったのだろうか？

「食うか？」

　穢れた黒狼共を指しながら人間が聞いてきた。穢れた肉など食べるわけがないだろうに。要らないことを伝えるには……そうだ、確か人間は頭を横に振ることで否定の意を示すのだったか。

「じゃあ、もらっていいか？」

　行動に移すと、再び聞いてきたので、今度は肯定の意を示すために頭を縦に振る。

　すると人間は色々と入っていた革の袋から肉を取り出して私の前に置いた。頭と脚がない鹿の胴体だ。

「ブラックウルフの礼だ。受け取ってくれ」

　これを私にくれるのか？　何故だ？　何故この人間はここまでする？　何かを企んでいるのか？　いや、しかし……。

「どうした？　食っていいんだぞ？　毒なんて入ってないから」

　少なくとも、私の鼻で気付けるような毒が入っていないことは分かる。この人間が、私を毒殺するようなことを今更するとも思えないが……いつまで見ているのだろう。食べさせるつもりがないのだろうか？

　やがて人間が穢れた黒狼共に注意を向けたので、鹿を食べることにする。久しぶりの食事だ。

　まるで仕留めたばかりのような活きのいい肉だった。一口ごとに力が戻っていくような気がする。内臓が抜かれているのは仕方ないとして、ようやく――人間、何故こちらを見る？

　食べ終えてからはしばらく人間のすることを見ていた。穢れた黒狼共は内臓を取り出され、毛を剝がされ、牙と爪を抜かれてから、どこかへと消えていく。どうなっているのだろう？

　全てを消して、人間は大きく身体を伸ばした。そして私を見てから距離を取った。最初に刃物等を捨てた場所で止まり、それら全てを身に着けていく。

「じゃ、俺は行くぞ。元気でな」

そう言い、人間は背を向けて、そのまま去って行く。

私の傷を癒し、肉を与え、それ以上は何もしようとせず去る？　あの人間にとってこれは意味のある行動だったのだろうか？　穢れた黒狼共を持ち去ったが、あれも私が頭を縦に振らなければそのままだっただろう。何だというのだ。

このままでいいのだろうかと思った時には立ち上がっていた。人間の後ろに続く。

しばらく行くと人間が立ち止まった。特に周囲に気配はないが、どうしたのだろうか？

また歩き出したので後を追う。少しするとまた立ち止まった。

「……何か、用か？」

振り向いた人間が尋ねてくる。私が付いてきたことが気になって止まったらしい。

用は、何なのだろう？　どうして私はこの人間の後を追ったのだ？

「お前、戻る場所がないのか？」

戻る場所は……分からない。今いるここがどこなのか。群れに戻るにしても、どこへ向かえばいいのかすら分からないのだ。

「おい、俺はこれから街に戻るんだ。人間がたくさんいる場所だ。お前がいたい場所じゃないぞ？　危険だってあるかもしれないし」

私を気遣ってくれているのか、そう言ってまた人間が歩き出す。私の足もそれに続いた。

いつかは群れに帰らなくてはならない。だが、今のままでは手掛かりもない。探しようがないのだ。

それに。助けられたままで去るのもどうかと思うのだ。借りを作ったままというのはいただけない。

人間がまた立ち止まっていた。私も止まる。

「お前、俺と一緒に行くか？」

ゆっくりと息を吐いた後で振り返った人間が、そう聞いてきた。歩き、人間の隣に立って、その答えとする。

人間は宙で手を何やら動かしてはこちらを見ていたが、

「じゃ、これからよろしくな」

と言って、私の頭を優しく撫でてきた。いきなり撫でてくるとは。まあ、命を救ってくれた人間のすることだ。しつこくないのなら大目に見よう。

「とりあえず、名乗ろう。俺はフィストだ」

フィスト。それがこの人間の名前か。名前……ふむ、個を区別するための呼び方をそう言うのだな。

「で、お前は……名前、あるのか？」

そんなものはない。父も母達も兄弟姉妹も、フィストが意図するような名を持ってはいなかった。故に、首を横に振る。

「俺が名付けてもいいか？」

更にフィストが問う。自分で名付けようもないし、できたところで伝えることもできない。ならば任せるしかないだろう。

フィストはしばらく私を見て、言った。

「よし、お前の名前はクインだ」


クイン。それが、私の名前か。よく分からないが、フィストが考えた末に付けてくれた名だ。悪いものではないだろう。

吠えることで肯定する。今から、私はクインだ。

「じゃ、あらためて。いつまで付き合ってくれるのかは分からんけど……よろしくな、クイン」

また頭を軽く撫でて、フィストが歩き出す。いつまでかは私にも分からない。しかし、恩を返せたと思える時まで。そして、群れの手掛かりが見つかるまでは、彼と共にあろう。

まずすべきことは、彼の足手纏いにならないことだ。遅れないように、私は彼を追った。


フィストと共に向かった先は、人間達の街だった。

街……人間達が多く集まり生活する場所。はて、フィストと行動するようになってから、知らなかったものがいつの間にか分かるようになっていることがあるのは何なのだろう？　困ることではないのだが。

それはともかく、門の前で私達は止まっていた。似たような格好をした人間達が、私とフィストを見て難色を示している。

「どういうこと、というか……なぁ？」

と言われても、私にどうしろと。とりあえず顔を背けておいた。

どうも人間達は、私を街に入れたくないようだ。私がフィストの支配下にないのが問題らしい。命令に従うわけではない、というフィストの言葉に頷いておく。私はフィストに従属しているわけではないのだ。

人間達との問答の末、

「とりあえず、管理下にあるように見えればいいんですよね？」

と、フィストがリュックサックから取り出した布を私の首に巻き付けようとしたので、前脚をフィストの顔に叩き付けてやった。いきなり何をするのか。そんな物は邪魔にしかならないぞ。

その後のフィストの言によれば、どうも私を街に入れるための手段だったらしい。不満はあるが、そうしないと入れないのならば仕方ない。フィストについて行くと決めたのだから、ここは我慢だ。

城壁の内側は、多くの人間で溢れていた。うるさくて落ち着かない。しかも私を見る度に人間達が反応する。何とも面倒な場所だ。

そんな中をフィストと歩き、あちこちに立ち寄った。布の代わりに首輪と脚輪を買ってもらい、私が倒した穢れた黒狼共を売却し、肉を買い込む。何をするのかと思っていたら街の外に出て料理を始めた。フィストの知り合いが戦いに出ていて、帰ってくるのを出迎えるようだ。

ようやく静かになると思っていたのだが仕方ない。付き合いというのは大事なのだろう。

やがてフィストの知り合いらしい人間達が戻って来たので、フィストが使う道具や買い集めた食べ物を入れていた木箱等を積んでいた陰に伏せておくことにした。私自身は彼らと関わり合いになることもないだろう。

そう思っていたのに、目敏い人間――異邦人が私を見つけた。短い赤毛の雌がこっちに来て騒ぎ立てたので、身を起こしてフィストの方へ行く。ここでも私は異邦人達に注目された。どうも私は、この辺りでは珍しい存在のようだ。

説明をフィストに任せている間にも、異邦人達が私を取り囲むように寄ってきていた。何人かは雄もいるが、雌の方が多い。少々鬱陶しい。

「餌付けされちゃったのかー」

と言いながら、赤毛の雌が手を伸ばしてきたので、牙を剥いて唸ってやる。餌付けなどとは心外だ。私はそんな安い雌ではない。周囲の異邦人達も触りたそうにしているが、許す気はないぞ？

そのうち、フィストが近づいてきて私を撫でようとしたので避けた。二度目のそれも躱す。

いや、まあ、少しくらいなら構わないが……こうも目の多い場所で軽々しいとは思わないのか？　真似をしたがる奴が増えたら面倒だろう。少しは考えてもらいたいものだ。

「ふふ、照れ屋さんめ」

勝手に納得したフィストがそんなことを言った。何だろう、この不愉快な気持ちは……。

その後、解散した後でフィストが手を伸ばしてきたが、私はそれを許さなかった。


初めて訪れた人間の街は、名をアインファストというらしいが、そこを拠点としてフィストは動いていた。狩りに行ったり、同じ異邦人と腕試しをしたり、薬草を採取したり薬を作ったりだ。

行動を共にしているうちに、フィストがどういう異邦人であるのか、少しずつ分かってきた。

まず、食べることが好きだ。街にいる時は何かしら買って食べている。その時は私の分も買ってくれるし、私が店に入れない時は、土産を持ち帰ってくれたりもする。

私をいいように使う気は少しもないようで、私が本気で嫌がることを無理矢理させようとはしない。かといって甘やかすこともない。あくまで対等の立場で私に接する。

一緒に狩りをした時の獲物は平等に分配する。体格の差を考えているのか、私の方が取り分が多いことすらあった。

狩り以外で何かを頼む時にはその度に対価を提示してくる。それはそれで、たまに気を遣いすぎではないかと思うこともあるのだが。少々のことならば対価などなくても動くというのに。

強さはそれなり。無理は避けて堅実に戦う傾向にある。慎重すぎではないかと感じることもしばしば。今の彼なら単独でもブラウンベアは狩るだろうし、ブラックウルフの群れとも渡り合えるはずだが。

アインファストに住んでいる人間達からは、かなり好意的に見られているように思う。私も交戦した穢れの獣共、人間達が魔族と呼ぶそれがこの街に押し寄せてきた時に、いい働きをしたようだ。

それから、他の村の狩人達とも仲が良いし、アインファストの狩猟ギルドとも良い関係を築いているように見えた。

彼と親しい異邦人が多いのかどうかはまだ分からないが、強者の数は目立つ。【シルバーブレード】という群れ（ギルド）の中の三人はフィストを圧倒していたし、グンヒルトという雌もだ。鍛練の相手としては申し分なく、彼らとの付き合いはフィストを今以上に鍛えることだろう。

番（つがい）となる雌は今のところいないようだ。街の人間の中にはフィストに擦り寄りそうな雌もいたのだが、フィストにその気はないらしい。人間ならフィストくらいの年齢で番の一人でもいるのが普通ではないのだろうか？　何か問題があるのか、そこは少々気になるところだ。

フィストと出会ってそれなりに日が過ぎ、私達はアインファストを離れることになった。次の街、ツヴァンドとやらに向かうらしい。

そのために何日か掛けて、付き合いがある街の人間達のところを回っていた。最後に行った薬屋では何やらあったようで疲れた様子だったが、それ以外は問題なく片付いている。

天気はよく、毛を撫でる風が心地よい。人間達によって整えられた道をフィストと共に行く。馬や牛を見つけたら確保しようとフィストが言うので、そのつもりで獲物の気配を気にしながら歩いた。どんな動物かは分からないが、フィストが狩りたいということは、うまいのだろう。少し楽しみだ。

しばらく歩くと、前方の旅人達の動きが鈍っていた。その原因は、道に広がっている異邦人達。しかも武器を振り回しているという状況だった。

跳び越えるなり迂回するなりすれば問題ないのに、フィストはそいつらをどかすことを選択した。前に出て、異邦人達と話し合っている。

しかしあちらはそれが気に食わなかったらしい。思ったより簡単に旅人達を通したと思ったら、それらがいなくなった途端にフィストに絡み出した。旅人達がいた時には怯んでいたというのに、彼らが消えると態度を変えるとは。情けない連中だ。

フィストと異邦人共の言い合いは続いているが、フィストの方が優勢のようだ。非はあちらにあるのだから当然と言える。

そろそろ片付くだろう、そう思ったところで、首に違和感を覚えた。フィストにもらった首輪のような、しかし明らかにそれとは違う圧迫感と、服従を強いる意志のようなものが伝わってくる。私の首から光が伸びていて、それは騒がしい異邦人共の一人に繋がっていた。鞭を腰に提げた雌だ。

苛立ちを乗せて、その雌に咆哮を放った。一応の手加減は忘れない。私が人間や異邦人と揉めると、フィストに迷惑が掛かるからだ。

無礼な雌は盛大に吹き飛んだ。気付いたフィストがこちらを見たので、顎を上げて首を見せてやる。薄くなったが光はまだ繋がったままだ。

異邦人共が騒がしくなったが、フィストが冷静に対応する。どうもあの雌、私を隷属させようとしたようだ。ふざけた真似を。やり取りの中でフィストが私を所有物扱いしたので、そこは不服を申し立てておいた。まあ、分かってはいるのだろうけど。

結局、異邦人共はフィストに言い負かされた。それで終わり。もう二度と関わることもない。

そう思ったのに、再び不快な感覚が首に絡み付いた。またあの雌か。情けを掛けたのは間違いだったようだ。

「独りで大丈夫か？」

フィストがそんなことを聞いてくる。止める気はないようだ。私としてもこれ以上我慢をする気はない。あの雌は私を舐めた。

振り向くと、あの雌が憎々しげに私を見ていた。これは狩りではない。楽に死ねると思うな？

「お前の意志で、お前の好きな——」

フィストが言い終わる前に全力で地を蹴って雌に接近し、その腕に噛み付く。悲鳴を上げたが構わず、そのまま引きずって走った。他の異邦人共が追いかけてきたりもしたが、その程度の速さで私に追いつけるものか。

雌は散々泣き喚いたが無視だ。引きずり、地面に叩き付け、振り回し、最後に頭を噛み砕いてやった。

仕留めたと思ったら雌は光の粒になってバラバラに砕けて散った。よく分からないが、異邦人は死んだらこうなるものなのだろうか。

途中から追いかけるのを諦めていた異邦人共を見る。恐怖に怯えたそいつらが、私に向かってくることはなかった。

フィストと共に、街道を行く。気分はよくないが、けじめは付けてやった。さすがにこれ以上、あの愚か者共が絡んでくることはあるまい。

隣のフィストも曇った顔をしていた。考えてみれば、私がいたせいで余計な厄介事を招いてしまった気がする。あの雌の攻撃は、人間に向けるようなものではないだろうし。

恩を返したくて共にいるというのに、これではいけない。何かないものか。

ふと、風に乗って匂いが届いたので足を止める。獣の匂いだ。位置は、丘の向こうか。

そちらへと向かい、丘を越える手前で身を屈めてゆっくりと近づく。

見たことがない獣達がいた。薄茶の毛をした、角のある獣だ。身体はかなり大きい。

「……肉！」

近寄ってきたフィストが、それを見て嬉しそうな声を出した。ふむ、少しは気分が良くなったようだ。

「クイン、足止め頼めるか？」

元気が戻ったらしい。詫び代わりに私が仕留めてもいいが、それでは納得しないだろう。

尻尾を振ってフィストの背を叩く。任せておくがいい。

「よし、頼む。今晩はバイソン肉だぞ」

丘を越え、バイソンという獣に向かって走る。群れの中で一番大きい奴を見つけ、速度を上げた。私達の糧になれ！


狩ったバイソンはなかなかの味だった。そのままでも十分だが、火で焼くと味が変わるのが面白い。自分では火をおこせないのでこればかりはフィスト頼みだ。


旅は続く。今のところは順調だ。途中の食事は全てフィストに出してもらうのは気が引けるので、何度かは自分で狩った。

ただ気になるのは、昨日追いついてきた馬鹿な異邦人共が、今日の野営地にもいることだ。フィストも少し気にしているようだった。

噛み殺したはずの雌も何故かそこにいる。異邦人は死なないのだろうか。それとも消えたのは、何らかの力が働いて逃げおおせていたからなのか。関わるのも面倒だが、また絡んできたら今度こそ息の根を止めてやる。

今日は【自由戦士団】が合流した。どうも厄介事があるらしく、レディンがフィストに協力を頼み、そしてフィストはそれを了承した。ならば私も力を貸さねばな。私の言葉が通じないのはこういう時にもどかしいが、周囲の警戒くらいなら役立てるだろう。

そうして夜も更けた頃、森の方から多くの匂いが届いた。これはウルフとブラウンベア。それに穢れ持ちも交じっているようだ。

フィストに伝えるべく吠えようとしたが、あちらも気付いたらしい。野営地が騒がしくなり始めた。ならば合流するとしよう。

最初から警戒していただけあって、戦闘の準備は終わっていた。フィストとレディンが方針を話し合っている。

川の向こうには先ほどの匂いの元らしいウルフ達が見えた。穢れ持ちの単眼の熊もいる。レディン達がそれで騒がしくなったが、戦う意欲は増したようだ。

「そうだ。クイン、俺達以外の人間がいるかどうか、分かるか?」

そんな中でレディンが私を見て、フィストも私がいることに気付き、そう聞いてきた。他にも人間がいるということか。

風の向きは、あちらからか。人間の匂いはない。なら、他の方向はどうだ?

風に呼び掛け、その流れを変えて、あちこちを行き来させる。返ってきた風に乗った匂いを嗅ぐと、確かに人間のものが混じっていた。その方向へと人数の分だけ吠える。

それでフィストには伝わったようだ。それを言葉にして確認してきたので頷いておく。

続いてフィストは私にその人間達の排除をお願いしてきた。できれば生け捕りが望ましい、と。人間同士の争いに関わるのは気が乗らない。さりとてフィストの望みでもある。どう答えたものかと考えていると、報酬まで提示してきた。それほどに彼にとっても重要ということか。

まあ、恩人の頼みだ。ならば、やってやろうではないか。

結局、人間一人を捕獲した後、残りの人間の捕獲と従属していた獣共の処分も請け負うことになったが、問題なく片付いた。肉を手に入れることができたのはおまけだが、フィストが感謝してくれたのは、その、何だ、悪くないと思えた。

翌朝、テントの外の騒がしさで目が覚めた。この声は聞き覚えがある。あの愚かな異邦人共の声だ。フィストを出せと騒いでいるようだが。

遅れてフィストも目を覚まし、身を起こしたので頭を上げる。私を見て顔を顰め、毛布を見て溜息をついた。毛布には赤い汚れが。む、私が浴びた返り血か。悪いことをしてしまった。

外の様子にしばし耳を傾け、自分が当事者であることが分かったのか、武具とマントを身に着けて外に出ていく。無視しておけばいいと思うのだが、他の人間達に迷惑が掛かることを嫌ったのだろう。

私はどうするべきか。あの雌がまたちょっかいを掛けてくるかもしれないのが面倒だが、フィストのことも放っておくわけにはいくまい。

少ししてからテントの外に出ると、フィストがあの異邦人共と対峙していた。フィスト一人に対して相手は一〇人。誰もフィストに手を貸す様子はない。いや、貸せないのか。うっすらとした何かがフィスト達がいる場所を囲むように生じていた。

これだけの数の差があれば、フィストが不利だと思うだろう。現に、周囲で見ている【自由戦士団】の異邦人達は厳しい顔をしていた。例外はレディンだけだ。

私は特に不安にはならなかった。フィストなら、あのくらいの連中なら倒せるだろう。立ち回りに気を付ければ問題あるまい。

そして、実際に一人で片付けてしまった。無傷というわけではなかったが、囲まれないようにうまく位置を取って、確実に相手を無力化していった。途中からはあちらが怯えてしまって戦いにもならなかった。

気になったのは、最初の一人を除いて、痛め付けることを優先する戦い方だったことだろうか。狩りの時は速やかに獲物を仕留めるのに、今回は色々と聞き出していたので、それこそが目的で、痛め付けるのはその手段だったのだろう。

ただ、表情を動かさず、淡々と作業のように相手を痛め付けていく姿は、酷く違和感があった。短い付き合いだが、それが異常であると思えた。

しばらくすると人だかりが散っていく。フィストもこちらへ戻ってきた。

「すまんすまん、とりあえず報酬の肉はちゃんと狩って渡すからな。今朝は以前獲った鹿肉を出すぞ」

迎えに行くと、笑いながら食事のことを言ってきた。何だその無理矢理作ったような笑みは。私は、そんなお前を見たくはないのだ。

通り過ぎようとしたフィストの足を、鼻先で小突いてやった。足を止めたフィストが真っ直ぐにこちらを見る。何だ、その怪訝な顔は？

顔を足に擦り付け、通じないと分かっていたが声を出した。無理はするな、と。気を遣う必要はない、と。

「まさか、心配してくれてるのか？」

不思議そうに聞いてくる。心配しないわけがないだろう。何を言っているのだお前は？

もう一度、顔を擦り付けると、礼と共に頭を撫でられた。むぅ……まあ、いい。私の毛を撫でると落ち着くというなら、少しくらい許してやらなくもない。

だから、いつものお前に戻れ、相棒。


ゲート・オブ・アミティリシア・オンライン②／完

あとがき

ほとんどの方はお久しぶりです。ひょっとしたら初めましての方も？　翠玉鼬と申します。

この度は「ゲート・オブ・アミティリシア・オンライン」二巻を手に取っていただき、ありがとうございます。時間がかかりましたが続きを出版することができました。これも前巻を購入して応援してくださった皆様のおかげです。ありがとうございます。

今巻からようやく主人公がＧＡＯ内で目立ち始めました。いい意味ばかりではないですし、本人は不本意でしょうけども。主人公に幸あれ。

今巻の作業にあたっても色々と加筆させていただきました。ウェブ版での登場がわりと最近だった彼女の人間関係とか、ＧＡＯ運営の動きとか、書籍版で初めて出した情報もちらほらと。

そしてついに登場した、メインヒロイン(?)の暴風狼クインさん。彼女視点でのエピソードも書かせていただきました。言葉を発せない彼女の内面はこんな感じでございます。

さて、次巻から主人公フィストの活躍が加速していきます。ファンタジー定番のあの種族との交流とか、主目的である食い道楽のあれこれ等、彼の『らしさ』も強くなっていくでしょう。ウェブ版を追ってくださっている方々も楽しめるよう、書籍版ならではの要素も盛り込んでいければいいなと思います。

最後になりましたが、続刊にあたり尽力してくださった担当編集のOさんほか関係者の方々、今回も素敵なイラストの数々を用意してくださった又市マタロー様、出版の件で理解を示してくださった職場の方々、ありがとうございます。

そして前巻に引き続き、あるいは今回初めて拙著を手に取ってくださった皆様、改めてありがとうございます。

また皆様にお会いできることを願って。

平成二十九年十月　翠玉鼬

ゲート・オブ・アミティリシア・オンライン②

発行日　2017年11月25日 初版発行

著者 翠玉鼬　イラスト 又市マタロー

発行人　保坂嘉弘

発行所　株式会社マッグガーデン
〒102-8019 東京都千代田区五番町6-2
ホーマットホライゾンビル5F
編集 TEL:03-3515-3872　FAX:03-3262-5557
営業 TEL:03-3515-3871　FAX:03-3262-3436

印刷所　株式会社廣済堂

装　幀　矢部政人

本書は、「小説家になろう」(http://syosetu.com/)作品に、加筆と修正を入れて書籍化したものです。

ISBN978-4-8000-0719-3 C0093